YR AIL BRIODAS

I Miriam a Hawys

YR AIL BRIODAS

Marlyn Samuel

Diolch:

I wasg y Lolfa am eu cefnogaeth unwaith eto
ac yn arbennig i Meleri Wyn James, fy ngolygydd,
am ei sylwadau a'i hawgrymiadau doeth a gwerthfawr bob amser.

I Alaw Mai Edwards o Gyngor Llyfrau Cymru am ei gwaith manwl.

Diolch hefyd i Iwan.

Argraffiad cyntaf: 2025
© Hawlfraint Marlyn Samuel a'r Lolfa Cyf., 2025

Llun y clawr: Lleucu Gwenllian
Cynllun y clawr: Sion Ilar

Rhif Llyfr Rhyngwladol: 978 1 80099 761 5

Dymuna'r cyhoeddwyr gydnabod cymorth ariannol
Cyngor Llyfrau Cymru

Cyhoeddwyd ac argraffwyd yng Nghymru
ar bapur o goedwigoedd cynaliadwy gan
Y Lolfa Cyf., Talybont, Ceredigion SY24 5HE
e-bost ylolfa@ylolfa.com
gwefan www.ylolfa.com
ffôn 01970 832 304

Petai a phetasai yw'r geiriau casa'

'UDISH I, 'DO?

DDIM FEL HYN roedd pethau i fod. Ddim fel hyn roedd pethau i fod o gwbl.

Gorweddai Carys ar fatras yn syllu ar y teils polisteirin ar y nenfwd. Rhoddodd ochenaid ddofn. Ella y dylai hi fod wedi gwrando ar ei mam (ac mi roedd gorfod cyfaddef peth felly'n goblyn o beth ynddo'i hun) ond ella fod Thelma yn llygaid ei lle wedi'r cwbl.

"Udish i, 'do? 'Udish i, 'sa'n well tasach chi'n priodi adra.' Dyna'r gri roedd hi wedi ei edliw ganwaith yn ystod yr oriau diwethaf.

Pan ddeallodd Thelma fod John Gareth a hithau'n bwriadu priodi yn Rhodes o bob man, roedd ei hymateb yn llai na brwdfrydig a dweud y lleiaf. Ddim yn y fan honno y tynnodd Carys ei nicer mor handi a dwyn anfri ar y teulu? Dod adra efo lliw haul yn ogystal â chyw yn ei bol?

'I be dach chi isio cymaint o hw ha, dwch?' roedd hi wedi'i ofyn yn syn. 'Dwyt ti na John Gareth yn *spring chickens* o bell ffordd. Ma hi'n ail briodas i chi'ch dau ac mi fysa hi'n rheitiach o lawer i chi briodi'n dawel mewn capel neu *registry* offis. Be am gapel Paradwys, Llanallgo, neu'r capel bach 'na ym Moelfre?'

Ella ei bod hi'n ail briodas i'r ddau ohonyn nhw ond priodas gyntaf John Gareth a hithau oedd hi. Gallen nhw feddwl am unlle gwell i briodi nag ar yr ynys y gwnaeth y ddau gyfarfod â'i gilydd yr holl flynyddoedd yna'n ôl. Ond doedd dim iws i Carys ddweud hynny wrth ei mam.

'Pam dach chi isio mynd mor bell?' roedd hi wedi gofyn i'r ddau dro arall. 'Does gan y teulu 'ma ddim record dda iawn am gynnal priodasau dramor, nag oes? Dach chi ddim yn cofio be ddigwyddodd yn Santorini?'

'Sorrento, Mam,' cywirodd Carys ei mam eto fyth.

Ar ôl treulio pum diwrnod yn y fan honno lle na chynhaliwyd priodas ei ŵyr, Gethin â Rebeca, byddai rhywun yn meddwl y byddai Sorrento wedi'i serio ar gof Thelma am byth.

Roedd o'n syniad gwych ac yn ofnadwy o ramantus ar y pryd, John Gareth a hithau'n dychwelyd i briodi i'r ynys lle'r oedd y ddau ohonynt, pan oedden nhw'n ifanc a gwirion, wedi cyfarfod ac wedi cael romp a romans. Ond ella nad ydi o byth yn beth call iawn mynd yn ôl wedi'r cwbl, meddyliodd yn drist.

Caeodd ei llygaid a throi ar ei hochr gan drio mynd i gysgu. Rhywbeth oedd yn gwbl amhosib iddi ei wneud yn y gwres llethol mewn neuadd llawn pobol heb sôn am chwyrnadau Thelma o'r fatras drws nesa.

'SA WELL I NI GANSLO?

Pedwar diwrnod yn gynharach

YN OFALUS ESTYNNODD Carys y bag oedd yn cynnwys y
ffrog liw ifori tu mewn. Roedd hi wedi bod yn cadw'r wisg
yn ddiogel yn y wardrob yn y stafell wely sbâr rhag llygaid ei
darpar ŵr. Byw efo'i gilydd neu beidio roedd rhaid cadw rhai
pethau'n draddodiad. Doedd John Gareth ddim i gael gweld
ei ffrog briodas hyd nes y diwrnod mawr. Roedd yn beth
anlwcus, meddan nhw. Er, doedd gan Carys ddim y syniad
cynta pwy oedd y 'nhw' yma. Hen ofergoel wirion oedd o,
mae'n debyg, ond doedd Carys ddim am feiddio mentro fel
arall chwaith.

O'r diwedd, roedd y diwrnod mawr ar y gorwel. Ar ôl
misoedd ar fisoedd o gynllunio a threfnu, fory roedden nhw'n
hedfan i ynys Rhodes, ac ymhen tri diwrnod byddent yn priodi
yn eglwys fechan Sant Paul yn Lindos. Yn wreiddiol y bwriad
oedd priodi yn Faliraki. Ar ôl penderfynu priodi'n Rhodes,
hedfanodd y ddau draw i'r ynys am *recce* bach (esgus am wyliau
oedd o, a dweud y gwir) i ymweld â gwahanol leoliadau posib
ar gyfer y briodas. Digwyddodd y ddau ymweld â Lindos un
prynhawn ac roedd John Gareth a hithau wedi syrthio mewn
cariad yn syth efo'r eglwys fechan wyngalchog oedd reit ar
lan y môr yn y bae siâp pedol. Allan nhw ddim meddwl am le
mwy delfrydol a pherffaith i briodi.

Methai Carys â pheidio cymryd sbec bach sydyn ar ei
ffrog. Agorodd sip y bag yn araf ofalus. Edmygodd y gown tu

mewn, roedd hi'n fwy na hapus efo'i dewis. Er, doedd mynd â'i mam efo hi i chwilio am ffrog briodas ddim wedi bod y penderfyniad doetha chwaith. Mwy o hindrans nag o help fu Thelma ac roedd Carys wedi gorfod cyfri i ddeg sawl gwaith efo hi.

'Dwyt ti ddim isio edrach fatha ryw *mutton dressed as lamb*, cofia,' datganodd yn y siop ffrogiau priodas wrth fflicio drwy'r hangyrs yn feirniadol.

Ciledrychodd y consyltant oedd yn edrych ar ôl Carys yn llawn cydymdeimlad. Roedd hi'n amlwg wedi clywed sylwadau fel hyn ganwaith o'r blaen. Does dim byd gwaeth na mamau beirniadol mewn siop ffrogiau priodas. Holodd ble a phryd roedd y briodas, a be oedd y gyllideb, wrth gwrs.

'Faint? Ti rioed yn mynd i wario cymaint â hynna ar ffrog?' ebychodd Thelma dros y lle pan glywodd hi faint roedd Carys yn fodlon ei dalu. 'Fyddi di ond ynddi hi am ddau gachiad!'

A hithau'n hen law ar drin mamau anodd, sodrodd y consyltant Thelma mewn cadair gyfagos a gwthio gwydriad o broseco complimentari yn ei llaw er mwyn cau ei hen hopran. Yna estynnodd ffrog liw ifori, siffon ysgafn at y penglin, gyda'i gwddw V ac wedi'i haddurno â *beads* bychan ar y strapiau i Carys.

'Mm,' gwgodd Thelma gan gymryd sip o'r proseco a chrychu ei thrwyn yr un pryd. 'Dydi honna ddim braidd yn rhy ifanc i chdi, dwa? Cofia dy oed.'

Doedd Carys ddim angen i neb ei hatgoffa o'i hoed, diolch yn fawr. Anwybyddodd y sylw ac aeth i drio'r ffrog.

Pan ddaeth hi allan o'r stafell wisgo a chamu ar y podiwm bach crwn o flaen ei mam, ysgydwodd honno ei phen, crychu ei thrwyn eto a phletio ei cheg yn dynn.

'Dach chi ddim yn licio hi?' gofynnodd Carys, er bod yr ateb yn amlwg ar wep Thelma.

'Ma hi lot rhy *low cut*. Ma llestri'r dresel i gyd yn golwg gin ti. A 'sa well i ti ga'l rywbeth sy'n cuddio top dy freichia di. Gin titha *bingo wings* fel finnau 'di mynd.'

Syllodd Carys arni ei hun yn y drych. Er gwaetha coments beirniadol ei mam, hon oedd yr un. Hon oedd y ffrog. Fyddai'r un ffrog yn plesio honno, beth bynnag. Fyddai rhywbeth yn bod efo pob un. Fysa'n well o'r hanner tasa hi wedi mynd i ddewis ffrog ar ei phen ei hun. Ar ddiwrnod fel hyn, gresynai nad oedd ganddi ddwy ferch yn hytrach na dau fab. Doedd dim pwynt iddi fod wedi gofyn i Greta, ei merch yng nghyfraith, gan fod chwaeth a steil y ddwy mor wahanol. A beth bynnag, efo honno'n feichiog ac yn sâl bob awr o'r dydd, fyddai ddim wedi bod yn deg gofyn iddi hi.

Roedd Carys mor falch ei bod wedi gwrando ar awgrym y consyltant i drio'r ffrog arbennig hon. Roedd hi'n berffaith, yn ei gweddu i'r dim ac yn ddelfrydol ar gyfer priodas Roegaidd dramor. Gallai hi ddim disgwyl ei gwisgo hi i briodi ei chariad cyntaf a'i hunig gariad, John Gareth, *bingo wings* neu beidio.

Wrthi'n cau sip y bag oedd hi pan ganodd ffôn y tŷ. Gwyddai cyn ei ateb mai ei mam oedd yn galw. Dim ond ei mam neu alwadau poen yn din gan ryw gwmnïau marchnata neu gwmnïau oedd yn trio gwerthu rhyw geriach neu'i gilydd iddi oedd yn ffonio'r ffôn tŷ, a naw gwaith allan o ddeg, ei mam oedd yno. Pur anaml y byddai Thelma'n ffonio ei mobeil. Be oedd hi eisiau y tro hwn, tybed? Camodd Carys yn reit ddifynedd i gyfeiriad y ffôn ridyndant.

Isio jecio eto fyth amser cychwyn y bws mini bore fory oedd hi, mwn. Gan fod yna chwech ohonynt, John Gareth, ei mam, Siôn, Greta a Sisial fach a hithau, yn hytrach na mynd â dau gar, roeddynt wedi penderfynu llogi bws mini a dreifar i'w danfon i'r maes awyr. Roedd Gethin, ei mab ieuengaf, erbyn hyn yn dysgu'n Seland Newydd ac mi roedd o a'i gariad newydd, Molly, Cymraes lân loyw o Fethesda'n wreiddiol, yn eu cyfarfod yn Rhodes. Felly hefyd Rebeca, ei darpar lysferch, a chyn ddyweddi Gethin ond oedd bellach wedi dyweddïo â Sumara ar ôl ei chyfarfod mewn dosbarth sbin. Oedd teuluoedd pobol eraill mor gymhleth â'i theulu hi, tybed?

Atebodd Carys y ffôn. 'Helô?'

'Gwranda,' meddai'r llais ar yr ochr arall heb unrhyw fath o gyfarchiad o 'helô', na 'sut wyt ti?', na dim arall. Fel roedd Carys wedi tybio, Thelma oedd ben arall y lein. 'Dwi 'di bod am banad efo Margaret rŵan ac mae hi ac Arfon newydd ddod yn eu holau o Rhodes ac mi oedd honno'n deud ei bod hi'n *heatwave* yno, o leiaf *thirty six degrees* os nad mwy. 'Sa well i ni ganslo, dwa?'

'Canslo? Be dach chi'n feddwl, canslo?' gofynnodd Carys yn ddryslyd.

'Canslo'r briodas, 'de, aildrefnu at rywbryd eto a phriodi yn y wlad yma fatha pawb call. Ti'n gwybod yn iawn mod i ddim yn un dda mewn gwers. Ti ddim yn cofio be ddigwyddodd yn y Santorini 'na?'

'Sorrento, Mam.' Dechreuodd Carys gyfri i ddeg yn dawel bach.

'Sun strôc ges i a doedd hi ddim hanner mor boeth yn fanno â be fydd hi yn y Rhodes 'na.'

'Ella fydd o wedi pasio erbyn diwrnod y briodas.' Daliai Carys i gyfri'n dawel bach yn ei phen. Mi roedd hi wedi cyrraedd un ar hugain yn barod.

'Dwn i ddim wir. A ydi o'n beth call i Greta ddod a honno'n disgwyl? Fysa'n well o'r hanner iddi aros adra yn ei chyflwr hi. Fydd ei fferau bach hi fatha dwy falŵn yn y gwres 'na.'

'Mam, dydan ni ddim yn canslo'r briodas, olréit? Arhoswch chi adra, os liciwch chi, ond 'dan ni'n mynd,' pwysleisiodd Carys gan droi tu min.

'Paid â siarad yn wirion, hogan!' wfftiodd Thelma.

'Mi fyddwn ni acw i'ch nôl chi am wyth bora fory, iawn? Gofalwch eich bod chi'n cymryd y tabledi Kwells 'na am hanner awr wedi saith. A gofalwch eich bod chi'n cymryd llwyaid o Gaviscon ar eu holau nhw.'

I wneud yn saff na fyddai yna ripît perfformans o'r siwrne ddiwethaf i'r maes awyr, sef gwyriadau brys oherwydd bod Thelma'n sâl car, roedd Carys wedi paratoi'n drylwyr y tro hwn. Yn ogystal â gwneud y siŵr y byddai Thelma'n eistedd yn y sedd flaen roedd hi hefyd wedi prynu paced o dabledi atal salwch car iddi ac wedi prynu potelaid o Gaviscon hefyd, neu fel arall byddai ei mam ond yn cwyno ei bod hi'n dioddef o ddŵr poeth ar ôl eu cymryd nhw. Roedd hi hyd yn oed, ar awgrym Greta (er nad oeddyn nhw'n llwyddo i wella ei salwch hi yn anffodus), wedi prynu'r bandiau hynny (un i bob arddwrn) oedd i fod i arbed rhywun rhag teimlo'n sâl car, neu yn yr achos yma, rhag teimlo'n sâl bws mini.

Drannoeth ar y bws bu'r tabledi a'r bandiau'n llwyddiant ysgubol. Er, yn anffodus, ni ellid dweud yr un peth am y siwrnai ei hun.

FFODUS AR Y DIAWL!

'DACH CHI WEDI cofio'ch pasbort 'do, Nain?' gofynnodd Siôn yn tynnu coes Thelma wrthi iddi gamu i mewn i sedd ffrynt y bws mini.

'Hy! Hogyn del i ofyn! Wyt ti, ydi'r cwestiwn?' gofynnodd hithau'n sarrug gan roi pwyslais ar y 'ti'. Cofiai ond yn rhy dda fod y criw wedi gorfod troi yn eu holau y tro diwethaf gan fod Siôn wedi anghofio ei basbort ar dop y wyrctop yn y gegin.

'Peidiwch â phoeni, Nain. Ma o'n saff yn fy rycsac i, tro 'ma. Wnes i jecio cyn mynd o'r tŷ,' winciodd Siôn.

'Wel, jecia eto, jyst rhag ofn,' gorchmynnodd Thelma gan gau ei gwregys diogelwch ac wedyn jecio'n slei ei hun fod ei phasbort hithau a'i phwrs a chopi o'r insiwrans yn ei handbag. Diolch i'r mawredd doedd Siôn ddim yn gyrru y tro yma. Doedd yr hogyn yn gyrru fel maniac. Roedd dreifar y bws i'w weld yn hen hogyn bach digon pwyllog a chall, meddyliodd mewn rhyddhad.

'Co ni off, 'te,' meddai John Gareth pan daniwyd injan y bws bach a chychwyn am ei daith i faes awyr Manceinion. 'Alla i ddim dishgwl dy ga'l di'n wraig barchus i mi o'r diwedd,' sibrydodd wrth Carys gan wasgu ei llaw yn dynn.

'Wn i ddim am y parchus, 'de!' sibrydodd Carys yn ôl wrtho gan wincio.

Methai'r ddau â chredu bod y diwrnod mawr ar fin cyrraedd o'r diwedd. Ar ôl yr holl flynyddoedd roedd y ddau ar fin bod yn ŵr a gwraig.

Pan drefnodd Gethin, ei mab ieuengaf, briodi yn Sorrento llynedd, feddyliodd Carys erioed y byddai'n cyfarfod â'i chariad cyntaf a'i hunig gariad, John Gareth, yno. Cafodd pawb sioc, neu dipyn o syndod a dweud y lleiaf, pan landiodd tad Rebeca yn Sorrento ar gyfer y briodas. Doedd 'na nemor fawr o gysylltiad wedi bod ers blynyddoedd rhyngtho fo a Rebeca gan fod Meira, ei mam ac yntau, wedi ymbellhau ers blynyddoedd lawer. Ond chafodd neb fwy o sioc na Carys o sylweddoli mai John Gareth, o bawb, oedd tad Rebeca – a thad Siôn, ei mab hynaf, a chanlyniad eu ffling yn Faliraki. Rhyfedd fel roedd pethau wedi gweithio allan yn y diwedd. Roedd Gethin a Rebeca wedi gwahanu ac wedi mynd eu ffyrdd eu hunain, ond diolch i'w perthynas nhw, fe ffeindiodd John Gareth a hithau ei gilydd eto.

'Yyyych! Ma Nain a Tad-cu'n swsio!' meddai Sisial Enfys (a oedd erbyn hyn yn chwech a hanner oed, ac mi roedd yr hanner yn dal yn bwysig) gan wneud sŵn cyfogi mawr.

Gwgodd Thelma o'r sedd ffrynt.

'Get a rwm, wir!' pryfociodd Siôn. Roedd o wedi hen ymlacio yn y sedd gefn. Rhoddodd ei law yn dyner ar bwmp bychan ei wraig. Roedd hi'n braf cael sbario gyrru i'r maes awyr y tro hwn. 'Iawn?' gofynnodd yn annwyl i Greta. Nodiodd hithau gan wenu.

Roedd Greta wedi mynd rhyw ugain wythnos yn ei beichiogrwydd a'r salwch boreol oedd yn anffodus ganddi fore, pnawn a nos yn dechrau rhyw liniaru. Er gwaetha'r holl ioga a'r bwyta'n iach, roedd y beichiogrwydd hwn yn hollol wahanol i'r un diwethaf efo Sisial. Hwyliodd yn braf drwy'r naw mis hwnnw heb hyd yn oed ddioddef o ddŵr poeth na'i thraed yn chwyddo ac roedd yr enedigaeth ei hun yn union fel agor drws garej. Dyma pam roedd Greta'n gwbl argyhoeddedig mai hogyn bach oedd y babi yma. Cawsant gynnig cael gwybod beth oedd y rhyw yn y sgan ond gwrthododd Siôn a hithau gan eu bod yn awyddus i gael syrpréis. A phetaen nhw eisiau gwybod yn fwy na dim, roedd y babi y diwrnod hwnnw'n gorwedd yn lletchwith ac yn mynnu cuddio ei be chi'n galws. Gwyddai Siôn a hithau na fyddai hogyn bach yn mynd i lawr yn dda o gwbl efo'u cyntaf-anedig a honno wedi rhoi ei bryd ar gael chwaer fach, yn union fel roedd gan Swyn a Miriam yn ei dosbarth yn yr ysgol.

Newydd fynd drwy dwnnel Conwy oedden nhw pan ddigwyddodd o.

'Pam 'dan ni'n stopio? O, no! Nain Llan sydd isio taflyd i fyny, ia?' ochneidiodd Sisial gan rowlio'i llygaid.

'Nac ydw, tad, dwi'n teimlo'n tsiampion, thenciw,' atebodd ei hen nain yn bigog yn methu dallt pam fod y dreifar wedi tynnu i mewn i gulfan gyfleus.

'Ma 'na rywbeth yn mater ar yr injan,' mwmiodd hwnnw.

'Be ti'n feddwl fod 'na rywbeth yn mater ar yr injan?' gofynnodd Carys gan edrych yn boenus ar John Gareth.

'Wn i ddim, dreifar dwi, ddim mecanic,' medda fo wedyn yn ddigon di-hid. Camodd allan o'r bws a mynd i agor y bonet. Syllodd yn ddi-glem hollol tu mewn i'r injan.

'Be 'dan ni'n mynd i neud?' gofynnodd Carys a'r panig yn cynyddu efo bob sill yn ei llais. Edrychodd John Gareth ar ei wats. Er eu bod wedi gadael digonedd o amser i gyrraedd y maes awyr doeddynt ddim wedi caniatáu amser i'r bws mini dorri i lawr chwaith.

''Udish i, 'do? 'Udish i 'sa well 'sa ni wedi canslo,' edliwiodd Thelma o'r sedd ffrynt.

'Tewch, Mam!' meddai Carys yn siarp, yn fwy siarp nag oedd hi wedi'i fwriadu.

'Ydan ni mynd i golli'r eroplen?' gofynnodd Sisial yn ddagreuol. No we roedd y fechan am golli bod yn forwyn briodas am yr ail waith!

'Gwnewch le, lats,' meddai Siôn o gefn y bws. A' i i ga'l lwc i weld be sy.'

Agorodd John Gareth ddrws y bws, a neidiodd allan gan wneud lle i Siôn gamu o'i sedd gefn. Aeth y ddau draw at y gyrrwr oedd yn dal i grafu ei ben o dan y bonet.

Fuodd Siôn ond dau funud hyd nes roedd o yn ei ôl. Fel cyn fecanic, gweddïai Carys y byddai'n gwybod beth oedd yn bod, ac yn bwysicach, yn gallu sortio'r broblem.

'Be sy mater? Ti'n gwybod be sy?' gofynnodd Carys a'i chalon yn curo.

'Y ffan belt sy wedi mynd,' atebodd Siôn.

'Be ma hynny'n feddwl? Fedri di ei drwsio fo?'

Chafodd Carys ddim ateb i'w chwestiwn gan fod rhywbeth, neu'n hytrach rhywun, wedi cymryd sylw Siôn. Roedd ei nain wedi agor drws pasinjyr ffrynt y bws er mwyn iddi gael mwy o le a dyna lle'r oedd hi gam ar led yn straffaglu i ddynnu ei theits.

'Nain! Be uffar dach chi'n neud?' ebychodd Siôn yn syn gan feddwl yn siŵr fod Thelma wedi colli'r plot yn lân.

'Ynda,' meddai hi a chwifio pâr o deits yn ei wyneb.

'Be uffar dach chi'n disgwyl i mi neud efo rheina?'

'Dwi'n cofio ffan belt car hen gariad i mi yn torri un tro, ac mi ddeudodd hwnnw wrtha i, "Thelma, tynna dy deits." Wel, o'n i wedi dychryn am fy mywyd. Sôn am jîc! Gafodd o gelpan ar draws ei hen wyneb am fod mor bowld. Ond erbyn dallt isio eu hiwsio nhw yn lle'r ffan belt oedd o. Ac mi weithiodd y teits yn tsiampion.'

'Ella eu bod nhw ddigon cry ar gyfer ryw hen Morris Minor

erstalwm, 'de, ond no we fysan nhw'n gallu copio efo injan Ford Transit,' wfftiodd Siôn a lluchio'r teits yn ôl i gyfeiriad ei nain.

'Rhowch eich teits yn ôl amdanoch, wir,' gorchmynnodd Carys.

Stwffiodd Thelma yr American tans yn ôl i'w handbag yn o handi. Roedd hi'n ormod o straffig eu rhoi nhw yn ôl amdani.

'Be 'dan ni am neud, Siôn?' gofynnodd Carys yn boenus gan edrych ar ei wats.

'Panic drosodd,' gwenodd John Gareth gan ddod yn ei ôl at y bws, y rhyddhad yn amlwg ar ei wyneb. 'Ma'r gyrrwr newydd ffonio'r cwmni a ma'n nhw am anfon bws arall mas nawr, dyle fod 'da ni ymhen rhyw chwarter awr. Ni'n ffodus iawn bo ni wedi torri lawr fan hyn, a gweud y gwir.'

'Hy! Ffodus ar y diawl,' mwmiodd Thelma o dan ei gwynt ond yn ddigon uchel i bawb glywed hefyd.

Ochneidiodd Carys mewn rhyddhad. Diolch i Dduw, meddyliodd. Am un foment wyllt roedd hi'n meddwl yn siŵr nad oeddynt am gyrraedd y maes awyr o gwbl y diwrnod hwnnw.

Ond o edrych yn ôl, a pheth gwych ydi ôl-ddoethineb, efallai mai dim ond yr arwydd cyntaf nad oedd pethau'n argoeli'n dda ar gyfer y daith oedd helynt y ffan belt...

MEWN JAM

Yn anffodus, mi gymerodd hi bron i dri chwarter awr, yn hytrach na'r chwarter awr a addawyd i'r bws arall gyrraedd, a chael a chael oedd hi i'r criw gyrraedd y ddesg *check in* mewn pryd. Pum munud arall, yn llythrennol felly, ac mi fyddai'r ddesg wedi cau. Teimlodd Carys erioed cymaint o ryddhad o weld ei chês yn diflannu i grombil y maes awyr ar ei ffordd i'r awyren.

Roedd hi'n ras wyllt wedyn iddynt fynd drwy basbort control a seciwriti. Doedd dim amser i fynd rownd y *duty free* a'r siopau heb sôn am gael paned sydyn i dorri syched. Suddodd calon Carys fel carreg mewn pwll pan welodd y ciw fel rhuban i fynd drwy seciwriti.

"Dan ni siŵr o golli'n ffleit," ebychodd. 'Ylwch prysur ydi hi yma!'

'Excuse me,' galwodd John Gareth yn glên ar swyddog oedd yn sefyll gerllaw. 'Our flight leaves in less an hour and our gate is already open.'

Heb droi blewyn, agorodd y swyddog y rhwystrau a rhuthrodd y criw dethol i flaen y ciw yn ddiolchgar. Teimlai Carys wastad yn nerfus pan fyddai'n cyrraedd y *scanners* a'r peiriannau *X-ray* oedd yn archwilio'r bagiau. Ddim bod ganddi unrhyw reswm dros hynny chwaith. Rhuthrodd i roi ei siaced denim a'i bag yn y tre llwyd. Esboniodd yn nerfus mai ei ffrog briodas oedd yn y bag lliw hufen. Nodiodd y swyddog arni a'i llongyfarch a gofyn ble roedd y briodas.

'Rhodes,' atebodd hithau.

'Very nice, my niece got married there last month. Beautiful island. Have a lovely wedding,' medda fo wedyn cyn i Carys gamu i gyfeiriad y *scanner*.

Er mawr ryddhad iddi aeth hi drwyddo'n ddidrafferth, fel aeth pawb arall, ac aeth bagiau pawb drwy'r peiriant *X-ray* hefyd. Ond mae yna wastad eithriad i bob rheol. Roedd un bag wedi cael ei dynnu i'r ochr ar gyfer *inspection* pellach. Bag Thelma. Ciledrychodd John Gareth a Carys ar ei gilydd yn boenus, y ddau'n ymwybodol fod amser yn dynn fel yr oedd hi.

'Cerwch chi yn eich blaenau,' meddai Carys gan lyncu ei phoer. 'Mi arhosa i efo Mam. Ddown ni'n syth ar eich holau chi.'

'Ti'n siŵr?' gofynnodd John Gareth gan edrych ar ei wats yr un pryd.

Nodiodd Carys ei phen. 'Dim iws i ni gyd aros yn fyma.'

'Af i â hwn,' meddai John Gareth gan gymryd y bag oedd yn cynnwys y ffrog briodas oddi ar Carys. 'Giât A5 chi moyn. Weda i bo chi ar y ffordd.'

'Peidiwch â bod yn hir, neu mi fydd y giât wedi cau,' siarsiodd Siôn wrth y ddwy, fel tasa ganddyn nhw unrhyw fath o reolaeth dros eu hoediad.

Rhoddodd Carys ochenaid fawr ddofn wrth iddi syllu ar y pedwar arall yn rhuthro i gyfeiriad y giât.

Roedd pob munud fel awr wrth i'r ddwy aros i'r swyddogion gyrraedd bag Thelma i'w archwilio. Roedd hi'n hynod o rwystredig gweld y bag smotiog pinc a gwyn yng nghefn y rhes o fagiau tramgwyddedig eraill. Curai ei chalon yn gyflymach a gallai deimlo ei phwysau gwaed yn codi gyda phob eiliad oedd yn mynd heibio. Roedd hi'n ddigon drwg eu bod nhw wedi cael helynt efo ffan belt y bws mini ar y ffordd i'r maes awyr heb sôn fod bag Thelma wedi cael stop gan achosi dalfa. Teimlai fod y duwiau yn eu herbyn go iawn.

'Doedd ganddoch chi ddim potel o ddŵr na dim byd felly yn eich bag, nag oedd?' gofynnodd Carys i'w mam yn gyhuddgar. Fyddai hi ddim yn rhoi o heibio'i mam i fod â photel yn ei meddiant.

'Be ti'n feddwl ydw i? Dwl?' brathodd ei mam yn ôl. Doedd blin ddim ynddi. Y fath hyfdra fod ei bag hi o bawb wedi cael ei esgymuno!

Edrychodd Carys ar ei wats. Doedd hi ddim yn edrych yn addawol o gwbl eu bod nhw'n mynd i gyrraedd y giât mewn pryd.

'Excuse me! Excuse me…' Ceisiodd gael sylw swyddog ifanc ochr arall i'r ddesg. 'We've got a plane to catch and I…'

'So has everyone else here, Madam,' datganodd hwnnw'n siort a throi ei gefn.

'Oi! You! Don't you dare speak to my daughter like that and turn your back on us!'

Trodd y swyddog i gyfeiriad perchennog y llais ynghyd â phennau'r holl deithwyr eraill oedd yn y cyffiniau.

'Yes. You, young man. I'm talking to you. Listen here. If my daughter misses her flight to her wedding I will hold you personally responsible. Do you understand?' taranodd Thelma wedyn a'i bys yn pwyntio i gyfeiriad y llanc. Rhythai ei dwy lygad pinnau bach brown yn sarrug arno. Doedd neb yn Sir Fôn na thu hwnt yn gallu rhythu fel Thelma. Ac fel roedd y sawl oedd wedi profi rhythiad Thelma yn gallu ei dystio, mi roedd o'n ddigon i godi ofn ar y gang mwyaf treisgar o derfysgwyr.

Fel oen, camodd y swyddog i gyfeiriad y bag pinc a gwyn smotiog a'i estyn ar gyfer ei archwilio nesaf. Am y tro cyntaf a'r tro diwethaf yn ei bywyd, diolchodd Carys fod ei mam yn gymaint o deyrn.

Buan iawn cawsant wybod beth oedd wedi achosi i'r bag gael ei dynnu i'r ochr.

'What is this?' gofynnodd y llanc yn syn.

'What do you think it is?' atebodd Thelma'n ôl yn hy.

Roedd Carys yn methu credu ei llygaid. Yn ei law, daliai'r llanc botyn o jam.

'Liquids should be no more than 100 ml, Madam.'

'Liquid! That's no liquid. That is my best goosberry jam!' Roedd Thelma wedi cymryd arni'n fawr fod y llanc yn cyhuddo ei jam o fod yn ddyfrllyd. 'I'll have you know that my jam came highly commended in the Anglesey Show last year.'

'Be dach chi'n feddwl dach chi'n neud, Mam, yn dod â jam efo chi?' hisiodd Carys, yn dal yn gegrwth.

'Meddwl y bysa fo'n neis i frecwast o'n i. Dda gen i ddim ryw jam estron.'

'Semi liquids such as jams and honey are not allowed, Madam,' meddai'r llanc yn ddifrifol drachefn.

'Not allowed! Not allowed? What do you mean?'

'It means that I'll have to confiscate it.'

'But it isn't a liquid,' protestiodd Thelma eto. 'Open it and see. It is perfectly set.'

'Chewch chi ddim mynd â fo efo chi,' hisiodd Carys eto yn gweddïo i'r llawr agor. Roedd ganddi gymaint o gywilydd.

'It should have been packed in your case in the hold, Madam,' meddai'r llanc wedi hen golli amynedd efo'r hen wraig a'i jam.

'Don t be silly! That's a stupid idea,' wfftiodd Thelma.

'I beg your pardon?'

'And risk getting goosberry jam all over my clothes?'

'I'm so sorry,' gwenodd Carys yn wan ar y swyddog. 'Please excuse my mother, she isn't used to travelling abroad.'

'Be haru ti?' Trodd Thelma ei phen i gyfeiriad Carys. 'Yndw, tad. Yes I am. I've been to Santo... Sorrento.'

'Tewch, Mam!' Roedd Carys wedi cyrraedd pen ei thennyn. Trodd yn ôl at y llanc. 'We are seriously late for our flight and the gate is closing very soon. Our bus broke down on the way to the airport and that is why we were so late. I'm getting married in Rhodes and now I'm going to miss the flight. Please let us through, please...' ymbiliodd yn agos i ddagrau.

Drwy ryw ryfeddol wyrth, fe weithio ple Carys. Ella ei bod hi wedi dal y swyddog ar ddiwrnod da. Neu ei fod o wedi cymryd piti drosti o orfod ymdopi efo mam fatha Thelma. Beth bynnag oedd y rheswm, meddalodd y llanc. Rhoddodd ochenaid ddofn a nodio ei ben cyn datgan yn ddifrifol wrth Thelma, 'No jams next time.'

'You take it home with you, love,' meddai hithau'n ôl gan wenu gwên brin arno. 'It's lovely on a nice slice of fresh loaf and some Lurpak.'

'Last call for Hughes and Owen,' cyhoeddodd y llais ar yr uchelseinydd dros y Terminal.

'Lle uffar ma'n nhw? Ma'n nhw'n mynd i golli'r ffleit,' datganodd Siôn ar binnau. Roedd y ciw yn y giât yn mynd yn llai ac yn llai pob eiliad wrth i'r teithwyr fynd ar yr awyren.

'Mi ddown nhw,' cysurodd Greta'n cŵl yn ôl ei harfer.

'Well iddyn nhw blydi dod, neu mi fyddan nhw wedi cau'r giât ac mi fydd rhaid i ni fynd hebddyn nhw,' meddai Siôn wedyn.

'Fedrwn ni ddim mynd heb Nain a Nain Llan!' ebychodd y fechan yn wyllt. 'Mae'n rhaid i Nain ddod efo ni, Nain sy'n priodi!'

'Pryd ma'r ffleit nesa i Rhodes?' gofynnodd Siôn wrth John Gareth.

'Dim syniad. A falle fydd 'na ddim seddi gwag ar y nesa,' atebodd hwnnw'n bryderus. Roedd o eisoes wedi dweud wrth y gennod ar y ddesg yn y giât fod Carys a Thelma ar y ffordd ond eu bod wedi cael eu dal yn seciwriti. Ond fel yr oedden nhw wedi eu rhybuddio, os nad oedden nhw yno cyn yr amser penodedig pan oedd y giât yn cau, yna fydden nhw ddim yn cael mynd ar yr awyren.

'Last and final call for Davies and Owen,' cyhoeddwyd drachefn.

Erbyn hyn dim ond John Gareth, Siôn, Greta a Sisial oedd ar ôl yn y giât. Roedd y teithwyr eraill i gyd ar yr awyren yn barod yn eu seddau.

Trodd un o'r merched atynt a datgan, 'I'm very sorry, but we cannot wait any longer. We must close the gate.'

Edrychodd John Gareth, Siôn a Greta ar ei gilydd. Be ar wyneb y ddaear yr oedden nhw'n mynd i'w wneud? Mynd ar yr awyren, 'ta aros am Carys a'i mam?

'Ewch chi yn eich blaenau,' datganodd John Gareth. 'Arhosa i fan hyn. Bydd hi'n haws aildrefnu ffleit i dri na chwech.'

'Ti'n siŵr?' gofynnodd Siôn.

Nodiodd John Gareth ei ben. 'Esbonia wrth y gweddill be sydd wedi digwydd ond ein bod ni ar y ffordd. Fyddwn ni'n siŵr o gyrraedd erbyn y briodas. Mi wna i'n siŵr o hynny, hyd yn oed os fydd rhaid i mi drefnu *private jet* i ni,' meddai wedyn yn ysgafn.

Fel roedd Siôn, Greta a Sisial ar gychwyn, rhoddodd y fechan waedd dros y lle.

''Ma nhw! 'Ma nhw!' gwaeddodd gan neidio i fyny ac i lawr wedi cynhyrfu'n bot.

A hwythau o drwch blewyn gwybedyn o golli'r ffleit, rhyddhad o'r mwyaf oedd gweld y ddwy. Er, a bod yn fanwl gywir, eu clywed nhw wnaethon nhw gyntaf. Clywed sŵn canu corn yn wyllt a llais Thelma'n bloeddio, 'Faster, faster, can't you go any faster in this thing? Put your foot down, man!'

Rhyw sut, rhyw ffordd roedd Carys a'i mam wedi llwyddo i gael reid mewn bygi *special assistance*. Sgrialai'r teithwyr oedd yn ymlwybro i gyfeiriad eu giatiau i'r pedwar gwynt yn union fel agor y Môr Coch. Eisteddai Thelma fel duges yn y tu blaen a'i *hold all* smotiog pinc a gwyn ar ei glin. Yn y cefn, yn llawn embaras, ond yn llawn rhyddhad o gyrraedd y giât jyst mewn pryd, roedd Carys druan.

DACH CHI WEDI CODI?

DIOLCH I'R MAWREDD, bu gweddill y siwrnai yn ddidrafferth. Er, bu rhaid i Carys, er mwyn sadio ei hun rywfaint ar ôl yr holl gynnwrf, gael dau jinsan mawr ar yr awyren. Roedd hi'n dal yn methu credu'r peth. Be ddaeth dros ben ei mam i ddod â photyn o jam efo hi? Bu bron iawn i'r ddwy golli'r ffleit o gownt y blincin peth.

Pan ddeallodd John Gareth a Greta achos yr holl hold yp yn seciwriti roeddynt yn gegrwth. Piso ei hun yn chwerthin wnaeth Siôn. Yn wir, mi roedd o'n dal i gael pyliau o chwerthin yn meddwl am ei nain yn mynd benben â'r boi seciwriti ynglŷn â phot o jam gwsberis ac mi roedd o'n cael modd i fyw yn tynnu ei choes hi am y peth.

'Pa stwff contraband arall sy ganddoch chi, Nain? Dwi'n siŵr mai smyglo jam nath Escobar i gychwyn, 'chi,' medda fo yn cymharu ei nain i'r barwn cyffuriau drwg enwog hwnnw. 'Gwyliwch chi'ch hun ar ôl i chi landio, mi fydd y *sniffer dogs* 'na yn sniffio eich cês chi fel haid o wenyn o gwmpas pot jam.'

Gwgodd Thelma'n ôl arno, yn amlwg ddim yn gwerthfawrogi ei synnwyr digrifwch.

Diolch i Dduw fod y bygi wedi dod heibio pan wnaeth o, neu colli'r ffleit fyddai eu hanes nhw, doedd dim dwywaith amdani. Fel lleoliad pob giât yn y meysydd awyr roedd giât A5 filltiroedd i ffwrdd ac roedd gwaith cerdded mawr i'w chyrraedd ac efo clun ciami ei mam doedd dim modd mynd ar ras wyllt. Roedd y bygi *special assistance* newydd ddanfon cwpwl i'w giât, ac mi roedd y gyrrwr rŵan yn edrych ymlaen at ei frêc a phaned a KitKat. Ond roedd hynny cyn i Thelma sefyll reit o'i flaen yn hy a chwifio ei breichiau'n wyllt. Bu rhaid i'r gyrrwr wneud *emergency stop* er mwyn osgoi mynd ar ei thraws.

'Emergency. Gate A5 and quickly!' meddai Thelma cyn i'r gyrrwr gael cyfle i gega'n hyll a rhoi ram dam iawn iddi am bron iawn achosi damwain.

'What the hell…?' ebychodd yn syn pan welodd Thelma yn camu i mewn i'r bygi'n larts i gyd.

'Be dach chi'n feddwl dach chi'n neud, Mam?' gofynnodd Carys. Roedd hithau'n methu cael dros hyfdra ei mam. 'Dim gwasanaeth tacsis ydi'r bygis 'ma!'

'Tyrd 'laen. Neidia i mewn.'

'Ladies, you can't just flag a buggy down you have to pre book…'

'Look here,' meddai Thelma wrtho gan droi tu min. 'This is an emergency. If you don't give us a lift to the gate, we will miss our flight and my daughter is getting married. Now, do you want to be the one responsible that the wedding doesn't take place? Do you?'

Yn ffodus, fel un oedd ond newydd ddychwelyd yn ôl oddi ar ei fis mêl ei hun, ac oedd yn dal i gael hyd i gonffeti yn llechu mewn mannau dirgel iawn o'i gorff, cydymdeimlodd efo sefyllfa'r ddwy.

'Jump in,' medda fo wrth Carys. 'Which gate did you say again?'

Er gwaethaf helynt ei mam a'r jam roeddynt bellach wedi cyrraedd y gwesty mewn un darn. Roedd John Gareth wedi trefnu tacsi bws mini i'w hebrwng o'r maes awyr i'r gwesty. Teimlai pawb fel VIPs pan welsant ddyn yn sefyll ger yr allanfa yn dal darn o bapur â'r enw John G James wedi'i sgwennu arno'n fawr. Roedd y daith yn y bws mini Mercedes du, efo'i seti lledr dipyn mwy moethus na'r daith yn y bws mini hwnnw i Fanceinion. Dyma beth oedd teithio mewn steil.

Roedd eu hargraffiadau cyntaf o'r gwesty pum seren yn plesio'n fawr hefyd, er ei bod hi wedi mynd braidd yn hwyr i gael sbec go iawn ar y lle. Chwarter i un ar ddeg oedd hi, ond roedd hi'n teimlo'n llawer iawn hwyrach ac mi roedd pawb yn hen barod am ei gwelâu ar ôl holl helynt y diwrnod.

Roedd Gethin, Molly, Rebeca a Sumara wedi cyrraedd yn barod. Yn gynharach, anfonodd y pedwar lun ohonynt yn cael swper efo'i gilydd mewn tŷ bwyta yn nhref Lindos i'r grŵp 'Priodas Rhodes' ar WhatsApp. Roedden nhw'n amlwg yn mwynhau. Mi fydd yna benmaenmawr gan ambell un fory, os nad y pedwar. Roedd hi'n braf bod Rebeca a Gethin dal yn ffrindiau ac roedd hi'n rhyfedd meddwl bod y ddau ar un adeg wedi dyweddïo ac yn bwriadu priodi.

Ar ôl cyfnod gwerth chweil yn gweithio ar fferm yn New South Wales Awstralia yn hel mwyar ac yn hel merched mi roedd Gethin wedi penderfynu mynd yn ôl i ddysgu. Pan ddeudodd o wrth Carys ei fod o wedi derbyn swydd fel athro yn Dunedin, roedd Carys ychydig bach yn siomedig nad oedd y swydd yng Nghymru a'i bod hi braidd yn bell o Sir Fôn.

'O leia geith John Gareth a finnau esgus am drip. Fedrwn ni ddod i dy weld di ar y trên yn ddigon hawdd,' roedd hi wedi dweud wrtho'n galonnog.

'Eh? Am be ti'n sôn, Mam?' gofynnodd Gethin yn ddryslyd.

'Cael trên fyny i'r Alban, 'de. Ydi o'n nes i Glasgow 'ta Edinburgh, dwa?'

'Yr un o'r ddau, Mam. Yn Seland Newydd ma Dunedin. Ar ynys y de.'

Bu bron iawn i Carys ddisgyn oddi ar ei chadair.

Does dim byd gwaeth na hiraeth mam am ei phlentyn. Roedd hi ddigon drwg pan adawodd Gethin gartref am y tro cyntaf i fynd i'r coleg ac wedyn pan raddiodd a chael swydd yn dysgu yng Nghaerdydd. Ond o leiaf roedd yn dod adref ambell i benwythnos a hithau'n mynd lawr i'r brifddinas. Ond roedd hi'n stori bur wahanol pan aeth o i deithio'r byd a setlo am gyfnod yn Awstralia. Cysurai Carys ei hun bryd hynny mai cyfnod oedd hynny ac y byddai Gethin yn dychwelyd yn ôl i Gymru fach. Sioc a siom a dweud y lleiaf felly oedd deall ei fod wedi derbyn swydd yn Seland Newydd. Cytundeb dwy flynedd o leiaf. Er yr holl ddatblygiadau cyfathrebu technegol fel FaceTime ac ati, roedd y gwahaniaeth amser 13 awr yn llyffethair yn aml. Ar brydiau byddai Carys yn teimlo'n eiddigeddus iawn o'i ffrindiau oedd efo mab neu ferch oedd ddim wedi mynd yn bell o'r mwg i fyw ac wedi setlo'n lleol. Yn aml byddai'n ceisio ymwroli a dweud wrthi hi ei hun am gallio a pheidio â bod mor hunanol. Roedd gan Gethin lwybr ei hun i'w ddilyn. Roedd wedi cyfarfod Cymraes, Molly oedd yn gweithio yno fel nyrs. Yn dawel bach, daliai Carys yn y gobaith prin y byddai'r ddau'n penderfynu dod yn ôl i Gymru i fyw a gweithio rhyw ddydd. Ond gwyddai yn ei chalon mai breuddwyd gwrach oedd honno beryg. Fe ddylai ddiolch bod o leiaf un o'i meibion yn byw'n agos ati a bod ganddi wyres fach yr oedd hi a John Gareth yn cael y cyfle i'w gwarchod yn rheolaidd. Ac efo ŵyr neu wyres fach arall ar y ffordd roedd ganddi le i ddiolch yn fawr. Roedd John Gareth hefyd wedi addo y câi'r ddau ymweld â Gethin yn Seland Newydd Nadolig nesaf, ond doedd hyd yn oed hynny ddim yn diddymu'r pwl sydyn o hiraeth amdano a fyddai'n dod drosti fel ton ambell dro.

Byddai hi'n meddwl weithiau beth petai Gethin a Rebeca wedi priodi a'r ddau'n dal i fyw yng Nghaerdydd? Gethin yn dysgu yno a Rebeca'n gweithio yn y Senedd. Mae'n debyg na fyddai'r briodas wedi para'n hir iawn. Yn hir neu'n hwyrach byddai Rebeca wedi cyfarfod Sumara yn ei dosbarth sbin. Roedd y ddwy i'w gweld yn hapus iawn efo'i gilydd ac yn edrych ymlaen yn eiddgar i'w priodas hwythau dydd Sadwrn y Sulgwyn flwyddyn nesaf.

Un oedd yn edrych ymlaen hyd yn oed yn fwy i'r diwrnod mawr na nhw'u dwy oedd Meira Lloyd Jenkins, mam Rebeca. Ar ôl siomiant Sorrento, roedd hi ar ben ei digon ei bod y tro yma'n cael rhwydd hynt i drefnu'r briodas grandiaf yn Sir Gaerfyrddin a thu hwnt. Roedd Meira hefyd wedi mynnu talu am ddosbarthiadau dysgu Cymraeg ac am sawl cwrs preswyl yn Nant Gwrtheyrn i Sumara. O ganlyniad, roedd y ferch bellach yn rhugl a'i bwriad oedd enwebu ei darpar ferch yng nghyfraith ar gyfer cystadleuaeth Dysgwr y Flwyddyn yr Eisteddfod Genedlaethol, rhywbeth nad oedd yn wybyddus i Sumara eto!

Un arall gafodd siom yn Sorrento oedd Sisial druan. I wneud yn iawn am beidio â chael bod yn forwyn briodas iddi hi a Gethin, roedd Rebeca wedi gofyn iddi fod yn forwyn fach iddi hi a Sumara. Roedd Sisial yn methu credu ei lwc, nid yn unig roedd hi'n cael bod yn forwyn briodas i'w nain a'i thad-cu ond mi roedd hi hefyd yn mynd i gael bod yn forwyn briodas i Anti Rebeca ac Anti Sumara hefyd. Er, mi roedd Siôn a Greta wedi gorfod ateb llu o gwestiynau'r fechan, fel sut roedd Rebeca oedd yn mynd i briodi Yncl Gethin rŵan yn priodi Sumara? Hefyd, sut roedd Rebeca rŵan yn anti iddi hi a hithau heb briodi Yncl Gethin? Doedd hi ddim cweit yn deall sut oedd ei thad-cu yn gallu bod yn dad i Rebeca ac i'w thad ei hun, ond yn y bôn, yr unig beth pwysig i'r fechan oedd y ffaith ei bod yn mynd i gael gwisgo ffrog grand arall!

Cnoc cnoc cnoc.

Sŵn cnocio caled ar ddrws eu stafell. Deffrowyd Carys a John Gareth o'u trwmgwsg.

'Beth yffach?' mwmiodd John Gareth gan agor un llygad.

'Carys! Dach chi wedi codi?'

Llais cyfarwydd Thelma ochr arall i'r drws.

'Hanner awr wedi saith yw hi,' ebychodd wedyn ar ôl edrych ar ei wats.

Cododd Carys o'i gwely. Ymlwybrodd yn gysglyd i agor drws eu stafell.

'Dach chi'n iawn, Mam?'

'Dach chi ddim dal yn eich gwlâu?' gofynnodd yn syn fel tasa hi'n hanner dydd.

'Ydach chi'n gwybod faint o'r gloch ydi hi?'

'Dwi fyny ers chwech, gysgais i ddim gwerth. O'n i'n rhy boeth wir.'

'Oedd yr *air con* ddim ymlaen gynnoch chi?'

'Rois i'r sglyfaeth peth i ffwrdd. O'dd o'n gwneud gormod o sŵn. Fedrwn i ddim cysgu efo fo mlaen. Wel, dach chi am godi, 'ta? Ma pobol yn marw yn eu gwlâu, chi.'

'Hanner awr wedi saith ydi hi, Mam!'

Anwybyddodd Thelma sylw Carys. 'Ma'n nhw wedi dechrau serfio brecwast, dwi wedi jecio. Er doedd dim rhaid i mi jecio efo'r oglau ffrio mawr sy'n dŵad i fyny i fy stafell i.'

'Ma hi lot, lot rhy gynnar i godi rŵan, siŵr.'

'Hy, pwy sy'n deud?'

'Carys a fi,' gwaeddodd John Gareth o'i wely. Diolch i Thelma roedd o wedi deffro drwyddo erbyn hyn.

'Bore da, wnest ti gysgu'n o lew?' gwaeddodd i gyfeiriad y gwely, yna trodd at Carys. 'Dach chi ddim yn mynd i libindian yn y gwely 'na drwy bora, gobeithio.'

Beth yffach yw libindian? meddyliodd John Gareth. Roedd iaith Sir Fôn fwy fel iaith Swahili iddo'n aml ac yn ei ddrysu'n deg.

'Cerwch chi lawr am frecwast, Mam. Welwn ni chi nes mlaen, wrth y pwll.'

'Weli di ddim lliw fy nhin i allan yn y gwres mawr 'na. Ma hi'n 25 gradd rŵan. Duw a ŵyr be fydd hi am hannar dydd. Lwcus ar y diawl mod i wedi dod â fy llyfr *Wordserch* efo fi a ma gin i fy *Woman's Weekly*.'

'Wel, welwn ni chi lawr yn y bar neu'r lownj yn hwyrach ymlaen, 'ta,' ochneidiodd Carys.

'Mmm,' meddai Thelma yn amlwg ddim yn hapus. 'Wel, mi fydd rhaid i mi fynd am frecwast ar ben fy hun bach felly, bydd.'

'Bydd,' cadarnhaodd John Gareth oedd yn trio ei orau glas i fynd yn ôl i gysgu.

'Ella bod Siôn a Greta wedi codi?' cynigiodd Carys, yn anwybyddu ymgais ei mam i wneud iddi deimlo'n euog. 'Dwi'n gwybod bod Sisial yn un sy'n deffro'n gynnar bob bora.'

'Mmm, ella.'

'Neu hyd yn oed Gethin a Molly?' triodd Carys drachefn. Er, o'r stad feddw oedd ar y pedwar yn y lluniau ar y grŵp WhatsApp neithiwr, go brin, meddyliodd wedyn.

'O, dwi newydd basio'r Molly 'na yn y coridor gynna. O'dd hi'n gwisgo rhyw siorts bach tyn, tyn oedd yn gadael dim i'r dychymyg. Oeddan nhw'n dangos siâp bochau ei thin hi gyd. Mynd i redeg oedd hi, medda hi. Oedd hi wedi codi'n fuan cyn iddi fynd yn rhy boeth. O'dd hi wedi gadael Gethin yn ei wely. Dwi'n edrych ymlaen at weld fy ngwas annw'l i. Dwi heb ei weld o ers iddo fo fynd i'r hen Niw Siland 'na. Ma siŵr fod o dal yn *jet lagged*, dydi.'

Er iddo fo orfodi ei nain i drampio yr holl ffordd i'r Eidal ar gyfer priodas wnaeth ddim cymryd lle, ac er iddo godi ei bac a mynd i weithio i Awstralia a'i fod bellach yn byw a gweithio yn Seland Newydd bell, roedd o yn dal yn ffefryn ei nain.

'Fel ninnau,' mwmiodd John Gareth. 'Hanner awr wedi pump yw hi gitre.'

'Be ddeudodd o, dwa?' gwgodd Thelma.

'Deud mai dim ond hanner awr wedi pump ydi hi adra. Mi ydan ni ddwy awr ar y blaen yn fyma.'

'Esgob! Gysgais i lai nag o'n i wedi feddwl felly! O, wel. Reit, wela i chi'ch dau yn munud, 'ta.'

'Ta-ra, Thelma,' meddai John Gareth gan ddylyfu ei ên a diolch ei bod hi'n mynd o'r diwedd.

'Wel, peidiwch â bod yn rhy hir, neu mi fydd brecwast wedi hen orffen. Dach chi ddim isio colli allan a chithau wedi talu amdano fo.'

'Dydi brecwast ddim yn gorffen tan hanner awr wedi deg, Mam. Ma ganddon ni dair awr.'

'Fydd 'na fawr o ddim byd ar ôl erbyn hynny, gewch chi weld. Ond rhyngthoch chi a'ch pethau.'

Ar hynny, trodd Thelma ar ei sawdl a brasgamu i ffwrdd yn ei sandalau Scholl ar hyd y coridor i gyfeiriad y lifft. Caeodd Carys hithau'r drws gan roi ochenaid ddofn.

'Sdim angen cloc larwm a dy fam 'da ni,' ysgydwodd John Gareth ei ben. Erbyn hyn roedd o'n eistedd i fyny yn y gwely. Doedd dim gobaith mynd yn ôl i gysgu ar ôl tarfiad annhymig y bore godwr.

'O leia ti'n medru gosod yr amser ti isio ar gloc larwm. Jyst larwm ydi Mam. Esgob, ma 'na waith efo'r ddynes 'na,' ochneidiodd drachefn.

'Ond wedi gweud 'nny, ma 'na un fantes fowr am ddeffro'n gynnar 'fyd...' Roedd yna ryw dwincl direidus yn llygaid John Gareth.

'O, oes 'na wir... A be ydi hynny felly?' meddai Carys gan wenu'n ôl yn gwybod yn iawn beth oedd ganddo fo mewn golwg.

Tynnodd John Gareth y gynfas wen oedd yn ei orchuddio yn ôl. 'Dere 'ma ac mi ddangosa i i ti.'

Camodd hithau yn ôl i'r gwely ac i'w freichiau. Lluchiwyd y goban ar y llawr.

CUR PEN

Deffrodd Gethin. Agorodd ei lygaid.

Am un foment wyllt doedd ganddo ddim syniad lle'r oedd o. Cododd ei ben oddi ar y gobennydd. Camgymeriad dybryd!

Mi roedd ei ben bach yn drybowndian fel tasa 'na ddegau o forthwylion yn cnocio tu mewn. Edrychodd o'i gwmpas. Cofiodd ei fod o'n Rhodes ar gyfer priodas ei fam. Lle oedd Molly? Doedd dim golwg ohoni. O ia, mi roedd hi wedi ei ddeffro'n gynharach i ddweud ei bod hi am fynd i redeg. Rhedeg. Blydi hel, roedd o'n amau os bysa fo'n gallu rhoi un droed o flaen y llall ar ôl yr holl Retsina a'r Ouzo yfodd o neithiwr.

O mam bach, roedd o isio chwydu.

Mi roedd hyd yn oed meddwl am yr holl alcohol yr oedd o wedi ei yfed y noson cynt yn gwneud iddo isio taflyd i fyny. Rhuthrodd i'r stafell ymolchi jyst mewn pryd. Tra oedd o ar ei liniau yn y fan honno, yn cofleidio'r pan, daeth atgof o'r noson cynt yn ôl fel bollten iddo. Y sgwrs gafodd o efo Rebeca.

Roedd o wedi mynd draw at y bar i ordro rownd arall i'r pedwar ac mi roedd Rebeca wedi cynnig mynd efo fo. Roedd hi'n amlwg, sylweddolodd, mai esgus oedd ei chynnig i'w helpu i gario'r diodydd i'w gael o ar ei ben ei hun.

Sychodd ei geg efo cefn ei law. Yn ddigon sigledig cododd oddi ar ei gwrcwd ac aeth am gawod. Hyd yn oed yn y fan honno roedd yn methu cael eu sgwrs allan o'i ben. Pam oedd rhaid i fywyd fod mor gymhleth? meddyliodd, gan adael i'r dŵr lifo dros ei gorff. Roedd o'n ddigon bodlon ei fyd fel oedd pethau, yn fwy na hapus, a dweud y gwir. Roedd ganddo swydd roedd yn ei mwynhau. Roedd wrth ei fodd yn byw yn Seland Newydd, ac er mai ers rhyw gwta chwech mis roedd o a Molly efo'i gilydd, roedd y ddau'n dod ymlaen yn dda iawn. Y peth diwethaf roedd o eisiau oedd unrhyw gymhlethdodau yn ei fywyd, diolch yn fawr iawn.

Ella mai wedi camddallt oedd o, meddyliodd. Ddylai fo sôn am y peth wrth Molly o gwbl? Ta be? Calla dawo, ella.

Wedi meddwi oedd Rebeca. Ia, dyna beth oedd o. Saff o fod, meddyliodd wedyn. Doedd hi ddim rili'n meddwl be ddeudodd hi. Duwcs, roedd pawb yn dweud pethau hollol wirion yn eu meddwdod, siŵr iawn. Ma siŵr nad oedd hi'n cofio dim byd am eu sgwrs erbyn heddiw. Ffiw, meddyliodd mewn rhyddhad wedyn. *Chill*, Geth bach. Wrth iddo gamu allan o'r gawod atgoffodd ei hun fod paranoia yn gydymaith diflas i hangofyr.

Gwisgodd ei siorts nofio a rhoddodd grys T drosto. Gwnaeth baned o goffi du cryf iddo'i hun efo'r peiriant coffi oedd yn y stafell. Doedd o ddim awydd unrhyw frecwast, roedd ei stumog yn dal i droi. Roedd ei ben yn dal i gnocio'n ddiawledig. Tybed oedd gan Molly barasetamols? Chwiliodd a chwalodd drwy ei bag ymolchi, doedd dim golwg o unrhyw fath o dabledi. Damia. Efallai fod gan ei fam rai? Anfonodd neges ar WhatsApp i ofyn.

Dim ateb. Anfonodd neges at ei frawd Siôn wedyn.

Haia, gynnoch chi barasetamols neu rwbath at hangofyr?

Teipiodd ar y sgrin.
Daeth yr ateb yn ôl syth bìn.

Na. Dim ond Calpol.

Ochneidiodd Gethin. Siŵr iawn, dylai fod wedi cofio nad oedd ei chwaer yng nghyfraith yn cymeradwyo cymryd unrhyw fath o dabledi os nad oedd rhaid. Doedd dim amdani felly. Anfonodd y neges ymlaen at Rebeca. Atebodd hithau yn ôl yn syth.

Oes. Dim probs, dere draw. Stafell 316 X

No we ei fod o am gyffwrdd dropyn o alcohol tan ddiwrnod y briodas, meddyliodd wrth gamu allan o'r lifft i'r llawr lle'r oedd stafell Rebeca a Sumara. Mae'n siŵr nad oedd y *jet lag* yn helpu pethau chwaith. Diolchodd nad oedd y briodas am ddeuddydd arall.

Doedd o brin wedi cael cyfle i guro mwy na dau guriad ysgafn pan agorodd Rebeca'r drws.

'Haia, dere mewn,' meddai gan wenu'n glên arno.

Dilynodd Gethin hi mewn i'r stafell ac fel yn yr un modd ag y mae'n anodd tynnu cast allan o hen geffyl allai o ddim peidio â chiledrych yn edmygus ar ei phen ôl yn y siorts dênim tyn. Roedd Rebeca wastad efo tin bach siapus, meddyliodd.

'Shwt wyt ti bore 'ma?' gofynnodd iddo.

'Uffernol.'

'Synnu dim 'da'r holl Ouzo yfest ti. Sai'n gwybod shwt o't ti'n gallu ei stumogi fe, o'dd e'n blasu fel paraffin,' chwarddodd Rebeca'n ysgafn.

'Nefar again.'

'Ha! Wy 'di clywed hynny o'r blân. 'Na beth wedest ti am y rym SangSom yfest ti pan o'n ni yn Thailand. Ti'n cofio?'

'Paid â fy atgoffa i,' griddfanodd Gethin.

'Wy'n dy nabod di'n dda, cofia. Yn rhy dda.' Syllodd Rebeca

i fyw ei lygaid, gan ddal yr edrychiad fymryn yn rhy hir a gwneud i Gethin deimlo braidd yn anesmwyth.

'Ym... ym, ddeudaist ti fod gen ti barasetamol?'

'Co ti,' estynnodd Rebeca baced o'r tabledi iddo.

'Diolch, ond dim ond dwy dwi isio, dwi ddim isio'r paced i gyd, sdi.'

'Cer ag e. Ma 'da Sumara ddigonedd. Mwy o stoc na siop cemist, wir i ti. Unrhyw bils neu *lotions*, neu beth bynnag ti moyn, Sumara yw'r fenyw.'

'Oi! Beth ti'n weud amdana i nawr?' gofynnodd honno, newydd gamu o'r stafell ymolchi ar ôl cael cawod. Roedd ei chorff wedi'i lapio mewn tywel mawr gwyn.

'Gweud taw ti yw'r fenyw os ti moyn unrhyw fath o dabledi neu feddyginiaethe,' gwenodd Rebeca'n annwyl ar ei phartner.

Bu saib anesmwyth rhwng y tri wedyn. Dim ond am ychydig eiliadau. Ond lawn ddigon i'r tri i fod yn ymwybodol ohono. Gethin dorrodd ar y mudandod.

'Reit... Wel... Ym... Diolch am y parasetamol. Well i mi fynd... I chdi gael...' amneidiodd yn chwithig i gyfeiriad Sumara yn ei thywel.

'Paid â mynd o'm hachos i,' meddai Sumara.

'Diolch eto,' medda fo gan chwifio'r paced parasetamols.

Trodd ar ei sawdl a chamu ar frys allan drwy'r drws i'r coridor heb sylwi bod Rebeca wedi'i ddilyn.

'Gethin,' meddai hi'n dawel ond yn hen ddigon uchel i Gethin ei chlywed.

Stopiodd yn ei dracs. 'Ia?' Trodd rownd i'w hwynebu hi. Llyncodd ei boer.

'Ambytu'n sgwrs ni neithiwr...'

Cyflymodd curiad ei galon.

''Yt ti wedi ca'l cyfle i feddwl mwy?'

'Ym… Wel, ddim rili…'

'O'n i o ddifri, tim'bo.'

'Ym… Reit… Diolch am y parasetamols.' Trodd ar ei sawdl a chamu ar frys gwyllt i gyfeiriad y lifft.

Shit, shit, meddyliodd. Dim malu cachu oedd hi. Ddim wedi dweud be ddeudodd hi yn ei meddwdod oedd hi. Mi roedd hi'n golygu pob gair. Ffyc.

SGERSLI BELIF!

'FYMA YDACH CHI!' datganodd Carys gan roi ochenaid o ryddhad. Roedd hi wedi bod yn cerdded o gwmpas y gwesty ers hydoedd yn chwilio am ei mam. Doedd dim golwg ohoni wrth y pwll, yn y bar, y lolfa, y siop goffi nac yn siop fach y gwesty. Lle gebyst oedd hi? Er mawr ryddhad roedd hi wedi cael hyd iddi yn y diwedd yn rhyw hepian cysgu ar wely haul wrth y pwll nofio yn sba'r gwesty. Dim ond ei mam a rhyw ddau neu dri arall oedd yno. 'Dwi wedi bod yn chwilio amdanoch chi'n bob man ac yn trio'ch ffonio chi.'

'O, ma'n ffôn i yn y stafell,' atebodd ei mam heb agor ei llygaid.

Ochneidiodd Carys yn ddifynedd. 'Sawl gwaith dwi wedi deud wrthach chi am ei gadw fo efo chi bob amser a'i adael o mlaen?'

'Anghofiais i.'

'Dach chi ddim am ddod allan? 'Dan ni wedi cadw gwely haul i chi.'

'Allan i'r popty 'na?' gwgodd Thelma dros ei sbectol. 'Dim ffiars o beryg.'

''Dan ni i gyd ar y traeth. Ma 'na awel fach lyfli yn fanno'.

'Ti'n gwybod yn iawn dda gen i ddim hen dywod. Sglyfath peth yn mynnu mynd i bob man. A dwi'n golygu bob man. Dwi'n iawn yn fyma, yli. A 'sa well i'r Greta fach 'na, yn ei chyflwr hi, ddod i mewn i gysgodi hefyd. Ma hi'n cŵl braf yn fyma.'

Roedd Carys yn amau mai manteisio ar y llonyddwch a'r tawelwch i ddal i fyny efo'i chwsg oedd Thelma.

'Wel, os dach chi'n siŵr eich bod chi'n iawn yn fyma, mi wna i adael llonydd i chi felly...'

'Be dach chi'n neud am ginio, 'ta?'

'Wel, dim ond newydd gael brecwast ma John Gareth a finnau...'

'Mi fydda i'n barod am ginio yn o fuan. Dwy Ryvita a phanad ges i. O'n i ddim ffansi dim byd arall. A phanad gwael oedd hi hefyd. Fatha piso dryw. Difaru rŵan na 'swn i wedi dŵad â fy magiau te fy hun.'

'Ryvita? Does ganddyn nhw ddim Ryvita yma,' meddai Carys yn syn.

'Nagoes siŵr. Dyna pam ddes i â phaced efo fi yn fy nghês. Ddysgais i wers ar ôl gorfod gneud heb yn y Sorrento 'na. Ac fel o'n i wedi amau, dydi jam yr hotel 'ma ddim patsh ar fy jam gwsberis i chwaith. Wyddost ti be oedd ar gael i frecwast yma? Pwdin reis oer. Wir i ti. Pwdin reis i frecwast! Glywest ti'r ffasiwn beth yn dy fyw?'

'Dach chi'n siŵr mai pwdin reis oedd o a dim uwd?'

'Ti'n meddwl mod i'n methu deud y gwahaniaeth rhwng uwd a phwdin reis? A beth bynnag, 'nes i ofyn i un o'r weityrs os mai pwdin reis oedd o. A ddeudes i wrtho fo wedyn nad ydi pobol isio pwdin reis i frecwast mwy nag ydyn nhw isio treiffl.'

Ochneidiodd Carys. Doedden nhw ddim wedi bod yn y gwesty bedair awr ar hugain eto ac yn barod roedd ei mam yn dechrau tynnu pobol i'w phen.

''Dan ni'n cyfarfod trefnydd y briodas am un. Mi oedden ni wedi meddwl cael rhywbeth bach i'w fwyta ar ôl hynny.'

'Mi fyddai ar fy nghythlwng erbyn hynny. Mi ga i fy nghinio

ar ben fy hun, 'ta, fel ges i fy mrecwast,' meddai Thelma yn swta. 'Paid ti â phoeni dim amdana i.'

'Holwch Siôn neu Gethin be ydi eu trefniadau nhw am ginio. Dwi'n siŵr gewch chi eu cwmni nhw. Sdim rhaid i chi fod ar eich pen eich hun, siŵr.'

Pam, o pam oedd ei mam byth a hefyd yn gwneud iddi deimlo'n euog ynglŷn â rhywbeth neu'i gilydd?

'Mi fydda i'n siort ora ar ben fy hun, dallta. A beth bynnag, dwi'n ca'l masaj pnawn 'ma.'

'Dach chi'n ca'l be?' gofynnodd Carys mewn syndod, yn meddwl yn siŵr ei bod wedi camglywed.

'Masaj. *Full body*, 'mechan i.'

'Dach chi erioed?' ebychodd Carys wedyn yn gegrwth. Ei mam o bawb yn gorwedd ar wely yn hanner noeth a gadael i ddieithryn dylino ei chorff hi? Sgersli belif!

'Mi ges i fy mherswadio gan un o'r gennod bach sy'n gweithio yn y sba yma. Oedd ganddi slot rhydd pnawn 'ma – wel a deud y gwir dwi'n meddwl bod gan y graduras sawl slot. Mi ofynnodd hi os o'n i ffansi masaj. "No thank-you," medda finnau, ond dyma fi'n meddwl efo fi fy hun wedyn, ella y bysa masaj yn helpu'r hen glun ciami 'ma. Mi fysa rhwbiad go lew yn gwneud byd o les iddi. Felly dyma fi'n deud wrthi y byswn i'n mynd am fasaj ar yr amod mod i'n ei ga'l o am hannar y pris, gan fy mod i'n bensiwnïar.'

'Ac mi gytunodd hi?' gofynnodd Carys yn syn.

'Do, tad. Waeth iddi hynny ddim neu cicio'i sodla fysa'r beth bach fel arall, 'te?'

Y gwir plaen amdani oedd bod yr hen Thelma yn dechrau cael blas rhyfeddol ar aros mewn gwesty pum seren gyda'i holl adnoddau moethus, yn enwedig a hithau ddim wedi gorfod talu'r un geiniog amdano. Carys a John Gareth dalodd am ffleits a stafelloedd pawb, gan gynnwys rhai Gethin a Molly o Seland Newydd. Roedd Thelma'n benderfynol o ddefnyddio pob adnodd ond doedd hi ddim yn fodlon talu'r pris llawn amdano chwaith.

Ysgydwodd Carys ei phen a rowlio ei llygaid. Esgob, mi oedd gan ei mam wyneb weithiau. Wel, mwy na weithiau a dweud y gwir.

'Wela i chi nes mlaen, 'ta. Mwynhewch eich masaj. Cofiwch, 'dan ni i gyd yn mynd allan am bryd o fwyd heno. Pawb i gyfarfod yn y dderbynfa am saith.'

Roedd John Gareth wedi bwcio bwrdd i bawb mewn tŷ bwyta yn nhref Lindos y noson honno oedd yn arbenigo mewn *meze* Groegaidd.

'A gofalwch bo chi ddim yn deud dim byd heno,' ategodd Carys.

'Be ti'n feddwl 'ogan?' gofynnodd ei mam yn syn gan eistedd i fyny.

'Wel, dach chi'n gwybod fel ydach chi. Calla dawo, ia, Mam?' Roedd gan Carys ofn drwy ei thin i'w mam wneud rhyw sylw amhriodol ynglŷn â pherthynas Rebeca a Sumara. Pan ddalltodd fod Rebeca bellach mewn perthynas hoyw doedd ei hymateb ddim be fysa rhywun yn ei alw'n wleidyddol gywir o bell ffordd.

'Wn i ddim be ti'n drio ei ddeud wir,' meddai ei mam fwyaf ddiddeall, gan roi ei sbectol yn ôl ar ei thrwyn a throi at ei *Wordsearch*.

Ochneidiodd Carys. Gobeithio i'r nefoedd y byddai ei mam yn bihafio a ddim yn ei embarasio hi dros swper, meddyliodd wrth adael y sba.

FEL MERYL STREEP...

CAFWYD CYFARFOD BUDDIOL a gwerthfawr iawn rhwng Carys, John Gareth ag Angeliki, trefnydd y briodas. Roedd hi wedi trefnu popeth a doedd dim rhaid i'r cwpwl boeni dim ynglŷn ag unrhyw agwedd o'r diwrnod mawr. Unrhyw gwestiwn neu ymholiad oedd ganddynt roedd Angeliki yn gallu ei ateb a'u sicrhau fod popeth mewn llaw. Roedd hi wedi trefnu bod merch yn dod draw i'r gwesty yn y bore i wneud colur ac i steilio gwallt Carys. Roedd hi wedi trefnu tusw o flodau iddi hi hefyd a phosi bach i Sisial, a rhosynnau, hyd yn oed, ar gyfer siacedi John Gareth a Siôn, y gwas priodas, a *corsage* a'r gyfer Rebeca, y tyst arall. Roedd yna dynnwr lluniau proffesiynol a theisen briodas wedi'u trefnu, ac roedd yr holl waith gweinyddol oedd ynghlwm â phriodi dramor wedi'i wneud. Braf oedd cael y tawelwch meddwl bod y trefniadau i gyd mewn lle.

'Do not worry, I know this is your first wedding here, but we've organized hundreds of weddings,' cysurodd y ddau'n glên. 'You two just relax and enjoy your stay on our beautiful island. Make happy memories. Everything will be perfect.'

Edrychodd Carys o'i chwmpas yn methu credu, ymhen deuddydd, y byddai hi a John Gareth yn priodi yn yr union fan yma. Allen nhw ddim fod wedi dewis lleoliad mwy rhamantaidd a chyfareddol. Roedd y seremoni yn cael ei chynnal tu allan i gapel gwyngalch Sant Paul, capel bach oedd yn nodweddiadol o gapeli Groegaidd. Roedd y lleoliad yn gwbl breifat gyda golygfeydd godidog o'r môr gwyrddlas Aegeaidd, ac yn gefnlen i'r cwbl roedd acropolis Lindos. Yn dilyn seremoni'r briodas roedd Carys, John Gareth a'u gwesteion yn mynd ar fordaith fechan o gwmpas y bae. Cyfle i fwynhau'r golygfeydd wrth sipian siampên cyn eu hebrwng i'r brecwast priodas oedd i'w gynnal mewn taferna ar y traeth.

Yn dilyn y cyfarfod mwynhaodd y ddau salad Groegaidd mewn bar ym mae Sant Paul.

'Braf cael amser i ni'n hunain am sbel fach,' meddai John Gareth gan gymryd dracht o'i gwrw oer a mwynhau'r olygfa o'r bae o'i flaen.

'Y tawelwch cyn y storm,' gwenodd Carys gan sipian ei gwydriad o win gwyn.

'Wy'n dishgwl mlân nawr, rili dishgwl mlân. Wy ffaelu aros i dy weld ti yn dy ffrog.'

'Ma'r modrwyau 'n saff gen ti, yndi?'

Disgynnodd gwep John Gareth a medda fo'n dawel, 'Ma'n nhw dal yn y drâr wrth ochr y gwely, gitre.'

Disgynnodd gwep Carys yr un mor gyflym. 'Paid â malu nhw!'

'Wrth gwrs bo fi 'di cofio nhw,' chwarddodd John Gareth.

'O, diolch i Dduw!' ochneidiodd Carys, y rhyddhad yn amlwg ar ei hwyneb. 'Bron iawn i mi ga'l hartan pan ddeudest ti hynna. Ar ôl be 'dan ni wedi bod drwyddo, rhwng y bws yn torri i lawr ar y ffordd, wedyn yr helynt efo bag Mam yn y maes awyr, mi fysa anghofio modrwyau'n coroni'r cwbl.'

Ar ôl gorffen eu salad eisteddodd y ddau mewn tawelwch cyffordus yn sipian eu diodydd a mwynhau'r olygfa o'u blaenau.

'W't ti'n meddwl weithia y bysa fo wedi bod yn well tasan ni'n dau jyst wedi elopio?' gofynnodd Carys iddo ymhen sbel.

'Elopio? Pam ti'n gweud 'ny?' gofynnodd John Gareth yn syn. 'Ta beth, ma hi'n rhy hwyr i feddwl hynny nawr.'

'Dwi'n gwybod hynny. Ond fydda i'n meddwl weithiau y bysa hi wedi bod yn braf mewn un ffordd. Jyst y chdi a fi.'

'Falle, wir. Ond fydden ni byth wedi clywed ei diwedd hi gan dy fam tasen ni wedi elopio a hithe heb ga'l bod yn bresennol.'

Unig blentyn oedd John Gareth ac yn anffodus mi roedd o wedi colli ei fam a'i dad ers sawl blwyddyn.

'Ti'n llygaid dy le yn fanna,' cytunodd Carys. 'Fasan ni wedi pechu'n anfaddeuol am byth bythoedd amen. A ma hi'n braf cael pawb efo'i gilydd. Mae o'n beth mor brin dyddiau yma efo Geth yn byw ochr arall i'r byd.'

'Odi, glei.'

'O'dd o'n dawel iawn bora 'ma, doedd,' meddai Carys ymhen sbel.

'Gethin? 'Nes i ddim sylwi.'

'I feddwl ein bod ni heb ei weld o ers misoedd doedd 'na fawr o sgwrs i ga'l ganddo fo.'

'Be ti'n disgwyl a fynta wedi bod mas yn yfed tan berfeddion neithiwr? Hangofyr sydd 'da fe.'

'Mmm, ella,' atebodd Carys ond doedd yna fawr o argyhoeddiad yn ei llais. Roedd hi'n nabod ei mab ieuengaf yn dda. Yn dda iawn. Roedd rhywbeth ar ei feddwl. Byddai wastad yn mynd i'w gragen pan fyddai rhywbeth yn ei boeni. Ella nad oedd o'n hapus yn ei swydd, meddyliodd yn sydyn, neu ella fod ganddo hiraeth am adra? Er mor hunanol oedd meddwl peth felly, gobeithiai yn ei chalon mai dyna beth oedd yn ei boeni.

'Reit, beth ni mynd i neud? Gofyn am y bil, neu ca'l drinc bach arall?' torrodd John Gareth ar draws ei meddyliau.

'Diod bach arall, ia? Ma hi mor fendigedig yma. Dwi'm isio symud o 'ma, deud gwir.'

'Na finne. Gwin gwyn 'to, ife? Mi fydd dy fam yn meddwl ein bod ni dou wedi mynd awol,' chwarddodd John Gareth ac amneidio ar y weityr i ddod â rownd arall.

'Sgwn i sut aeth ei masaj hi?' gofynnodd Carys. 'Wsti be? Fedra i ddim yn fy myw â dychmygu hi'n ca'l rhywbeth felly. Ma siŵr fydd hi ddim wedi mwynhau eiliad. Wn i ddim be ddaeth dros ei phen hi wir,' meddai wedyn gan ysgwyd ei phen.

Yn wir, dyna oedd union eiriau Thelma pan welodd y ddau hi yn siop goffi'r gwesty'n ddiweddarach. Doedd hi dal ddim wedi mentro allan i'r gwres llethol, yn hytrach cysgodai tu mewn yn mwynhau paned o goffi a chacen hufennog.

'Wnaethoch chi ddim joio'ch masaj felly?' gofynnodd Carys yn synnu dim at ymateb ei mam.

'Wel, ddeuda i fel hyn, fydda i ddim ar unrhyw frys gwyllt i ga'l un arall. Hen ddwylo brwnt oedd gan yr hen 'ogan fach 'na. Ma'n mysyls bach i'n gwingo ar ei hôl hi. O'dd hi'n mynnu deud wrtha fi i relacsio. Relacsio wir! Sut ar wyneb y ddaear fedrwn i relacsio a honno yn fy mhwnio i'n galed? Fydda i'n gleisiau i gyd fory.'

Ciledrychodd Carys a John Gareth ar ei gilydd, y ddau am y gorau i geisio ymatal eu hunain rhag piffian chwerthin a'r olwg ar wyneb Carys yn dweud, 'ddeudes i, 'do'.

'Sut aeth eich cyfarfod chi, 'ta?' holodd Thelma. 'Fuoch chi ddigon hir, beth bynnag.'

'Da iawn, diolch. Ma popeth mewn llaw. Ma'r cwmni trefnu priodas hyn yn wych,' atebodd John Gareth.

'Ma'n werth i chi weld lleoliad y briodas,' ychwanegodd

Carys. ''Dan ni mor falch ein bod ni wedi dewis priodi yn Lindos yn hytrach na Faliraki. Mi fyddwn ni'n gwneud ein haddunedau yn sbio reit allan ar y môr ac mae acropolis Lindos i'w weld tu ôl i ni. Mae o fel rhywbeth allan o ffilm.'

'O'n i'n meddwl mai mewn rhyw gapel oeddech chi'n priodi?' gwgodd Thelma.

'Wel, tu fas i'r capel,' eglurodd John Gareth.

'Tu allan? Pam dach chi ddim yn priodi tu mewn, neno'r Tad? Dyna be ma pawb call yn ei neud fel arfer, 'te.'

'Smo ni'n ca'l priodi tu fewn am nag y'n ni'n perthyn i'r eglwys, Greek Orthodox,' eglurodd John Gareth.

'Pam ar wyneb y ddaear wnaethoch chi benderfynu priodi yn fanno, felly? Chlywes i erioed y ffasiwn beth. Dach chi ddim yn ca'l priodi tu mewn? Allan yn y gwres 'ma fyddwn ni?'

''Di o ddim yn gwneud unrhyw wahaniaeth, Mam,' ochneidiodd Carys.

'Wel, ydi, siŵr iawn ei fod o. Pwy glywodd erioed am rywun yn priodi tu allan i gapel? Ma'n union fel tasa yna ddau Annibynnwr yn penderfynu priodi tu allan i gapel Bedyddiwr jyst am eu bod nhw'n licio lle ma'r capel.'

'Smo fe cweit yr un peth, Thelma.'

'Mmm. Deuda di. Wel dyna ni, mi fyddwn ni i gyd wedi gwywo yn y gwers 'ma neu'n waeth, yn ca'l sun strôc. Ond chi ŵyr eich petha. Eich priodas chi ydi o.'

'Ia, Mam, ein priodas ni,' pwysleisiodd Carys yn prysur gyfri i ddeg yn ei phen ac wedi cyrraedd naw a hanner ers meitin. Ciledrychodd ar John Gareth, roedd y syniad o elopio yn mynd yn fwy a mwy atyniadol pob munud.

'Ac ar ôl y seremoni ni i gyd yn mynd am *cruise* bach i

ddathlu,' meddai John Gareth yn trio newid y pwnc rhyw fymryn.

'Sut fath o *cruise*?' gofynnodd Thelma'n amheus.

'Dim ond trip bach rownd yr arfordir cyn y brecwast priodas,' ategodd.

'O, fydda i ddim yn dŵad ar hwnnw,' meddai Thelma yn bendant. 'Ddim ar ôl y tro diwetha fues i ar gwch.'

'Wel, byddwch siŵr iawn. Ma pawb yn dod,' meddai Carys yn biwis. Gallai Thelma brofi amynedd sant ambell dro.

'Bydd y trip hwn yn wahanol iawn i hwnnw i Capri, Thelma,' eglurodd John Gareth yn ceisio ei orau i ddarbwyllo ei ddarpar fam yng nghyfraith.

'Fydd o wir? Dwi'n cymryd na fyddi di'n hwylio'r cwch, felly?' datganodd Thelma wedyn gan roi pwyslais arbennig ar y 'di'. 'Dach chi'n cofio pa mor sâl fues i ar y ffordd *i* ac ar y ffordd yn ôl o Capri? O'n i ddigon gwael i farw.'

'Fel deudodd John Gareth, mi fydd y trip yma'n wahanol i hwnnw,' triodd Carys wedyn. ''Dan ni ddim yn mynd am yn hir nac yn bell iawn, dim ond o gwmpas y bae ac yn ôl.'

'Ac fe fydd y môr fel gwydr,' ategodd hwnnw. 'Fyddwch chi fel y boi.'

'Hy!' gwgodd Thelma. 'Wn i ddim wir.'

'Gewch chi aros ar y lan, 'ta,' datganodd Carys gan droi tu min. Roedd hi wedi colli hynny o fynadd oedd ganddi efo'i mam ers meitin. Rhyngthi hi a'i phethau os oedd hi'n mynnu tynnu'n groes bob gafael.

'Mi wna i, yli,' cadarnhaodd honno yn ystyfnig fel mul.

'Ie, wedi meddwl, falle y bydde hi'n ddoethach i chi aros ar y lan, Thelma. Ni ddim moyn i chi fod yn sâl môr,' meddai John Gareth yn gydymdeimladol. 'Fyddwch chi fel Meryl Streep yn y ffilm *The French Lieutenant's Woman* yn edrych mas i'r môr arnon ni i gyd yn joio, yn yfed siampên a thynnu llunie ac ati. Fyddwch chi'n ocê ar eich pen eich hunan, on'd fyddwch chi?'

'Siampên ddeudoch chi?'

Nodiodd Carys a John Gareth eu pennau.

'Wel, os mai dim ond trip bach sydyn rownd y bae ydi o, ella y do' i,' meddai Thelma'n gyndyn. Dim ffiars o beryg roedd hi'n mynd i golli allan chwaith, yn enwedig pan oedd hi'n fater o dynnu lluniau ac yfed siampên.

Rhoddodd John Gareth winc fach slei ar Carys. O, oedd, roedd yna sawl ffordd o gael Wil i'w wely, neu yn yr achos yma, cael Thelma ar gwch. 'Reit, wy'n mynd lan i newid a mynd am y pwll. Wela i chi nes mlân, Thelma.'

'Ddo' i efo chdi,' meddai Carys gan gychwyn ei ddilyn. 'Dach chi am ddŵad allan, Mam?'

'Melanoma gewch chi i gyd neu sun strôc, dwi'n deud wrthach chi,' datganodd y Cysurwr Jôb.

Anwybyddodd Carys y sylw.

'Dwi'n cymryd mai "na" ydi'r ateb felly? Reit, welwn ni chi am chwarter i saith yn y dderbynfa. A pheidiwch â bod yn hwyr.'

'Be haru ti!' gwgodd Thelma ar ei merch. 'Fydda i byth yn hwyr.'

Cofiai Carys ond yn rhy dda fod dilidalio ei mam cyn rihyrsal priodas Gethin a Rebeca yn Sorrento wedi achosi iddyn nhw gyrraedd yn hwyr. Roedd Carys wedi rhoi ei bryd ar gyrraedd o flaen Meira Lloyd Jenkins ond rhoddodd ei mam y caiboish ar y cynllun hwnnw.

'Dach chi wedi penderfynu be dach chi'n mynd i wisgo heno, do?' gofynnodd, oherwydd mai dyna oedd achos yr holl oedi'r adeg hynny.

'Wel, o'n i wedi meddwl rhoi'r top llwyd a glas a throwsus crîm wisgais i yn Sorrento ond mi fydda i'n chwys domen mewn trowsus, felly dwi am wisgo fy ffrog linen crîm. Dwi wedi'i smwddio hi'n barod. Handi cael hetar a bwrdd smwddio yn y stafell, dydi. Er, wn i'm pam dwi wedi trafferthu chwaith, mi fydd y gnawes yn un swp o rincyls ymhen dim. Ond dyna fo, mi geith hi neud y tro. Cha' i ddim byd gin neb.'

'Ma pob dim wedi sortio, 'lly?' gofynnodd Siôn yn lled-orweddian yn braf ar ei wely haul wrth y pwll. Yn ffodus, roedd y cwpl efo'r gwelâu haul drws nesaf i Siôn, Greta a Sisial yn gadael fel roedd John Gareth a Carys yn cyrraedd ac roeddynt wedi llwyddo i fachu'r ddau.

'Yndi Tad,' atebodd Carys gan rwbio eli haul ar ei chorff. Y peth diwethaf yr oedd hi eisiau ei wneud oedd llosgi cyn y diwrnod mawr. 'Lle ma pawb, 'ta?'

'Dach chi newydd golli Gethin a Molly. Ma'r ddau newydd fynd i fyny i'w stafell. Ma Geth yn dal i ddiodda ar ôl neithiwr. 'Di o prin wedi deud bw na be wrth neb a mae o wedi cysgu'n y cysgod drwy'r dydd, bron. A dydi Rebeca a Sumara byth yn eu holau,' atebodd Siôn.

'Lle ma'n nhw wedi mynd, 'ta?'

'I dre Rhodes i wneud ychydig o siopa ac i weld yr hen dref.'

'Taid-cu, Taid-cu!' gwaeddodd Sisial o'r pwll, wedi gwirioni gweld John Gareth. 'Tyrd i chwara efo fi!'

Yn y pwll hefyd roedd Greta. Roedd hi newydd wirfoddoli i newid lle efo Siôn, gan ei fod o, yn ddirwgnach, wedi bod ar ddyletswydd pwll y rhan fwyaf o'r diwrnod. Yr unig amser y daeth Sisial allan o'r dŵr oedd i fwyta ei chinio ac i fynd i'r tŷ bach. Cyn hynny roedd Greta wedi bod yn ymarfer mymryn o ioga yn ei stafell ac yna wedi bod yn cysgodi ac yn darllen o dan ymbarél anferth.

Doedd dim rhaid i'r fechan ofyn ddwywaith. Tynnodd John Gareth ei Raybans a phlymio i mewn i'r pwll. Sgrechiodd y fechan wedi'i phlesio'n arw. Dechreuodd y ddau sblasio ei gilydd yn chwareus. Er mai rhyw gwta flwyddyn oedd yna ers i Sisial ffeindio bod ganddi daid ac i John Gareth ffeindio bod ganddo yntau wyres, roedd y ddau'n fêts pennaf.

Manteisiodd Greta ar gwmni newydd ei merch yn y pwll a chamu allan yn werthfawrogol ac yn ôl i'r cysgod. Wrth iddi gerdded heibio, allai Carys ddim llai nag edmygu ffigwr ei merch yng nghyfraith yn y wisg nofio. Er ei bod wedi mynd ychydig dros ugain wythnos roedd hi prin yn dangos dim. Yn wahanol iawn iddi hi pan oedd hi'n feichiog efo'i hail. Roedd hi ond wedi mynd ychydig wythnosau efo Gethin, a doedd hi na Medwyn, ei chyn ŵr, wedi yngan gair wrth neb ei bod hi'n feichiog, pan ddatganodd ei mam gan rythu ar ei bol. 'Ti'n disgwl, dwa? Ti wedi mynd yn foliog iawn.'

'Iawn, Greta?' gofynnodd Carys wrth i honno estyn ei thywel i sychu ei hun.

'Yndw, diolch. Arbennig. Ma'r gwesty 'ma'n ffantastig. Ac mae yna ddigonedd o ddewis o fwyd figan yma hefyd.'

''Dan ni wedi dybl jecio y bydd yna fwyd figan ar dy gyfer di yn y brecwast priodas hefyd,' meddai Carys.

'Diolch,' gwenodd Greta'n glên yn ôl.

Roedd Thelma yn mynnu hefru efo Carys pob gafael: 'Dylai'r hogan fach yna fwyta bwyd iawn yn lle rhyw gnau a rhyw hen hadau. Dim bwji ydi hi. Yn enwedig a hithau'n disgwyl.'

Am newid, yn dawel bach, tueddai Carys i gytuno efo'i mam. Roedd hi hyd yn oed wedi lleisio ei phryderon efo Siôn.

'Mam, ma Greta wedi gneud hyn o'r blaen. Ma hi'n cymryd llwyth o sypliments a ballu. Ma hi'n gwybod be ma hi'n neud, ocê,' pwysleisiodd.

Roedd hynny'n ddigon gwir ond mi roedd pob beichiogrwydd yn wahanol. Ac mi oedd y beichiogrwydd yma'n wahanol. Newydd gilio oedd y salwch bore oedd wedi para drwy'r dydd a'r nos. A'r tro diwethaf doedd gan Greta ddim merch fach chwech a hanner oed llawn egni i edrych ar ei hôl chwaith. Roedd rhaid cofio ei bod hi'n hŷn y tro hwn hefyd. Ond calla dawo, meddyliodd Carys.

Clywyd sŵn awyren fechan uwchben.

'Ma'n nhw dal wrthi,' ochneidiodd Greta gan edrych i fyny. Edrychodd Carys hithau i fyny a gweld awyren felen yn hedfan i gyfeiriad y môr.

'Ma'n nhw wedi bod wrthi drwy'r dydd,' mwmiodd Siôn 'Yn ôl ac ymlaen. Dydyn nhw heb stopio.'

'Be ma'n nhw'n neud, 'lly?' gofynnodd Carys.

'Trio rhoi rhyw danau allan ma'n nhw. Ma 'na goedwigoedd ar dân a ma'r eroplens yn cael dŵr o'r bae 'ma.'

'Sut ti'n gwybod hyn?' gofynnodd Carys.

'O'dd o ar Sky News bora 'ma. Ag o'dd y boi tu ôl i'r bar yn deud hefyd.'

''Dan ni'n iawn yn fyma, ydan? 'Dan ni yn saff, ydan?' gofynnodd Carys yn boenus.

'Ydan Tad. Ma'n nhw'n ddigon pell o fyma. Paid â phoeni. Ma'n nhw fwy ynghanol yr ynys. ''Dan ni'n berffaith saff yn fyma,' meddai Siôn gan dawelu ofnau ei fam.

'Wel, gobeithio fod pawb sy'n byw yn yr ardal yna yn saff ac ddim mewn unrhyw beryg,' meddai Carys y llawn consýrn.

'O, dwi'n siŵr fod y tanau'n bell o unrhyw dai a phentrefi, sdi,' cysurodd Siôn ei fam.

O glywed hynny, estynnodd Carys ei llyfr o'i bag a gorwedd yn ei hôl gan ymlacio'n braf ar ei gwely haul.

HAWS CYNNAU TÂN...

DALIAI MOLLY DDWY ffrog i fyny, un ymhob llaw o'i
blaen yn y drych, un binc batrymog a'r llall yn un arian.
Roedd hi mewn cyfyng gyngor p'run yr oedd hi am ei gwisgo
y noson honno. Roedd hi'n ffafrio'r un binc ond yr unig ddrwg
efo honno oedd y byddai'n rhaid iddi wisgo sodlau efo hi, a
doedd hi ddim yn gwybod faint o gerdded drwy strydoedd
bach culion Lindos y byddent yn ei wneud i gyrraedd y tŷ
bwyta.

Roedd hi'n awyddus iawn i greu argraff dda ar deulu Gethin.
Pan soniodd fod ei fam a'i phartner yn bwriadu priodi ar ynys
Rhodes, a bod gwahoddiad iddi hithau ddod i'r briodas, bu
am hydoedd rhwng dau feddwl ai mynd neu beidio, oherwydd
Rebeca. Roedd yn sefyllfa chwithig ac anarferol a dweud y
lleiaf.

Sbel yn ôl, mi roedd Molly wedi gofyn i Gethin am gael
gweld lluniau o Rebeca. Ar ôl eu gweld roedd hi'n methu
peidio â chymharu ei hun efo'r ferch siapus, maint chwech
a'i gwallt hir tywyll, tonnog. Ymdebygai Rebeca i ddol Sindy
fechan ac roedd Molly'n teimlo fwy fatha rhyw ddol Cabbage
Patch Kids. Er, a bod yn deg, mi roedd Molly lawer iawn yn
rhy hunanfeirniadol. Oedd, mi roedd y ddwy'n edrych yn
hollol wahanol o ran ffurf a gwedd, ond mi roedd Molly'n
ferch ddeniadol iawn efo'i gwallt bòb cwta, euraidd a'i chorff
tal athletaidd.

Ar ôl cryn berswâd, llwyddodd Gethin i'w pherswadio hi i fynd efo fo i'r briodas. Llwyddodd hefyd i'w sicrhau mai perthynas gwbl blatonig, yn wir, perthynas fwy fel brawd a chwaer oedd un Rebeca a fo bellach. Roeddynt wedi hen symud ymlaen ac roedd hithau, fel yntau, yn hapus yn ei pherthynas newydd a hyd yn oed yn trefnu ei phriodas.

Gan fod ffleit Molly, Gethin, Rebeca a Sumara wedi cyrraedd o flaen y lleill roedd y pedwar wedi mynd allan am bryd o fwyd. I ymdopi efo sefyllfa letchwith mi roedd Molly, fel y tri arall, wedi goryfed braidd, ond y gwir amdani oedd hyd yn oed heb gymorth alcohol byddai'r pedwar wedi dod ymlaen yn wych.

Roedd Molly wedi rhagdybio y byddai Rebeca yn dipyn o hen drwyn, ond cafodd ei siomi ar yr ochr orau. Buan iawn y sylweddolodd fod traed Rebeca yn gadarn ar y ddaear a'i bod yn hen hogan iawn. Cliciodd y ddwy'n syth a bu'r ddwy hyd yn oed yn cymharu nodiadau ynglŷn ag arferion drwg Gethin, fel gadael tywelion gwlyb ar y llawr ar ôl cael cawod a byth yn socian sosbenni budur.

'Hei, chi'ch dwy! Rhowch gorau i gangio i fyny arna i!' roedd o wedi eu ceryddu'n ysgafn a hwythau wedi glanna chwerthin wedyn.

Yr unig adeg y teimlodd Molly ychydig bach yn anghyfforddus ac ansicr oedd pan fuodd y ddau yn siarad am hydoedd wrth y bar.

Penderfynodd ar y ffrog arian gan fod honno o ddefnydd ysgafnach. Roedd hi'n dal yn ddau ddeg wyth gradd tu allan ac roedd hi'n siŵr iddi glywed John Gareth yn dweud y byddent yn bwyta yn yr awyr agored y noson honno.

'Wyt ti am fynd am gawod gynta, 'ta a' i?' gofynnodd wrth gadw'r ffrog binc yn ôl yn y wardrob.

'Mm?' Lled-orweddai Gethin ar y gwely. Chododd o ddim ei ben o'i ffôn. Roedd o wedi bod yn hynod o dawedog drwy'r dydd, yn methu cael be ddeudodd Rebeca wrtho y noson cynt allan o'i feddwl.

'Be sy mater efo chdi heddiw?' gofynnodd Molly iddo yn blwmp ac yn blaen.

'Sdim byd yn mater efo fi,' gwadodd Gethin.

'Oes ma 'na. Ti prin wedi deud gair o dy ben drwy'r dydd. Be sy?'

'Does 'na ddim byd,' mynnodd Gethin wedyn gan godi ei ben o'r diwedd. ''Di blino ar ôl neithiwr dwi.'

Bu tawelwch chwithig rhwng y ddau wedyn.

'Am be fuest ti a Rebeca yn siarad amdano fo am yn hir neithiwr, 'ta?' gofynnodd gan dorri ar y mudandod.

'Be?' Suddodd calon Gethin i'w draed. Dyna'r cwestiwn olaf oedd o'n dymuno ei ateb.

'Glywest ti fi'n iawn. Chdi a Rebeca... Am be fuoch chi'ch dau'n siarad amdano neithiwr?'

'Aglwy, dwi'm y cofio. Fawr o ddim byd.'

'Fuoch chi'n siarad am yn hir wrth y bar 'na.'

'Do, dwa?' Llyncodd Gethin ei boer drachefn.

'Do. Oedden ni'n methu dallt lle oeddech chi.'

'Prysur oedd hi yn y bar. Hir yn cael ein serfio oedden ni.'

Roedd Molly'n adnabod Gethin yn rhy dda. Gwyddai'n iawn pan oedd o'n celu'r gwir oddi wrthi. Roedd rhaid iddi ofyn iddo, felly. Roedd rhaid iddi ofyn er mwyn tawelwch meddwl a chwalu'r amheuon oedd wedi bod yn ei phlagio hi drwy'r dydd. Dyna'r unig beth oedd yn mynd rownd a rownd yn ei phen pan aeth hi i redeg ben bore. Fel arfer roedd rhedeg yn clirio ei phen, ond ddim bore 'ma. Oedd Gethin a Rebeca yn ffansïo'i gilydd? Oedd 'na rywbeth rhwng y ddau o hyd? Oedd gweld Rebeca eto wedi ailddeffro'r teimladau oedd ganddo fo amdani flynyddoedd yn ôl?

Cymerodd anadl fawr cyn gofyn, 'Ti'm dal yn ei ffansïo hi, wyt ti?'

'Eh? Pam ti'n gofyn hynna?' Roedd cwestiwn Molly yn ddigon iddo gadw ei ffôn. 'Nacdw siŵr.'

'Wel, mi oeddech chi'ch dau i fod i briodi.'

Ychydig ar ôl cyfarfod Molly roedd Gethin wedi dweud ei hanes i gyd wrthi. Sut yr oedd o a Rebeca i fod i briodi yn Sorrento, ond bore'r briodas roedd Gethin wedi cael traed oer gwirioneddol a sylweddoli nad oedd o eisiau ei phriodi hi. Roedd o'n cachu brics, medda fo, pan fu'n rhaid iddo ei hwynebu a hithau yn ei ffrog briodas ar fin gadael y gwesty am y clwysty, lleoliad y briodas. Roedd o wedi disgwyl sterics a chrio mawr ond yn hytrach gwenodd hi'r wên orau a welodd Gethin ganddi cyn rhoi clamp o sws ar ei foch. Chafodd o erioed gymaint o ryddhad pan ddatganodd Rebeca wrtho ei bod hithau'n teimlo'n union yr un fath a ddim eisiau ei briodi yntau chwaith. Penderfynodd y ddau gymryd brêc o'u gwaith a mynd i deithio efo'i gilydd.

Buan iawn roeddynt wedi sylweddoli, er eu bod yn caru ei gilydd, nad oedden nhw mewn cariad efo'i gilydd a dyma benderfynu gwahanu ond dal i barhau'n ffrindiau. Dychwelodd Rebeca i Gaerdydd ac yn fuan iawn ar ôl dod yn ei hôl roedd wedi cyfarfod Sumara mewn dosbarth sbin. Disgynnodd y ddwy dros eu pennau a'u clustiau mewn cariad efo'i gilydd. Er, ar ôl meddwl mwy am y peth, roedd Gethin yn amau'n dawel bach bod y ddwy'n adnabod ei gilydd cyn y dosbarth sbin. Roedd yntau wedyn wedi cario yn ei flaen i deithio ac wedi cael amser gwerth chweil yn Awstralia. Penderfynodd ei fod am fynd yn ôl i ddysgu, gan ei fod wedi cymhwyso fel athro Mathemateg. Ond roedd o wedi cael blas ar fyw a gweithio dramor, ac yn hytrach na dychwelyd yn ôl i Gymru fach i ddysgu, bu ei gais i fod yn athro yn ynys y de yn Seland Newydd yn llwyddiannus. Ymhen ychydig fisoedd o symud i'r wlad, roedd wedi cyfarfod Molly mewn bar Cymraeg yn Wellington. Roedd y ddau wedi clicio'n syth.

'Wel, oedden, ella...'

'Dim ella amdani hi, Gethin,' torrodd Molly ar ei draws. 'Aethoch chi i gyd draw i Sorrento i briodi.'

'Do, ond mi wnaethon ni'n dau ffeindio allan nad oedd yr un ohonon ni isio priodi'n gilydd.'

'Ella eich bod chi'n difaru erbyn hyn. Ti'n gwybod be ma'n nhw'n ddeud.'

'Nacdw i. Be ma'n nhw'n ddeud?'

'Haws cynna tân a hynna i gyd.'

'Callia 'nei di,' wfftiodd Gethin.

'Be oeddech chi'n drafod neithiwr, 'ta?' Roedd Molly fel ci efo asgwrn.

'Dwi'm yn cofio, nachdw. Banter dyna i gyd.'

'O'dd o ddim yn edrych fel banter i mi. O'dd golwg siriys iawn arnoch chi pan weles i chi ar fy ffordd i'r tŷ bach.'

Roedd Molly wedi gweld Rebeca a fynta'n siarad felly. Wyddai Gethin mo hynny. Doedd o ddim wedi sylwi arni.

'Yli, o'n i wedi meddwi. Dwi ddim yn cofio, ocê? Jyst gad y peth fod, ia? A' i am gawod gynta.' Cododd Gethin oddi ar y gwely a chamu i gyfeiriad y stafell ymolchi. Trodd yn ei ôl. Yn syth, difarodd siarad mor siarp efo hi a phlannodd gusan ysgafn ar ei boch. 'Yli, efo chdi ydw i rŵan ac efo chdi dwi isio bod. Ma Rebeca a fi yn hen, hen hanes, ocê?'

Gwenodd Molly'n wan arno. Doedd ei eiriau na'r gusan wedi lleddfu dim o'i hamheuon na thawelu ei meddwl. Roedd hi'n glir fel grisial fod y sgwrs rhwng y ddau wedi bod yn fwy na banter, chwedl o. Oedd Rebeca wedi datgan wrtho ei bod hi'n difaru iddyn nhw beidio â phriodi? Oedd hi'n dal mewn cariad efo fo ac yn awyddus iddynt roi cynnig arall ar eu perthynas? Rhyw hen feddyliau fel hyn oedd yn mynd rownd a rownd yn ei phen. Roedd hi wastad yn teimlo'n ansicr a bregus mewn perthynas. Câi hi'n anodd iawn i drystio dynion. Gwyddai'n iawn y rheswm dros hynny. Gadawodd ei thad ei mam a hithau pan oedd hi'n wyth oed am ddynes arall, a welwyd mohono fo byth wedyn. O ganlyniad roedd hi'n ei chael hi'n anodd peidio â meddwl bod pob dyn yn mynd i'w thrin hi fel y gwnaeth ei thad drin ei mam. Rhoddodd ei bol hen dro annifyr. Roedd hi'n dechrau difaru cytuno i ddod i'r briodas. Ella mai camgymeriad mawr oedd dod.

Edrychodd Gethin yn y drych yn y stafell ymolchi. Rhedodd ei ddwy law drwy ei wallt. Roedd yn gas ganddo beidio â bod yn onest efo Molly. Mi oedd o wedi bod ar flaen ei dafod i ddweud wrthi be ofynnodd Rebeca iddo neithiwr. Ond mi gafodd o draed oer. Wel, traed rhewllyd iawn yn nes ati hi. Doedd ganddo fo ddim mo'r gyts. Mi oedd arno ofn be fyddai ei hymateb hi. Yn wir, doedd o ei hun dal heb brosesu'r peth yn iawn. Y peth gorau i'w wneud oedd cael priodas ei fam a John Gareth allan o'r ffordd gyntaf.

HEN FWYDRYN YDI O

WRTH I'R CRIW gamu i fyny'r grisiau troellog, serth i gyrraedd y tŷ bwyta, damniodd Thelma o dan ei gwynt fod John Gareth wedi dewis lle mor ddiawledig o letchwith i fynd am fwyd. Dim gafr fynydd oedd hi a doedd yr holl ddringo yn gwneud dim ffafrau i'w chlun ciami. Diolchai Molly ei bod hithau wedi penderfynu gwisgo'r ffrog arian hefyd.

'Waw!' ebychodd Rebeca ar ôl cyrraedd y teras lle'r oedd y tŷ bwyta wedi'i leoli yn yr awyr agored, gan adleisio barn gweddill y criw.

Roedd hyd yn oed Thelma'n gorfod cyfaddef ar hyd ei thin ei fod o werth dringo'r holl risiau ar gyfer golygfa fel hon. Edrychai'r tŷ bwyta allan dros dref Lindos yn ei holl ogoniant. Roedd hi wedi hen dywyllu erbyn hynny ac roedd y dref wyngalchog wedi'i goleuo, gan gynnwys yr acropolis uwch eu pennau. Roedd bwrdd mawr hir wedi ei osod i ddeg a mynnodd Thelma eistedd wrth ochr ei hoff ŵyr. Cyn i Gethin druan gael cyfle i eistedd i lawr bron roedd ei nain yn ei ben.

'Pryd ti'n dŵad adra, 'ogyn? I be tisio mynd mor bell, dwa? Does 'na ddim jobsys dysgu i chdi yn Sir Fôn? Ma 'na alw mawr am dijyrs Maths.' Trodd wedyn at Molly. ''Dan ni'n desbret angen nyrsys a doctoriaid yng Nghymru 'ma, yn lle eich bod chi i gyd yn ei gluo hi i ben draw'r byd.'

'Oeddech chi erioed isio mynd i weithio i ffwr', Nain?

Dramor 'lly?' gofynnodd Gethin gan anwybyddu sylwadau ei nain yn llwyr.

'Dramor? Dros dŵr, ti'n feddwl? Be haru ti? Nag oeddwn i wir. 'Nes i ddim hyd yn oed ystyried chwilio am waith dros bont Borth, washi,' gwgodd Thelma.

Roedd pawb wedi penderfynu mynd am y *meze*, pawb hynny ydi ond Sisial oedd am gael pasta, Greta oedd yn cael risoto figan a Thelma oedd yn dal i astudio'r fwydlen fel tasa ei bywyd yn dibynnu arno. Ar ôl sbel, datganodd, 'Be 'di'r *meze* 'ma mae pawb am ei gymryd, dwch? Oes 'na gaws ynddo fo?'

'Lot o brydau bach, Thelma. Tebyg i tapas yn Sbaen,' eglurodd John Gareth.

Trodd Thelma ei thrwyn ac aeth yn ôl i astudio'r fwydlen. Yn fanylach y tro hwn. Gwgodd.

'Dwi ddim yn licio dim byd yma,' datganodd yn uchel.

'Siawns eich bod chi'n licio rwbath sydd ar y meniw, Mam,' meddai Carys drwy ei dannedd. Welodd hi erioed neb mor ffysi ynglŷn â bwyd yn ei byw. Oedd rhaid iddi fod mor chwithig a thynnu'n groes?

Edrychodd Thelma unwaith eto ar y fwydlen. 'Ma 'na gaws mewn *moussaka* does, a dda gen i mo caws. Be 'di'r *beef tarte* 'na?' meddai wedyn gan bwyntio ei bys at y saig.

'*Tartare*, Thelma,' cywirodd John Gareth hi. 'Cig amrwd. Heb ei goginio.'

'Aclwy mawr!' Tynnodd Thelma wyneb. Waeth ei fod o wedi dweud bwyd ci ddim.

'Be am bysgodyn, 'te? Y *sea bream* falle?' cynigiodd wedyn yn prysur gyfri i ddeg. Mi roedd yntau hefyd yn rhedeg allan o fynedd efo'i ddarpar fam yng nghyfraith. Sôn am roi perlau o flaen y moch, myn yffach i, meddyliodd. Roedd o wedi bwcio bwrdd yn un o'r tai bwyta gorau yn nhref Lindos oedd wedi ennill llu o wobrau Michelin am *fine dining*. Roedd o'n awyddus i dretio pawb i bryd rhagorol mewn lleoliad arbennig.

'O's raid iddi fod mor blwmin ffysi?' sibrydodd yng nghlust Carys.

'Fel hyn ma hi 'de,' sibrydodd hithau'n ôl yn llawn embaras. Doedd hi ddim yn gallu mynd â'i mam i unlle heb ei bod hi'n mynnu codi cywilydd arni.

'Dda gen i mo sgodyn, os nad ydi o mewn *batter*,' datganodd gelyn pennaf Bryn Williams wedyn.

Rowliodd Carys a John Gareth eu llygaid. Pam, o pam na fysa hi'n gallu ordo rhywbeth yn dawel fel pawb arall?

Diolch i'r mawredd mi ffeindiodd Gethin cyw iâr ar y fwydlen. Llwyddwyd i ddod i ryw fath o gyfaddawd efo hwnnw a pherswadiwyd Thelma i ordo brest cyw iâr blaen heb yr hufen, lemon a theim, a sglodion yn lle'r *gnocchi* sbigoglys. Er mawr ryddhad i bawb bodlonodd ar hynny, er, mi roedd rhaid iddi gael cwyno, ar ôl gadael plât lân ar ei hôl, ei fod o'n sych ar y diawl a bod y jips braidd yn galed.

Roedd pawb arall, serch hynny, wedi mwynhau eu pryd yn fawr iawn, a chafodd Sisial fach erioed basta cystal meddai hi.

Cafwyd noson werth chweil. Roedd pawb yn eu hwyliau ac yn cyd-dynnu'n wych. Edrychodd Carys o gwmpas y bwrdd, wrth ei bodd wrth weld ei theulu i gyd efo'i gilydd. Peth prin iawn erbyn hyn. Daeth rhyw deimlad o fodlonrwydd mawr drosti a doedd hi ddim wedi teimlo mor hapus erstalwm iawn.

'Hysh am funud, bawb!' Safodd Siôn ar ei draed a tharo ei wydr yn ysgafn â chyllell i gael sylw pawb. ''Dan ni i gyd yn edrych ymlaen yn fawr iawn i ddydd Sadwrn, hir yw bob ymaros, meddan nhw, 'de. Ond pob lwc a hapusrwydd i Mam a John Gareth!'

Roedd o'n dal i gael trafferth meddwl am y dyn wnaeth o ei gyfarfod am y tro cyntaf yn Sorrento fel tad iddo fo. 'Gawn ni gyd godi'n gwydrau i Carys a John Gareth.'

Cododd pawb ar eu traed. 'I Carys a John Gareth,' datganodd y parti bach fel un gan godi eu gwydrau'n llawen.

Arhosodd John Gareth ar ei draed gan fanteisio ar y cyfle i ddweud rhyw air bach neu ddau. 'Ar ran Carys a finne, hoffwn i ddiolch i chi i gyd am ddod draw i Rhodes gyda ni i ddathlu ein priodas. Ni mor ffodus bo ni'n dou wedi ffeindio'n gilydd 'to ar ôl yr holl flynydde. A dyma ni 'nôl ar yr union ynys ble gwrddon ni'n gilydd, lle gwell i ni'n dau briodi felly. Carys, wy'n caru ti'n fwy na'r byd.'

Daeth ebychiad o 'aah,' ac 'am lyfli' o gyfeiriad Rebeca, Molly, Sumara a Greta.

'Gawn ni godi'n gwydrau i Carys.'

'I Carys!' datganodd pawb wedyn.

'Dydi hwn yn gneud rhyw hen lol wirion,' mwmiodd Thelma yn feirniadol o dan ei gwynt. Doedd 'na fawr o sentiment na rhamant yn perthyn iddi fwy nag oedd mewn concrid bloc.

Roedd y noson wedi hedfan heibio a chyn gadael cododd Thelma i fynd i'r tŷ bach. Roedd hi wedi mynd ers sbel a doedd dal dim golwg ohoni.

'Ma Mam yn hir iawn,' meddai Carys yn reit boenus wrth John Gareth. 'Dwi wedi trio ei ffonio hi ond ma'n siŵr fod ei mobeil hi i ffwrdd, fel mae o ran fwyaf o'r amser. Mae'n rhaid ei bod hi wedi cloi ei hun yn y lle chwech eto,' ochneidiodd.

Yn anffodus roedd gan Thelma ddawn anhygoel i lwyddo i gloi ei hun mewn toiledau dieithr. Dim ond ychydig wythnosau yn ôl, pan oedd y ddwy wedi picied i M&S yn Llandudno i newid rhyw drowsus i Carys, bu rhaid galw rheolwr y siop i geisio datgloi'r ciwbicl. Cael a chael oedd hi nad oedd rhaid galw'r frigâd dân allan i'w hachub hi.

'Ti moyn i mi ddod 'da ti?' gofynnodd John Gareth.

Nodiodd Carys ei phen. Gadawodd y ddau'r bwrdd gan gamu i lawr y grisiau i gyfeiriad y toiledau oedd ar lawr gwaelod y tŷ bwyta.

Er mawr syndod a rhyddhad i'r ddau pwy welon nhw'n sefyll yn y cyntedd ond neb llai na Thelma. Mwy o syndod fyth oedd sylweddoli bod ganddi gwmni. Dyn oedd ddim yn bell o'i hoed, fymryn yn hŷn ella. Gwaredodd Carys, pam a pham roedd rhaid i'w mam daro sgwrs efo pob Tom Dic neu Harri le bynnag oedd hi'n mynd?

'Carys y ferch ydi hon a hwn ydi John Gareth, ei darpar ŵr hi. Y nhw'n sy'n priodi drennydd,' meddai ei mam reit swta pan welodd hi'r ddau yn nesáu. Aeth hi ddim yn ei blaen i gyflwyno ei chyd-Gymro chwaith.

Trystio ei mam i gyfarfod Cymry dramor, meddyliodd Carys wedyn.

Estynnodd y gŵr, oedd efo mop o wallt gwyn a locsyn trwsiadus, ei law i Carys ac yna i John Gareth. 'Braf iawn cyfarfod chi'ch dau.'

'Reit, well i ni fynd yn ein holau. Neu bydd pawb ym methu dallt lle ydan i,' datganodd Thelma gan roi rhyw chwerthiniad bach nerfus (peth diarth iawn iddi hi). Tybiai Carys fod ei mam am ryw reswm yn awyddus iawn i ddod â'r sgwrs i ben.

'Mae hi wedi bod yn hyfryd dy weld ti eto Thelma, ar ôl yr holl flynyddoedd. Pwy 'sa'n meddwl, wir?' meddai'r gŵr â gwên fawr lydan ar ei wyneb.

'Ia, 'te,' atebodd Thelma'n swta.

Doedd dim gwên ar gyfyl ei hwyneb hi chwaith.

'Edrycha ar ôl dy hun.'

'A chditha,' meddai, er roedd tôn ei llais yn awgrymu'r gwrthwyneb. 'Dewch wir, chi'ch dau.' Ar hynny trodd Thelma ar ei sawdl a chamu i gyfeiriad y grisiau.

'Pwy oedd hwnna, Mam?' holodd Carys gan fynd ar ei hôl ar frys.

'Pwy dwa?'

'Y dyn 'na oeddech chi'n siarad efo fo rŵan? Pam na fasach chi wedi ein cyflwyno ni?'

'Duwcs, dydi o'n neb,' meddai Thelma'n reit ffwrdd â hi. 'Oes raid i'r grisiau 'ma fod mor serth, dwch?'

'Does dim rhaid i chi fynd 'nôl lan, Thelma,' awgrymodd John Gareth wrthi. 'Ni wedi talu'r bil a ma pawb ar eu ffordd lawr nawr.'

'Wel, o'n i ddim i wybod hynny nag o'n i,' atebodd ei ddarpar fam yng nghyfraith yn biwis. Yn araf ofalus, trodd a'i chychwyn hi yn ôl i lawr y grisiau. 'Dos i jecio os ydi o wedi mynd,' hisiodd wedyn wrth John Gareth cyn iddi gyrraedd y gwaelod.

'Jecio os ydi pwy 'di mynd?' gofynnodd Carys yn syn.

'Y dyn 'na o'n i'n siarad efo fo gynna. Hen fwydryn ydi o.'

'Pwy oedd o, Mam?' pwysodd Carys drachefn.

'Neb, medda fi wrtha chdi,' atebodd ei mam yn ôl yn flin.

'O'dd o ddim yn edrych fel rhyw hen fwydryn i mi, mi o'dd o i weld yn ddyn neis iawn. Wel, hynny weles i ohono fo.'

'Ydi o wedi mynd?' amneidiodd Thelma i gyfeiriad John Gareth gan anwybyddu sylw ei merch.

'Ma fe wedi hen fynd,' meddai John Gareth.

'Ti'n siŵr? Berffaith siŵr?' gofynnodd wedyn yn amheus.

'Berffaith siŵr. Pwy o'dd e? Hen sboner i chi, ife?' chwarddodd John Gareth gan dynnu ei choes.

Nodiodd Thelma ei phen gan gamu yn ei blaen o'r diwedd i waelod y grisiau.

'Peidiwch â'u malu nhw!' ebychodd Carys.

'Ia, hen gariad i mi erstalwm o'dd o,' cadarnhaodd. 'Cyn dy dad.'

PAID Â MALU!

'REIT, 'TA, BE SY?' gofynnodd Siôn i'w frawd ar ôl cymryd dracht go lew o'i beint.

Eisteddai'r ddau wrth y bar yn y gwesty. Ar ôl i'r criw gyrraedd yn eu holau cynigiodd Gethin i Siôn fynd am neitcap bach efo fo.

Ar yr olwg gyntaf fyddai neb yn dweud eu bod nhw'n ddau frawd, neu hanner brodyr a bod yn fanwl gywir. O ran pryd a gwedd roedden nhw wedi tynnu ar ôl y ddau dad. Siôn yn dipyn o bishyn efo mop o wallt cyrliog golau, yn union fel John Gareth, er bod y gwallt hwnnw wedi dechrau britho erbyn hyn. Doedd dim owns o fraster ar ei gorff ar ôl effaith oriau yn y *gym*. Roedd ganddo wên ddireidus bob amser oedd yn gallu swyno unrhyw un. Roedd Gethin hefyd yn un annwyl a chyfeillgar er ei fod yn fwy o stocyn a chanddo wallt cringoch, fel ei dad, Medwyn. Er bod 'na bron i chwe blynedd o wahaniaeth rhwng y ddau, roedden nhw'n agos iawn.

'Does 'na ddim byd yn bod!' protestiodd Gethin yn biwis. 'Pam ti'n meddwl bod 'na rwbath yn mater?'

'Wel, ma 'na wyneb tin arnat ti ers i ni gyrraedd 'ma a dwyt ti prin wedi deud bw na be wrth neb. Ma'n amlwg fod 'na rwbath yn dy boeni di. Y tro diwetha welis i yr olwg yna ar dy wyneb oedd bora diwrnod dy briodas di a Rebeca, pan ddeudest ti dy fod ti wedi newid dy feddwl a dy fod ti ddim isio ei phriodi hi.'

Ddeudodd Gethin ddim gair o'i ben, daliai i syllu i mewn

i'w beint oedd o prin wedi'i gyffwrdd. Roedd Siôn yn adnabod ei frawd bach ond yn rhy dda.

'Pethau ddim yn mynd yn dda ym mhen draw'r byd 'na, ia? Jyst tyrd adra, 'de, os ti ddim yn licio 'na.'

'Na, na, ma pethau'n grêt yna. Rhaid i chi ddod draw i'n gweld ni, bydd.'

'Hy! Efo be? Cerrig lan môr? Ti'n gwybod yn iawn faint ma ffleits i Niw Seland yn ei gostio. Biti ar y diawl na fysa chdi wedi symud i Sbaen neu rwla, o leia mi fysa 'na jans am ffleits go rad i fanno.'

Tawelwch wedyn wrth i Siôn gymryd dracht arall o'i beint. 'Bob dim yn iawn yn camp, yndi? Rhwng Molly a chdi?' triodd eto.

Nodiodd Gethin ei ben. 'Yndi, Tad.'

'Ma hi i weld yn hen 'ogan iawn.'

'Ydi... ydi ma hi.'

Mi roedd tynnu sgwrs efo'i frawd fel cael gwaed allan o garreg.

'Hei, fydda i'n dal i gofio amdanat ti pan ocddet ti'n fychan, yn tyllu twll i Niw Seland yn nhŷ Nain. O'n i 'di deud wrthat ti bod Awstralia a Niw Seland odanan ni ac y basat ti'n gallu mynd yna a dod allan yn eu hawyr nhw taset ti'n tyllu twll. Fanna fuest ti drwy'r pnawn wedyn efo rhyw raw fach yn tyllu hynny fedret ti, yn chwys domen.'

'Es i ddim yn bell iawn, naddo.'

'Naddo. A finnau'n piso chwerthin ochr arall i'r wal yn dy watsiad di. Dyna lle oeddet ti bob hyn a hyn, yn rhoi dy ben bach i mewn i'r twll a rhoi rhyw floedd, "Helô... helô, dach chi'n fy nghlywed i?" Ac mi ges i uffar o row gin Nain wedyn am ddeud peth mor wirion wrthat ti. "Be haru ti hogyn? Be taswn i wedi baglu neu droi fy nhroed yn y twll yna? Cym di ofal yn deud peth mor wirion wrth dy frawd eto!" ddeudodd hi.'

Chwarddodd y ddau'n braf wrth ddwyn i gof atgof o'u plentyndod. Bob cyfle y câi, byddai Sion wastad yn atgoffa ei frawd o'i hanes yn tyllu twll i Seland Newydd.

Yna diflannodd y wên oddi ar wyneb Gethin cyn gyflymed ag y daeth hi, cyn datgan, 'Ma Rebeca wedi gofyn i mi fod yn *sberm donor* iddyn nhw.'

Bu ond y dim i Siôn dagu dros ei beint. 'Ffyc mi!' ebychodd mewn anghrediniaeth. 'Paid â malu cachu!'

Nodiodd Gethin ei ben yn ddifrifol. 'Ofynnodd Rebeca i mi pan aeth y pedwar ohonon ni allan am fwyd efo'n gilydd, cyn i chi gyd gyrraedd.'

'Fwcin 'el,' ebychodd Siôn drachefn. 'Be ddeudest ti?'

'Ddeudes i fawr o ddim byd. O'n i wedi meddwi ac o'n i'n meddwl mai malu awyr oedd hi... Ond mi ddeudodd hi wrtha i bora 'ma ei bod hi o ddifri.'

'No offens, 'de, a phaid â chymryd hyn y ffor' rong 'ŵan, 'de, ond pam chdi, 'lly? Pam gofyn i chdi?'

'Am eu bod nhw'n nabod fi, medda Rebeca. Ac mi fysa'n well ganddyn nhw gael donor ma'n nhw'n ei adnabod na rhywun diarth.'

'Wel, ia, mi 'nest ti bron iawn priodi un ohonyn nhw, 'ndo.' Cymerodd Siôn lowc arall o'i beint i ddod dros y sioc. 'Sut fysa fo'n gweithio, 'lly?' medda fo wedyn. 'Chdi'n dadlwytho dy lwyth i mewn i ryw botyn a'i bostio fo efo *air mail* iddyn nhw?'

'Ma'r ddwy'n bwriadu dod draw i Seland Newydd fis nesa. Ma ffrind i Sumara yn byw yno... 'Sa jyst well gen i tasan nhw heb ofyn i mi, sdi.'

'Ydyn nhw'n disgwyl i chdi actiwli cysgu efo Rebeca?'

'Nac ydyn siŵr!'

'Sut ma o am weithio felly, 'ta?

'Rhoi sampl, am wn i. Dwi'm rili yn gwybod yr *ins and outs*. 'Dan ni ddim wedi cyrraedd y pwynt trafod y manylion. Nath hi jyst gofyn i mi allan o nunlla. O'n i'n meddwl mai jocian o'dd hi. Oedden ni gyd wedi meddwi ond mi nath hi sôn am y peth eto bora 'ma. Dwi'n gwybod faint mae Rebeca isio plant. Oedden ni'n dau wedi siarad am y peth a'r plan oedd trio am fabi'n syth bìn ar ôl i ni briodi…'

Rhoddodd Gethin ochenaid ddofn.

'Blydi hel, Geth. Mae hyn yn masif o benderfyniad i'w neud.'

'Ti ddim yn meddwl mod i'n gwybod hynny?' ysgydwodd Gethin ei ben a rhedeg ei law drwy ei wallt. Oedodd cyn mynd yn ei flaen a deud, 'Dwi'm yn gwybod sut fyswn i'n teimlo, sdi.'

'Na'sat?' gofynnodd Sion.

'Na… bod yna blentyn i mi yn cael ei fagu a thyfu i fyny ochr arall i'r byd, 'de.'

'Fyswn i ddim yn hapus, 'de,' datganodd ei frawd ar ei ben. 'A be tasa ti a Molly'n priodi rhyw ddiwrnod. Fysa hi'n hapus fod gen ti blentyn arall yn barod? Ac wyt ti wedi meddwl hefyd be wyt ti'n mynd i ga'l allan o hyn i gyd?'

'Be ti'n feddwl?'

'Wel, mi fysa Rebeca a Sumara yn cael babi, bysan. Ond be ti'n mynd i ga'l? Pa fantais ti'n ga'l o hadu dy had?'

Doedd gan Gethin ddim ateb i hynny. Cymerodd ddracht o'i beint. Bu rhai eiliadau o fudandod wedyn rhwng y ddau.

'Be ydi dy hanes di, 'ta?' meddai Gethin yn awyddus i newid y pwnc. 'Sut mai'n mynd yn y byd eiddo tai? Pwy 'sa'n meddwl y bysa chdi'n *property tycoon*?'

Ar ôl symud i'r gogledd, prynu tŷ a datblygu ei fusnes yn Ynys Môn, cynigiodd John Gareth i Siôn ddod i weithio ato a gadael garej Medwyn lle bu'n gweithio ers gadael yr ysgol.

'Iawn, 'de,' atebodd heb fawr o frwdfrydedd.

'Be sy?' gofynnodd Gethin wedi sylwi ar yr olwg ddiflas ar wep ei frawd.

''Di o ddim ynof i, nadi. Mae o'n ddau fyd gwahanol, dydi, tincian o dan bonet car a'r byd adeiladu a gwerthu tai. Ma'r cyflog yn dda, dwi'm yn deud, ond *job satisfaction*? Dim yli.'

'Diflas ydi hynny,' cydymdeimlodd ei frawd.

'Mi gysylltodd Medwyn efo fi wsnos diwetha.'

'O, ia. Be o'dd Dad isio?'

'Deud ei fod o'n bwriadu ymddeol. Ma Llinos yn cîn iawn iddyn nhw brynu fila yn Sbaen.'

'Mi soniodd Dad rwbath. Dydi o ddim yn bwriadu gwerthu'r garej, na?'

'Nac ydi. Wel, ddim ar hyn o bryd. Mi ofynnodd i mi os oedd gen i ddiddordeb dod yn ôl i weithio yna, i redeg y garej yn ei le fo, 'lly.'

Chwarae teg i Medwyn, beth bynnag oedd hwnnw, a'r ffordd roedd o wedi trin Carys yn y gorffennol, sef cael affêr efo'i gyfrifydd a'i bartner bellach, ddangosodd o erioed unrhyw ffafriaeth rhwng Gethin a'i lysfab, Siôn. A dweud y gwir, o ran diddordebau ac ati ymdebygai Siôn fwy i Medwyn nag i'w dad geni. Ond ella fod gan hynny rywbeth i'w wneud efo'r ffaith mai Medwyn fagodd Siôn fwy neu lai. Bu'n gweithio fel prentis mecanic yn ei garej ar ôl iddo adael yr ysgol, ac er gwaethaf ysgariad ei lystad a'i fam bu'n dal i weithio yno hyd nes daeth cynnig John Gareth.

'Be ti am neud? Wyt ti am dderbyn y cynnig?' gofynnodd Gethin.

'Yndw, dwi'n meddwl. Y broblem ydi sut dwi'n mynd i ddeud wrth John Gareth.'

'Sut ti'n meddwl neith o gymryd y peth?'

'Mmm. Ddim yn dda iawn, dwi'm yn meddwl. Dwi ddim yn edrych mlaen i ddeud wrtho fo, 'de. Mae o'n sôn am ymddeol ei hun flwyddyn nesa a'r plan oedd i mi gymryd y busnes drosodd ganddo fo. Paid â 'ngha'l i'n rong, 'de, dwi'n ddiolchgar iawn iddo fo am bob dim, ond dydi gwerthu a datblygu tai ddim ynof i. Dwi'n colli'r oglau oel, bod o dan bonet car a'r banter efo'r hogiau yn y wyrcsiop. Ddeuda i wrtho fo ar ôl y briodas, dwi'n meddwl. Cael honno allan o'r ffordd gynta.'

'Ma 'na dipyn o wahaniaeth rhwng rhedeg garej a jyst gweithio ynddi cofia,' atgoffodd Gethin.

'O, dwi'n gwybod hynny, ond dydi hynny ddim yn fy mhoeni i.'

Tarfwyd ar y sgwrs gan gri tecstlyd o ffôn Siôn. Gwiriodd hwnnw ei ffôn yn sydyn gan ddarllen y neges.

'Bob dim yn iawn?' gofynnodd Gethin.

'Greta, sy 'na. Well i mi fynd fyny. Ma Sisial yn gwrthod mynd i gysgu, mynnu mod i'n darllen stori iddi. Fel'na ma hi pan ma hi wedi gorflino. Ti'n dŵad i fyny?'

'Na, arhosa i lawr yn fyma am ychydig, dwi'n meddwl.'

Camodd Siôn i lawr oddi ar y stôl. Cyn iddo adael trodd at ei frawd a deud, 'Paid â sôn dim wrth Mam na John Gareth am y garej eto, na wnei.'

'Dim gair. '

'A gofala dy fod ti'n gneud be sy'n iawn i chdi efo'r busnes *sberm donor* 'ma,' meddai Siôn drachefn.

Nodiodd Gethin ei ben.

Ar hynny gadawodd Siôn ei frawd bach wrth y bar yn syllu'n benisel i mewn i'w beint. Gwyddai hwnnw na fyddai cwsg yn dod i'w ran yn hawdd eto'r noson honno.

CARIAD CYNTAF

UN ARALL OEDD yn cael trafferth cysgu oedd Thelma. Roedd hi'n methu credu'r peth. Y fo o bawb yn fyma. Yn Rhodes o bob man. Cyn iddi ei weld o heno doedd hi ddim yn gwybod os oedd o'n fyw neu'n farw. Mi roedd 'na dros chwedeg mlynedd a mwy ers iddi ei weld o ddiwetha. Doedd o heb newid fawr ddim chwaith. Oedd, mi oedd ei wallt o wedi britho, mi oedd o wedi pesgi rhyw fymryn rownd ei ganol a doedd ganddo fo ddim barf adeg hynny chwaith. Ond yr un oedd y wên ac roedd y llygaid glas yn dal i ddawnsio.

Ei chariad cyntaf.

Ei hunig wir gariad.

Yr un dorrodd ei chalon hi.

Cofiai Thelma fel ddoe noson y ddawns yn yr ysgol. Roedd hi yn y bumed flwyddyn ac yntau yn y Chweched. Roedd pawb yn ffansïo Ellis, yn cynnwys Thelma. Fo oedd y Prif Fachgen. Roedd o'n bishyn ac yn hogyn clyfar.

Yr unig ddrwg yn y caws oedd Margery. Roedd y ddau wedi bod yn canlyn ei gilydd ers hydoedd ond mi roedd Thelma wedi clywed si bod y ddau wedi gorffen. Cafodd gadarnhad o hynny un diwrnod pan welodd hi Margery yn nhoiledau merched yr ysgol yn torri ei chalon a dwy ffrind iddi yn trio ei chysuro.

'Anghofia amdano fo,' clywodd un yn dweud wrthi.

'I feddwl ei fod o wedi gorffen efo chdi noson cyn y ddawns,' meddai'r llall.

Llamodd calon Thelma o lawenydd o glywed hyn a châi gryn drafferth i guddio'r wên fawr oedd ar ei hwyneb weddill y dydd. Roedd y garwriaeth fawr ar ben! Ella mai noson y ddawns fyddai ei chyfle mawr hi i ddal ei lygaid?

Roedd Thelma wedi tynnu'r stops i gyd allan. Heb ofyn, cymerodd fenthyg ffrog ei chwaer fawr, Olwen. Roedd honno'n digwydd bod yn aros efo'i ffrind ym Mhen Llŷn y penwythnos hwnnw ac fe fanteisiodd Thelma ar ei habsenoldeb. Yn digwydd bod hefyd roedd ei mam a'i thad wedi mynd i ryw gyfarfod capel a ddim o gwmpas pan adawodd Thelma'r tŷ yn y ffrog o liw Lapis Lazuli. Wrth iddi edmygu ei hun yn y drych cysurodd Thelma ei hun fod y wisg yn ei siwtio hi'n well o lawer nag Olwen. Adeg hynny roedd ganddi gorff main ond siapus ac roedd y ffrog efo'i belt llydan yn dangos ei gwasg denau'n berffaith. Roedd ei gwallt tywyll wedi'i ryddhau o'i gynffon ceffyl arferol ac yn gorwedd yn donnau sgleiniog ar ei hysgwyddau.

Gwyddai Thelma ei bod yn edrych yn dda, teimlai ar ei gorau'i noson honno yn y ddawns. Bob tro y byddai hi'n edrych i gyfeiriad Ellis roedd hi'n ei ddal yn syllu arni, hithau wedyn yn dal yr edrychiad fymryn yn fwy nag oedd ei angen.

Doedd dim rhyfedd yn y byd iddo ddod draw ati ar ddiwedd y noson a gofyn am *last dance*. Roedd Thelma ar ben ei digon. Roedd hi'n dal i gofio'r gân, 'Devoted to You' gan yr Everly Brothers.

Fel ddoe, roedd hi hefyd yn dal i gofio cymryd ei law a gafael ynddi'n dynn wrth iddo ei harwain ar y llawr. Cofiai hyd heddiw'r teimlad o fod yn ei freichiau. Y ddau'n siglo'n araf i rythm y gân.

'Dwi wedi bod yn dy wylio di drwy'r nos,' sibrydodd Ellis yn ei chlust.

'Dwi'n gwybod,' atebodd Thelma gan syllu i fyw ei lygaid.

'Ti'n edrych yn ffantastig yn y ffrog 'na. A dwi'n licio dy wallt di lawr fel hyn,' medda fo wedyn gan symud cudyn o'i gwallt oddi ar ei boch.

Symudodd ei ben yn agosach ati, anelodd ei wefusau i gyfeiriad ei gwefusau. Caeodd Thelma ei llygaid a blasu'r gusan orau a gafodd hi erioed.

Fuodd Thelma erioed mor hapus nag yn ystod y misoedd y bu'r ddau'n gweld ei gilydd. Roedd hi yn ei seithfed nef.

Gwyddai na fyddai Ellis yn plesio ei rhieni o gwbl. Un o haflig Jac Twll Clawdd oedd o. Roedd o a'i ddau frawd hŷn wedi gorfod morol amdanynt eu hunain fwy neu lai er pan oedden nhw'n ddim o beth, ar ôl i'w mam ei gluo hi efo'r dyn gwerthu insiwrans. Yn wahanol i'w frodyr oedd yn gogwyddo oddi ar y llwybr cul, yn chwarae triwant ac yn gwneud pob math o ddrygau, rhai yn fwy cyfreithlon na'i gilydd, roedd Ellis ar y llaw arall yn ddigon hirben i ddeall mai'r unig ffordd i ddianc o'i sefyllfa oedd gweithio'n galed yn yr ysgol, pasio ei arholiadau, mynd i'r coleg ac yna cael swydd efo dyfodol iddi ac a fyddai'n talu'n dda. Dyna oedd ei uchelgais a doedd neb na dim yn mynd i sefyll yn ei ffordd i wireddu hynny. Er mwyn talu am ei goleg, bu'n gwneud rhyw fan jobsys yma ac acw, o dorri gwair i labro ar seit adeiladau pob gwyliau ysgol, a hynny ers pan oedd o'n bedair ar ddeg oed. Roedd o ddwy flynedd yn hŷn na hi. Byddai ei mam a'i thad o'u coeau petaen nhw'n gwybod bod Thelma'n cyboli efo hogyn bron yn ddeunaw oed a hithau ond newydd gael ei un ar bymtheg.

Treuliodd y ddau bob amser sbâr y caent efo'i gilydd, yn reidio eu beics ac yn cyfarfod ar draeth Cemaes neu Borth Swtan. Cymerai arni efo'i mam a'i thad mai cyfarfod Mari, ei ffrind, oedd hi. Treuliodd Ellis a hithau oriau yn trafod eu cynlluniau a'u gobeithion am y dyfodol. Roedd Thelma awydd mynd i ddysgu, peirianneg oedd pwnc Ellis ac roedd o'n bwriadu mynd i astudio'r pwnc ym Mhrifysgol Bangor.

'Fedra i ddod adra hob penwythnos i dy weld di wedyn,' medda fo gan fwytho ei boch a'i chusanu'n dyner.

Rheini oedd y misoedd perffeithiaf a brofodd Thelma erioed.

Un noson roedd Ellis wedi benthyg car un o'i frodyr. Roedd y ddau wedi mynd am dro i Gaergybi i gael jips a'u bwyta wedyn ar un o'r meinciau oedd yn wynebu'r morglawdd yn gwylio'r llongau yn gadael am Iwerddon. Rhyw hen fangar rhydlyd oedd y Morris Minor, yn barod am yr iard sgrap, tasa hi'n weddus dweud. Ar y ffordd adref, arafodd y car ac fe dynnodd Ellis i gulfan ar ochr y ffordd.

'Thelma, tynna dy deits,' gorchmynnodd gan ddechrau tynnu ei gôt.

Dychrynodd Thelma am ei bywyd a heb feddwl ddwywaith rhoddodd glusten hegar iddo ar draws ei wep.

'Be uffar?... Pam wnest ti hynna?' ebychodd Ellis yn syn gan roi ei law yn reddfol ar ei foch oedd ar dân ar ôl y gelpan galed. Er mor eiddil a bychan o ran corff oedd Thelma, roedd ganddi andros o hen law front.

'I ti gael dallt, dwi ddim y math yna o 'ogan. Rŵan, cychwynna'r car 'ma a dos â fi adra y munud 'ma,' datganodd yn sarrug a'i breichiau wedi'u plethu'n dynn o'i blaen.

'Fedra i ddim, na fedraf!' protestiodd Ellis.

'Be ti'n feddwl? Fedri di ddim...'

'Ma'r ffan belt wedi torri. Dyna oedd y sŵn gwichian mawr 'na gynna. Dyna pam o'n i isio i chdi dynnu dy deits er mwyn i mi gael eu hiwsio nhw yn lle'r ffan belt... Doeddet ti erioed yn meddwl...' Dechreuodd Ellis chwerthin o'i hochr hi.

'Dydi o ddim yn ddoniol, Ellis, sut o'n i fod i wybod...'
meddai Thelma gan fynd allan o'r car a thynnu ei theits yn
gyndyn tu ôl i ddrws pasenjer y car. Diolch byth mai sgert a
blows oedd ganddi amdani.

Diolch i deits Thelma fuodd Ellis ddim chwinciad wedyn
yn cael yr hen jalopi i fynd.

Noson helynt y ffan belt oedd y noson olaf i Thelma weld
Ellis. Roedd y ddau wedi trefnu i gyfarfod ei gilydd yn y dref
am ddau o'r gloch wrth y cloc y pnawn Sadwrn canlynol, ond
doedd dim golwg o Ellis. Am dri chwarter awr bu hi'n disgwyl
amdano. Penderfynodd yn y diwedd i ddal y bws pedwar yn
ôl am adre.

Roedd hi'n grediniol bod rhywbeth mawr wedi digwydd
iddo. Doedd o ddim fel fo i beidio â chadw at ei air. Be tasa fo
wedi cael damwain neu ella ei fod o'n sâl? Doedd dim modd
iddi gysylltu efo fo, doedd ganddynt ddim ffôn na dim yr adeg
hynny. Penderfynodd fod dim amdani ond mynd i lygaid y
ffynnon, a'r diwrnod canlynol aeth draw i Dwll Clawdd,
cartref Ellis. Roedd y lle'n gaeedig. Doedd dim enaid byw i'w
weld o gwmpas. Yna o gyfeiriad cefn y tyddyn clywodd sŵn
cnocio pell. Ymlwybrodd i gyfeiriad y sŵn.

'Dydyn nhw ddim yma.'

Trodd Thelma a gweld dyn mewn côt fawr laes frown a
llinyn beindar yn ei chau. Roedd ganddo gap fflat ar ei ben.
Chododd y ffarmwr ddim mo'i ben. Daliai i gnocio'n brysur
efo'i forthwyl. Roedd ar y ffenest olaf. Roedd y drws cefn a'r
ddwy ffenest arall wedi cael eu bordio i fyny'n barod.

'Dach chi'n gwbod i le ma'n nhw wedi mynd?' gofynnodd
Thelma gan lyncu ei phoer.

'Nac ydw. A dydi fawr o ots gen i chwaith. Gwynt teg ar ôl

y ffernols. Ma arna y Jac 'na fisoedd o rent i mi. Helais i'r tacla o'ma'n diwedd. Doedd gen i ddim dewis.'

Suddodd calon Thelma fel carreg mewn pwll. 'Pryd aethon nhw, dach chi'n gwybod?'

'Ddoe.'

Pam na fysa Ellis wedi sôn rhywbeth wrthi hi yn lle diflannu fel'na dros nos? Pam na fysa fo wedi gadael iddi wybod?

Wrth iddi gerdded yn ei hôl adref roedd hi'n beichio crio, ei chalon yn torri go iawn. Pan na fysa fo wedi dweud wrthi? Roedd hi'n gwbl amlwg felly nad oedd hi'n golygu dim iddo yn y bôn, a dyna oedd yn brifo.

'Be sy mater arnat ti?' gofynnodd ei mam yn syn wrth weld yr hoel crio mawr arni pan ddaeth hi'n ôl i'r tŷ.

'Dim. Does dim byd yn mater,' snwffiodd Thelma a'i llygaid yn glwyfus o goch.

'Gwynt teg ar ei ôl o. Y fo a'i deulu. Caridŷms os welis i rai erioed. Tacla,' meddai ei thad wedyn o du ôl i'w bapur newydd. Roedd hi'n amlwg fod y newyddion am ddiflaniad disymwth teulu Twll Clawdd wedi cyrraedd ei rhieni. 'Mi wyt ti lot rhy ifanc i ddechrau cyboli efo rhyw hen hogiau, yn enwedig ei deip o. Mae'n well i ti ganolbwyntio ar dy waith ysgol, 'mechan i,' meddai ei thad wrthi'n styrn.

'*Puppy love* oedd o a dim byd arall, sdi,' cysurodd ei mam wedyn. 'Anghofia amdano fo, fy nghariad i. Dyna ydi'r gora.'

Ond roedd hi'n haws dweud na gwneud. Chwerwodd Thelma tuag at bopeth. Dysgodd wers galed. Drystiodd i neb byth yn iawn wedyn.

PUPPY LOVE

Ymlwybrodd Gethin yn ôl i gyfeiriad y gwesty. Ar ôl clecio ei beint ar ei dalcen yn hytrach na mynd i'w wely penderfynodd fynd am dro ar hyd y traeth i drio clirio ei ben.

Camu yn ei ôl i fyny'r grisiau o'r traeth i'r gwesty oedd o pan sylwodd ar gysgod rhywun yn eistedd ar un o'r soffas ar y patio tu allan. Cysgod dynes. Cerddodd yn nes a chraffu'n fanylach. Ia, y hi oedd hi, yn bendant.

'Nain? Be dach chi'n ei neud allan yn fyma yr adeg yma o'r nos?' gofynnodd yn syn.

''Swn i'n gallu gofyn yr un peth i chdi,' atebodd Thelma'n ôl yn swta. Gwasgodd a chuddio'r hances fu'n sychu ei dagrau funudau ynghynt yn dynn yng nghledr ei llaw rhag llygaid ei hŵyr.

'Dach chi'n iawn?'

'Methu'n glir â chysgu o'n i.'

'Snap,' ochneidiodd Gethin yn ddyfn gan eistedd wrth ochr ei nain.

'Poeth ydi hi 'ma, 'de. Be haru dy fam a'r John Gareth 'na yn dod yr holl ffordd i fyma i briodi, dwa? I be? Fysa'n well o lawer tasan nhw wedi priodi'n dawel adra.'

'Dach chi'n meddwl?'

'Yn bendant,' meddai Thelma'n flin. Byddai ei gorffennol yn saff yn y gorffennol wedyn yn lle bod yna hen friw mawr brwnt wedi ailagor.

'Ma hi'n neis iawn yma.'

'Hy! Yndi, os ti'n licio treulio dy amser mewn popty.'

'Dydi'r *air conditioning* ddim ymlaen ganddoch chi?'

'Dwi wedi gorfod ei ddiffodd o. Methu cysgu efo'r sglyfath. Gormod o dwrw.'

'Be wna i efo chi Nain?' gwenodd Gethin gan ysgwyd ei ben.

Buodd y ddau wedyn yn eistedd mewn tawelwch cyfforddus. Y ddau'n syllu i gyfeiriad y môr er nad oedd dim i'w weld yn y fagddu chwaith. Dim ond sŵn llepian 'nôl ac ymlaen y tonnau.

'Ti'n licio yn y Niw Seland 'na, 'lly,' meddai Thelma ymhen sbel.

'Yndw. Mae o'n lle braf iawn.'

'Biti ei fod o mor bell. Sgin ti ddim hiraeth am adra?'

'Ella wna i ddim aros yna am byth, chi.'

'Gobeithio wir na wnei di... Wyt ti'n siriys am yr hogan Molly 'ma, 'ta?' gofynnodd Thelma wedyn.

'Rhowch gyfle i ni, ma hi'n ddyddiau cynnar o hyd. 'Dan ni ond efo'n gilydd ers ychydig o fisoedd.'

'Ia, wel, cym di bwyll tro 'ma. Rhag ofn i'r un peth ddigwyddodd efo Rebeca ddigwydd efo hon. Er, wedi deud hynny, pan ti'n gwybod ti'n gwybod, os mai nhw ydi'r un, sdi. Fedri di fod efo rhywun ond am ychydig fisoedd a gwybod mai nhw ydi'r un i chdi.'

'Fel oeddech chi'n gwybod efo Taid, ia? Oeddech chi'n gwybod yn syth mai fo oedd yr un i chi?'

'Ddim cweit.' Tasa Gethin wedi edrych i fyw llygaid ei nain mi fysa fo wedi gweld yr olwg bell ac atgofus yn ei llygaid. 'Mi roedd 'na rywun arall cyn dy daid.'

'No we! Wir yr?'

'Ifanc oedden ni. Wel, fi yn enwedig. O'dd o ryw flwyddyn

neu'n ddwy'n hŷn na fi. Oedden ni'n dal yn yr ysgol ac o'n i wedi mopio fy mhen. *Puppy love* ddeudodd Mam o'dd o. Ond mi oedd o'n fwy na hynny. Wel, i fi, beth bynnag. Ond yn amlwg ddim iddo fo.'

'Be ddigwyddodd felly?'

'Yr un hen hen stori, 'de.' Mi roedd yna fwy na thinc chwerw yn ei llais. 'Mi aeth. Oedden ni wedi bod yn gweld ein gilydd am sbel ac un diwrnod wnaeth o jyst diflannu. Weles i ddim lliw ei din o wedyn.'

'Gawsoch chi eich gôstio ganddo fo?'

'Mi dorrais i 'nghalon. Ddeudodd fy mam a 'nhad wrtha i am anghofio amdano fo a chanolbwyntio ar fy ngwaith ysgol. Oedden nhw'n cîn iawn i mi neud yn dda yn yr ecsams er mwyn i mi gael mynd i'r coleg. Y fi fysa wedi bod y cynta o'r teulu i fynd. O'dd 'na ddigon yn fy mhen i, dallta. Ond 'nes i ddim trio yn 'rysgol wedyn. Doedd gen i ddim mynadd. O'n i wedi gwyllio a phwdu efo pawb a phob dim. Mi fethais i'r arholiadau i gyd. O'dd Mam a Dad mor siomedig, yn enwedig fy nhad.'

'Oedden ma siŵr. Bechod hefyd. Be ddigwyddodd wedyn, 'ta?'

'Mi drefnodd fy nhad i mi ga'l gwaith yn clercio mewn offis acowntant yn dre. Maths o'dd fy mhetha innau hefyd. Gen i wyt ti wedi'i ga'l o, yli. Yn fuan iawn wedyn mi wnes i gyfarfod dy daid.'

'Wyddwn i ddim y basach chi wedi gallu mynd i'r coleg,' meddai Gethin yn gweld ei nain trwy lygaid newydd.

'Na fo, 'li. Ma 'na lot o betha dwyt ti ddim yn ei wybod am dy hen nain, washi... Reit, am y ciando 'na.'

Roedd Thelma wedi dadlennu mwy nag oedd hi wedi'i fwriadu ond roedd gweld Ellis unwaith eto ar ôl yr holl flynyddoedd wedi tarfu arni go iawn. Roedd yr atgofion wedi llifo'n ôl. Doedd hi byth wedi gallu maddau iddo am dorri ei chalon fel y gwnaeth o. Bustachodd i godi oddi ar y soffa isel.

'Dwyt ti ddim am ddod i fyny?' meddai hi wedyn ar ôl sylwi nad oedd Gethin wedi symud modfedd oddi ar y soffa.

'Arhosa i yn fyma am funud bach, dwi'n meddwl.'

'Be sy'n dy boeni di?' gofynnodd Thelma â'i llygaid pinnau brown yn syllu'n galed arno. 'Pam ti'n methu cysgu felly?'

'Lot ar fy meddwl, dyna i gyd. Dim byd mawr,' atebodd yn reit ddi-hid gan osgoi ateb cwestiwn ei nain. Ceisiodd wenu ond doedd y wên ddim cweit wedi llwyddo i gyrraedd ei wyneb rhywsut.

'Fel be? Ti'n licio'n iawn yn Niw Seland, medda chdi. Ddim yn licio'r gwaith wyt ti?'

'Na dim byd fel'na. Jyst stwff.' Chwaraeai Gethin efo'r mat cwrw ar y bwrdd bach o'i flaen, gan syllu arno'n ddwys.

'Pa stwff?' prociodd ei nain drachefn.

'Jyst stwff, 'de. Dydi o ddim byd, medda fi.'

'Ma'n rhaid ei fod o'n fwy na "dim byd" i ti fethu cysgu.'

'Cerwch chi i'ch gwely, Nain,' ochneidiodd Gethin gan godi ei ben. 'Ddo' i ar eich hôl chi rŵan.'

Roedd hi mor glir â jin nad oedd o'n fodlon dadlennu beth bynnag oedd ar ei feddwl a gwyddai Thelma'n iawn nad oedd dim iws iddi hithau wthio i holi. Roedd ystyfnigrwydd yn rhywbeth arall roedd ei hŵyr wedi ei etifeddu ganddi.

'Wela i di'n bora, 'ta. Cysga'n dawel, Geth bach.'

Gwyliodd Gethin ei nain yn diflannu drwy ddrysau cyntedd y gwesty. Duw a ŵyr be fysa ei hymateb hi tasa fo wedi dweud wrthi bod Rebeca a Sumara yn awyddus iddo fod yn *sberm donor* iddyn nhw.

GALL PETHE FYND YN GYMHLETH

BWRIAD PAWB Y diwrnod hwnnw oedd ymlacio'n braf a thorheulo o flaen y pwll neu ar y traeth cyn y briodas y diwrnod canlynol. Ond erbyn amser cinio roedd gwres yr haul mor danbaid fel bod y rhan fwyaf o'r criw yn cysgodi y tu mewn i'r gwesty. Dim ond Gethin, Molly a Siôn oedd wrth y pwll yn eistedd yn yr haul. Roedd Rebeca a Sumara wedi bwcio triniaethau yn y sba. Ymarfer ioga yn ei stafell oedd Greta ac roedd Sisial a John Gareth yn chwarae gêm o gardiau yn y lolfa. Roedd Carys a'i mam wedi picied i fyny i symud rhai o'i phethau i stafell Thelma ar gyfer bore'r briodas. Roedd hi'n bwriadu gwisgo amdani a gwneud ei gwallt a'i cholur yn stafell ei mam, a John Gareth am gael ei hun yn barod efo Siôn yn eu stafell nhw. Roedd bws mini wedi'i drefnu i gludo John Gareth a'r gwesteion eraill draw i'r eglwys fach ym mae Sant Paul, ac roedd Carys a Sisial i ddilyn wedyn mewn tacsi. Er, doedd y trefniant yma ddim cweit yn plesio Thelma chwaith.

'Mae o'n beth anlwcus iawn i'r breid a'r grŵm weld ei gilydd noson cyn y briodas, heb sôn am fore'r briodas,' ffromodd yn feirniadol amser brecwast pan drafodwyd cynlluniau'r diwrnod canlynol.

'Hen ofergoel ydi hynny, Mam. 'Dan ni lot rhy hen a gwirion i gredu mewn rhyw hen lol felly, siŵr,' wfftiodd Carys gan gymryd sip o'i choffi.

'Ma'r hen draddodiad twp 'na'n perthyn i adeg pan oedd

priodasau'n cael eu trefnu, Thelma,' ychwanegodd John Gareth. 'Petai'r briodfab neu'r briodferch yn gweld ei gilydd cyn y seremoni, falle y bydde un ohonyn nhw'n gwrthod priodi'r llall. Sai'n credu y bydd hynny'n wir yn achos ni'n dau.' Gwenodd yn gariadus ar ei ddarpar wraig.

'Ofergoel neu beidio. Yr unig beth dwi'n ei wybod ydi ei fod o'n beth anlwcus.'

Roedd y John Gareth 'na yn meddwl ei fod o'n hollwybodus ar adegau, meddyliodd Thelma. Cymerodd frathiad o'i Ryvita nad oedd yn blasu cystal â'r arfer heb lyfiad o'i jam gwsberis arno.

Er nad oedd y ddau am gysgu ar wahân y noson honno roedden nhw wedi penderfynu nad oeddynt am weld ei gilydd ar ôl brecwast tan y seremoni ei hun. Roedd rhaid cadw rhyw elfen o syrpréis wedi'r cwbl.

'Sai'n meddwl ei fod e'n mynd i gytuno, ti'mod.'

'Pwy? A chytuno i beth?' gofynnodd Sumara gan led-orwedd yn ddiog a'i llygaid ynghau.

Yn dilyn eu triniaethau roedd Rebeca a Sumara yn ymlacio yn y jacŵsi yn y sba. Dim ond nhw eu dwy oedd yno.

'Gethin, wrth gwrs. Ynglŷn â bod yn *sberm donor* i ni. Bydde fe wedi ateb erbyn hyn tase fe'n mynd i gytuno. So ti 'di sylwi bo fe'n osgoi bod yn ein cwmni ni?' ochneidiodd Rebeca'n benisel.

'Wel, falle bod e ddim yn syniad da, ta beth,' cyfaddefodd Sumara'n dawel.

Eisteddodd Rebeca i fyny'n syn yn y twb. 'Pam ti'n gweud 'nny?'

'Wel, mwy wy'n meddwl am y peth...'

'O'n i'n meddwl ein bo ni'n dwy wedi cytuno,' torrodd

Rebeca ar ei thraws. 'O'n i'n meddwl dy fod ti'n hapus i mi ofyn i Gethin.'

'Ches i fawr o gyfle i gytuno nac i anghytuno, naddo fe!' agorodd Sumara ei llygaid. 'Jocan o'n i pan wedes i, "allen ni ofyn i Gethin". O'n i ddim rili yn ei feddwl e. O'n i ddim rili'n disgwyl i ti fynd ato fe'r nosweth 'na a gofyn iddo fe! Do'n ni ddim hyd yn oed wedi trafod y peth yn iawn. Faint o't ti wedi'i yfed, Rebeca?'

'Ond o't ti i weld yn ocê bo fi wedi gofyn i Gethin,' protestiodd Rebeca wedyn.

'Wel, ar y dechre falle... Ond...' Cododd Sumara ar ei heistedd hefyd yn y twb.

'So ti'n cîn achos ei fod e'n gyn gariad?'

'Na, dim dyna beth yw e.'

'So ti'n cîn bo ni'n dau 'di dyweddïo ac i fod i briodi, 'na beth sy'n dy fecso di?'

'So hynny yn becso fi!'

'Ti'n siŵr?' pwysodd Rebeca drachefn. 'Shgwl, ma Gethin a fi yn hen, hen hanes. Sdim rhaid i ti fecso, olréit? Ti wy'n caru.'

'Wy'n gwbod 'nny, a nage becso am 'nny ydw i.'

'Beth, 'te?'

'Ddim nawr yw'r lle na'r amser i drafod hyn...' Edrychodd Sumara o'i chwmpas. Ofnai y gallai rhywun ddod i mewn unrhyw eiliad a doedd hi ddim yn awyddus i drafod y dewis o *sberm donor* yn gyhoeddus, yn enwedig mewn sba o bobman.

'Pam ddim? Sneb yma. Becso ambytu beth wyt ti, 'te?' mynnodd Rebeca drachefn.

'Wel, galle pethe fod yn gymhleth...'

'Shwt? Ma hyn yn berffeth. Ni moyn defnyddio *donor* ni'n nabod, felly, pwy well na Gethin? Ma fe'n fachan ffein, call.

Allet ti ddim ca'l neb mwy caredig 'na fe. Bydde fe'n dad gwych.'

'Wy wedi bod yn meddwl am hynny 'fyd. Falle bydde fe'n ddoethach i ddefnyddio rhywun dy'n ni ddim yn nabod.'

'Sai'n credu hyn!' ebychodd Rebeca. Pam fod Sumara mor gyndyn i Gethin fod yn *donor* iddynt? Fo oedd y dewis perffaith yn ei barn hi.

'Beth tase Gethin yn penderfynu, ymhen ychydig o flynyddoedd, ei fod e moyn bod yn rhan o fywyd y plentyn?'

'Fydd e ddim,' wfftiodd Rebeca.

'Sut wyt ti'n gwbod? Ma sefyllfa pawb yn gallu newid. Bydde, bydde fe'n braf nabod y tad beiolegol ond ar y llaw arall...'

'Ar y llaw arall...?' gofynnodd Rebeca'n ddifynedd.

'Beth am i ni drafod hyn yn iawn, nes mlaen ife?'

'Na, wy moyn trafod hyn nawr. Jyst gwed beth sydd ar dy feddwl di.'

Ochneidiodd Sumara. Gwyddai'n iawn os oedd Rebeca wedi rhoi ei bryd ar rywbeth yna doedd yna ddim troi arni.

'Beth tase Gethin a Molly, neu bwy bynnag, yn methu ca'l plant? Falle y bydde fe moyn rhannu *custody*.'

'Paid â bod yn dwp!' chwarddodd Rebeca'n uchel. 'A sut fydde hynny'n gweithio a fynte'n byw ochr arall i'r byd?'

'Ma fe'n byw ochr arall i'r byd nawr, ond fe alle fe benderfynu symud 'nôl i Gymru. Ti byth yn gwbod, a falle bydde fe moyn gweld y plentyn... A beth tase rhwbeth yn digwydd i ti?'

'Pwy wahanieth fydde hynny'n neud?' gofynnodd Rebeca'n syn.

'Ti fydde'r fam eni.'

'Ie, o's problem 'da hynny?'

'Falle bydde Gethin moyn bod yn rhan o fywyd y plentyn

taset ti ddim o gwmpas... Ma fe lot fwy cymhleth na jyst cytuno i roi sberm. Wy'n meddwl bo ni wedi bod braidd yn fyrbwyll, 'na i gyd. Dylen ni fod wedi trafod mwy. Lot mwy... a falle y dylen ni ga'l cyngor cyfreithiol cyn bwrw mlân hefyd.'

Yn groes i aer poeth di-awel y sba roedd yr awyrgylch rhwng Rebeca a Sumara wedi oeri'n sylweddol.

'O's raid i ti whilo am brobleme, gwed?' ochneidiodd Rebeca. Roedd hi wedi hen arfer cael ei ffordd ei hun. 'Fydd popeth yn iawn, wy'n gweud 'thot ti. Trysta fi. Shgwl, os ga i gyfle i siarad 'da Gethin ar ben ei hunan, weda i wrtho fe bod rhaid i ni ga'l ateb, naill ffordd neu'r llall, heno. Ma fe wedi ca'l digon o amser i benderfynu. Os yw e'n cytuno, awn ni amdani, ac os ddim... Wel... 'Na fe...'

Closiodd Rebeca at Sumara a mwytho ei hysgwydd yn dyner ond er mawr syndod iddi cafodd ei hysgwyd i ffwrdd.

'Rebeca, so ti wedi gryndo ar ddim byd wy newydd weud wrthot ti!' datganodd Sumara'n rhwystredig.

'Beth?' edrychodd Rebeca'n syn arni. Doedd Sumara byth yn codi ei llais nac yn gwylltio. 'Ble ti'n mynd?' gofynnodd wedyn wrth ei gweld hi'n codi ar frys o'r twb.

'Mas. Fel wedes i, nage dyma'r lle na'r amser i ga'l sgwrs ambytu hyn.'

Er ei dyhead angerddol i gael plentyn, doedd Sumara ddim yn credu erbyn hyn mai trwy ddefnyddio sberm cyn ddyweddi ei phartner oedd y ffordd i wireddu hynny. Gofyn am helynt fyddai peth felly. Brasgamodd yn wyllt i gyfeiriad y stafelloedd newid gan adael Rebeca'n gegagored ynghanol y bybls.

CYT LECTRIG

Y N HYNOD O ofalus tynnodd Carys ei ffrog allan o'i gorchudd a'i hongian tu allan i'r wardrob drws nesa i ddillad ei mam.

Roedd Thelma'n bwriadu gwisgo'r un owtffit a wisgodd hi i'r briodas na fu yn Sorrento, sef ffrog batrymog *duck egg blue* a nefi, a siaced fach. Gobeithiai y byddai'n cael owting mwy llwyddiannus y tro yma.

'Dach chi'n meddwl licith John Gareth hi?' gofynnodd Carys gan syllu ar ei ffrog. Edrychai ymlaen at gael ei gwisgo hi yfory, ac edrychai ymlaen fwy byth i briodi John Gareth. Roedd hi'n methu credu bod y diwrnod mawr bron iawn â chyrraedd.

'Wel, un peth yn saff i ti, fydd o'n methu tynnu ei lygaid oddi ar dy frestiau di ynddi hi, fo na phawb arall, chwaith,' meddai Thelma yn ddiflewyn-ar-dafod, yn ôl ei harfer. Eisteddai ar erchwyn y gwely yn chwifio ei chopi o *Woman's Weekly* o'i blaen megis ffan.

Rhoddodd Carys ochenaid ddofn, caeodd ei llygaid a chyfri i ddeg yn dawel. Arferiad cyson yng nghwmni ei mam. Pam, o pam na allai hi ond am un waith, roi compliment iddi? Pam, o pam bod yn rhaid iddi weld bai a phoeri rhyw goment hyll bob tro?

'Dyro'r hen *air conditoning* 'na mlaen am ychydig, 'nei di? Dwi jyst â rhostio 'ma,' gorchmynnodd ei mam wedyn gan chwythu.

'Does dim rhyfedd a chithau'n mynnu ei roi o i ffwrdd. Mi ddylach chi ei gadw fo mlaen drwy'r amser, Mam.' Camodd yn ddifynedd i gyfeiriad swits yr *air con*.

'Tydi o'n gwneud rhyw sŵn mawr pan mae o mlaen, dydi. Sut ma disgwyl i rywun fedru cysgu a hwnnw'n rhuo ym mhen rhywun drwy'r nos?'

'Ar y ffan *setting*, mae o. Dim rhyfedd ei fod o'n swnllyd.' Newidiodd Carys drefn y swits ac yna ei droi ymlaen. 'Dyna ni, mi fydd y stafell yn cŵl braf i chi rŵan... Duwcs, rhyfedd...' meddai Carys wedyn.

'Be?'

'Dydi o ddim yn dod ymlaen... Od... Dydi'r golau ddim yn gweithio, chwaith,' meddai hi wedyn ar ôl trio rhoi'r swits golau ymlaen hefyd. Aeth drwodd wedyn i'r stafell ymolchi, ond doedd y swits golau ddim yn gweithio yn y fan honno chwaith.

'Ffiws 'di mynd ma'n rhaid,' ochneidiodd Thelma gan chwifio'r *Woman's Weekly* yn wyllt.

'Cyt lectric fwy fatha hi. Rhyfedd.'

'Ydyn nhw'n arfer cael cyt lectrics yng Ngroeg?'

'Wn i'm.'

'Er, dwi'm yn synnu chwaith efo *air conditoning* pawb yn mynd ffwl spîd yma... Be 'nei di os na fydd o yn 'i ôl erbyn bora fory?' meddai Thelma yn meddwl y gwaethaf yn syth bìn.

'Dwi'n siŵr y bydd o yn ei ôl ymhen dim.' Doedd Carys ddim eisiau hyd yn oed meddwl am y posibilrwydd hwnnw, diolch yn fawr iawn!

'Gobeithio wir. Fedri di ddim priodi heb lectrig. 'Na fo, 'udish i 'sa'n well 'sa chi'n priodi adra, 'do?'

'A 'dan ni byth yn cael cyt lectrics yn Sir Fôn, 'ta?' brathodd

Carys yn ôl. 'Dowch wir, dwi 'di addo i Sisial y byswn i'n chwarae *Go Fish* efo hi.'

Diolch i'r drefn daeth y trydan yn ei ôl ddiwedd y pnawn, er roedd y goleuadau'n dal i fflachio'n ysbeidiol. Cyn swper rhuthrodd pawb i gael cawod sydyn rhag ofn i'r trydan fynd i ffwrdd drachefn. Gan ei bod hi'n wely cynnar i bawb y noson honno roeddynt wedi penderfynu cael swper yn y gwesty, er digon cyfyng oedd y dewis hefyd gan fod y trydan wedi bod i ffwrdd drwy'r prynhawn. Ar ôl cael llond eu gwala aeth pawb i eistedd ar y patio o gwmpas y pwll i wrando ar yr adloniant. Er bod y tymheredd adeg hynny o'r nos wedi gostwng rhyw fymryn roedd hi dal yn yr ugeiniau uchel, ond ddim yn rhy lethol fel nad oedd rhywun yn gallu eistedd allan. Daliai Sisial i chwarae snap efo'i thaid ac roedd hi wedi llwyddo i berswadio Yncl Gethin a Molly i chwarae hefyd. Roedd Gethin wedi neidio ar y cyfle pan ofynnodd Sisial iddo a oedd o eisiau chwarae efo nhw, yn ddiolchgar am unrhyw esgus i osgoi sefyllfa y byddai'n gorfod bod ar ei ben ei hun efo Rebeca. Roedd o wedi sylwi arni hi'n syllu arno drwy'r nos, yn amlwg yn ysu i gael gair efo fo. Roedd yntau wedi osgoi gwneud unrhyw gyswllt llygaid efo hi.

'Oes rhaid i hwn chwarae tiwns mor bruddglwyfus, dwch?' datganodd Thelma'n feirniadol am y chwaraewr sacsoffon.

'*Jazz* ydi o, Nain,' chwarddodd Siôn.

'Digon i godi'r felan ar unrhyw un, wir, dwi 'di clwad tiwns mwy joli mewn cnebrwng.'

I'r tair nad oedd yn ei hadnabod yn dda – Sumara, Rebeca, a Molly – buan iawn y daethon nhw i sylweddoli bod gan Thelma farn go bendant ynglŷn â phawb a phopeth a doedd hi ddim yn swil o rannu'r farn honno chwaith.

'Oedd hi reit swnllyd wrth y pwll heddiw efo'r awyrennau ymladd tân 'na yn ôl ac ymlaen o'r bae yn ddi-stop,' cwynodd Molly. 'Dim ond newydd stopio ma'n nhw.'

'Dach chi'n meddwl bod gan y tanau rwbeth i'w neud gyda'r trydan yn mynd bant?' gofynnodd Sumara yn boenus. 'Wy'n siŵr fod y cwmwl mwg yna yn fwy na beth o'dd e ychydig ddyddie'n ôl.'

'Pa gwmwl o fwg? A pha dân?' gofynnodd Thelma'n wyllt. Fel un oedd wedi bod yn cysgodi tu mewn y gwesty a phrin wedi bod allan yng ngolau dydd nac yn y gwres nemor ddim ers iddi gyrraedd, doedd Thelma heb sylwi ar y cwmwl llwyd oedd tu ôl i'r bryniau gerllaw.

'Dach chi ddim wedi bod yn gwylio'r niws ar y telefision, Nain? Ma 'na danau mewn rhyw goedwigoedd. Ma'n nhw'n llosgi ers dyddiau,' meddai Siôn wedyn.

'Aclwy mawr! Ydyn nhw'n agos i ni yn fyma?' Roedd golwg wedi styrbio'n lân ar Thelma.

'Peidiwch â phoeni, Mam, ma'n nhw bell o fyma. Wnân nhw ddim effeithio arnon ni o gwbl, na wnân?' Edrychodd Carys ar John Gareth er mwyn cael sicrhad o hynny ganddo.

'Na wnân, peidwch â becso,' gwenodd yn gysurlon ar Carys a'i mam.

Er, yn ei galon, doedd John Gareth ddim mor siŵr erbyn hyn. Ond y peth diwethaf yr oedd o eisiau ei wneud oedd codi ofn ar y gweddill a gwneud iddyn nhw boeni. Mewn gwirionedd, fel roedd y dydd wedi mynd yn ei flaen, roedd John Gareth wedi dechrau teimlo'n fwy a mwy pryderus ynglŷn â'r holl sefyllfa. Tra oedd Carys yn y gawod yn gynharach mi roedd o wedi clywed ar y newyddion ar y teledu bod y tanau wedi lledaenu i gyfeiriad yr arfordir ac yn effeithio ar y cyflenwad trydan. Roedd y gohebydd wedi datgan pe bai'r tanau yn cyrraedd yr orsaf bŵer ei hun, yna byddai hynny'n cael effaith andwyol ar yr holl ardal. Sut allai'r holl westai ymdopi heb drydan, meddyliodd? Roedd o hefyd wedi sylwi amser swper bod rhai o staff y gwesty'n syllu'n bryderus iawn i gyfeiriad y cwmwl mwg ac yn siarad yn dawel ymysg ei gilydd.

'Wow! Sbïwch! Plu eira!' ebychodd Sisial gan syllu ar y fflecs bach llwyd oedd yn disgyn yn ysgafn o'r nen ar y bwrdd o'i blaen.

Trodd pawb o'r criw eu pennau tua'r awyr.

'Dim eira yw e, ond bach o ludw,' datganodd ei thad-cu'n gryg.

'Be ti'n feddwl "lludw"?' gofynnodd Carys yn syn.

Llyncodd John Gareth ei boer a mwmian yn dawel, 'Lludw o'r tân.'

'Be ddeudodd o?' Roedd Thelma wedi tynnu ei *hearing aid* erbyn hyn gan ei fod yn mynnu gwichian.

'Wy'n gallu arogli gwynt mwg hefyd. Odych chi'n gallu ei arogli fe?' gofynnodd Rebeca gan grychu ei thrwyn.

Roedd y rhai oedd yn eistedd ar y byrddau cyfagos yn mwynhau eu diodydd a'r gerddoriaeth wedi sylwi ar y lludw hefyd ac wedi dechrau siarad ymysg ei gilydd. Ond doedd neb i weld yn poeni'n ormodol chwaith.

'Duwcs, *chill*, pawb. Ma'r tanau dan reolaeth erbyn hyn a mae o'n chwythu i'r cyfeiriad arall beth bynnag,' cysurodd Siôn.

'Pwy sy'n deud?' gwgodd Thelma dros ei sbectol.

'Glywes i'r boi hurio ceir yn reseption yn deud wrth ryw gwsmer pan o'n i'n pasio heibio gynna.'

'O, dyna ni 'lly. 'Dan ni'n berffaith saff os ydi'r boi hurio ceir yn deud. I be oedd isio llusgo ni gyd i'r gehena 'ma, dwch?'

meddai Thelma wedyn o dan ei gwynt, ond yn ddigon uchel i bawb ei chlywed hi hefyd.

'Reit, rownd arall, ia, yr un peth i bawb?' amneidiodd Siôn i gyfeiriad yr weityr i drio cael ei sylw.

'Dim i fi diolch, Siôn,' meddai Carys. 'Dwi isio pen clir fory. A deud y gwir dwi am fynd i fyny. A' i am fath, dwi'n meddwl'.

'Wel, ia, eich noson ola fel Mrs Hughes,' gwenodd Gethin ar ei fam. 'Mrs James fyddwch chi'r adeg yma nos fory. Fydd hi'n od meddwl amdanoch chi'n Mrs James hefyd.'

'Ddaw Sisial a finnau efo chdi,' meddai Greta gan ddylyfu ei gên. Roedd bod yn feichiog yn y gwres yn ei gwneud hi'n fwy blinedig nag arfer.

'Dwi ddim yn mynd i 'ngwely rŵan! Dwi isio chwara gêm arall o snap!' protestiodd y fechan yn bwdlyd.

'Grynda, ma'n well i ti fynd i dy wely nawr. Ma 'da ti ddiwrnod mowr o dy flân fory a ti ddim moyn bod wedi blino, nag wyt ti,' perswadiodd ei thaid.

'Ti'n mynd i lyfio ffrog fi a Nain,' meddai Sisial wrth ei bodd.

'Lyfio! Pa fath o iaith ma'r hogan fach 'ma'n ei siarad, dwch?' gwgodd Thelma yn gwaredu clywed y fath air. 'Reit, dwi'nna am ei throi hi hefyd. Well na ista yn fyma yn gwrando ar yr hen fiwsig 'ma drwy'r nos. Ella y cysga i'n well heno, rŵan fy mod i wedi sortio'r *air conditoning* 'na.'

Trodd Carys at ei mam yn syn a datgan, 'Ar ôl i bwy sortio fo?'

'Ar ôl i chdi sortio fo, 'ta,' cyfaddefodd Thelma ar hyd ei thin.

'Rownd arall, ia?' gofynnodd Siôn i'r gweddill a nodiodd Rebeca, Sumara, Gethin a Molly'n frwd.

'John Gareth, peint?' Ar ôl bron i dri deg dau o flynyddoedd teimlai Siôn ei bod hi ychydig bach yn hwyr yn y dydd i ddechrau galw John Gareth yn 'Dad'.

Chafodd o ddim ateb.

'John Gareth, neitcap bach?' gofynnodd wedyn. Ella dros beint bydda fo'n gallu crybwyll cynnig Medwyn ynglŷn â'r garej iddo.

Chafodd o ddim ateb. Yn hytrach daliai John Gareth i syllu i'r awyr. Gobeithio'n fawr nag yw'r gwynt wedi troi, meddyliodd.

DIFARU DIM

ARHOSODD JOHN GARETH ddim am neitcap ac mi benderfynodd fynd i fyny'r un pryd â Carys, Thelma, Greta a Sisial.

'Gwely cynnar heno, ia?' winciodd Siôn arno'n ddireidus. 'Cadw dy egni tan nos fory.'

'Be ddeudodd o?' gofynnodd Thelma yn ofni colli dim.

'Dim byd, Mam. Reit, welwn ni chi gyd amser brecwast am naw. A neb i fod yn hwyr,' siarsiodd Carys gan edrych yn benodol i gyfeiriad Siôn.

'Alla i ddim credu bod y dyrnod mawr wedi cyrraedd,' meddai Rebeca gan wenu.

'Y chdi a Sumara fydd nesa,' gwenodd Carys yn ôl ar ei darpar lysferch.

'Os na newidith hi ei meddwl fel y tro diwetha,' mwmiodd Thelma o dan ei gwynt ond yn ddigon uchel i bawb oedd o fewn clyw ei chlywed hi'n iawn.

Gwgodd Carys ar ei mam a rhoi pâr o lygaid arni.

'Reit, welwn ni chi gyd yn y bore, nos da,' meddai John Gareth gan afael yn llaw Carys a dilyn Greta, Sisial a Thelma. 'Hei,' sibrydodd yng nghlust Carys. 'Ti'n meddwl bod 'na le i un bach arall yn y bath 'na?'

Gwasgodd Carys ei law yn dynnach. Roedd twincl direidus yn llygaid y ddau.

'Wy'n dechre amau dy fod ti wedi bod yn fy osgoi i.'

Ar ei ffordd yn ôl o'r tŷ bach oedd Gethin pan welodd o Rebeca yn hofran yn y dderbynfa. Roedd hi'n amlwg wedi bod yn aros amdano.

'Naddo. Pam fyswn i'n gneud peth felly?' protestiodd braidd yn ormodol.

'Sai moyn rhoi pwysa arnat ti, ond wyt ti wedi penderfynu beth 'yt ti am neud? Ma rhaid i fi ga'l ateb un ffordd neu'r llall plis, Gethin. Ti yn deall hynny, on'd wyt ti?'

'Penderfynu be yn union?'

Rhewodd Gethin a Rebeca yn y fan. Trodd y ddau'n wyllt i wynebu llais oeraidd Molly oedd yn sefyll y tu ôl iddynt ac yn amlwg wedi clywed rhan olaf y sgwrs.

'Be ti angen ei benderfynu, Gethin? O'n i'n amau bod 'na rywbeth yn mynd ymlaen rhyngoch chi'ch dau. Wel, os mai'r dewis ydi fi neu Rebeca, mi wna i'r penderfyniad yn un hawdd i ti...' Roedd wyneb Molly'n hollol ddiemosiwn ond roedd cryndod amlwg yn ei llais.

'Na, Molly, dydi o ddim byd fel'na,' torrodd Gethin yn wyllt ar ei thraws. 'Ti wedi camddallt, yn do, Rebeca? Deud wrthi...'

'Camddallt?' atebodd Molly'n flin. 'Pam arall fasach chi'ch dau yn siarad mor gyfrinachol os nad oes ganddoch chi dal deimladau at eich gilydd? Drwy'r nos ti ddim wedi gneud dim byd ond syllu ar Gethin.'

'Ni ddim moyn mynd 'nôl 'da'n gilydd, Molly.'

'Sdim pwynt i ti wadu fo, Rebeca,' meddai Molly wedyn gan anelu gwaywffon o edrychiad tuag at ei nemesis.

'Efo chdi dwi isio bod, neb arall,' meddai Gethin.

'A dwi'n caru Sumara,' ategodd Rebeca'n bendant.

'Be uffar sy'n mynd ymlaen rhyngoch chi'ch dau, 'ta?' Roedd Molly yn ei dagrau erbyn hyn.

'Ofynnes i i Gethin os fydde fe'n folon bod yn *sberm donor* i ni,' datganodd Rebeca.

'Be?' Roedd Molly'n gegrwth. Dyna'r peth diwethaf roedd hi wedi ei ddisgwyl ei glywed.

'Ond fedra i ddim, Rebeca, sori, fedra i ddim,' trodd Gethin at Rebeca. 'Dwi'n gwybod cymaint wyt ti isio plant, ond well i ti ofyn i rywun arall, dwi'n meddwl.'

Ochneidiodd Rebeca gan roi gwên fach ddyfrllyd, ei hamheuon wedi eu cadarnhau, yn anffodus.

Rhoddodd Molly ochenaid hefyd. Ochenaid fawr o ryddhad. Diolch i Dduw, meddyliodd. Diolch i Dduw nad oedd Gethin dal mewn cariad efo Rebeca. Roedd hi wedi bod yn grediniol bod gan y ddau deimladau tuag at ei gilydd o hyd.

'Fyma ydach chi! O'dd Sumara a fi bron ag anfon *search party* i chwilio amdanoch chi!'

Roedd Siôn wedi ymddangos o rywle. Sylwodd yn syth ar yr awyrgylch chwithig rhwng y tri arall.

''Dan ni am fynd i fyny, dwi'n meddwl,' meddai Gethin gan afael yn llaw Molly. 'Ma ganddon ni ddiwrnod mawr o'n blaenau fory.' Gwyddai fod ganddo waith esbonio mawr o'i flaen cyn hynny hefyd.

'Well i Sumara a finne fynd lan hefyd,' cytunodd Rebeca'n swta.

'Be, rŵan? Ond dim ond cynnar ydi hi!' meddai Siôn yn siomedig. A fynta wedi cael rhyw dri pheint yn barod mi roedd o yn ei hwyliau am swae'r noson honno. Doedd o ddim yn cael y cyfle yn aml ond mi roedd hi'n ymddangos bod pawb am fynd i glwydo.

'Y peth diwetha ni angen fory yw hangofyr. Nos da.' Trodd Rebeca ar ei sawdl gan fynd i chwilio am Sumara oedd dal i eistedd ar y patio.

'Fysa'n well i finnau fynd i sgwennu fy *speech* ma siŵr,' ochneidiodd Siôn.

'Ti byth wedi'i sgwennu fo?' gofynnodd Gethin yn syn.

'Gin i ryw syniad be dwi isio ei ddeud, jyst fy mod i heb sgwennu fo i lawr. *Chill*, Geth bach, gin i bore fory does,' chwarddodd yn braf gan roi slap chwareus ar gefn ei frawd wrth iddynt gamu i gyfeiriad y lifft. 'Hei, lwcus ar y diawl 'nes i ddim sgwennu fy *speech* ar gyfer priodas chdi a Rebeca, 'de,' ategodd. 'Wast ar blwming amser fysa hynny wedi bod. O leia 'dan ni'n gwybod y bydd 'na briodas yn cael ei chynnal fory, dydan.'

'Sori...' ochneidiodd Gethin ar ôl ffarwelio efo Siôn oedd ar lawr gwahanol iddyn nhw ill dau. Pwysodd fotwm y lifft ar gyfer y pedwerydd llawr. 'Ddylwn i fod wedi sôn wrthat ti.'

'Dylet,' atebodd Molly'n bigog gan syllu yn ei blaen.

'O'n i isio deud wrthat ti.'

'Pam 'nest ti ddim, 'ta?'

'O'dd gin i ofn be fysa dy ymateb di wedi bod.'

'Wel, dwi'm yn meddwl y byswn i wedi bod yn rhy hapus ynglŷn â'r peth. Ond wedi deud hynny, dy ddewis di fysa fo. A dydi o ddim fel tasan ni wedi bod efo'n gilydd yn hir iawn nac ydi.'

'Wel, na...'

'Ond ti rili isio gwybod be o'n i'n ei deimlo pan glywes i? Rhyddhad. Rhyddhad o'r mwya ma dyna oedd o.'

'Rhyddhad? Sut 'lly?' gofynnodd Gethin yn ddryslyd.

'O'n i wedi bod yn hel meddyliau bod Rebeca isio mynd yn ôl efo chdi. Ac o'r ffordd w't ti wedi bod yn bihafio ers i ni gyrraedd 'ma, yn dawel a ddim yn chdi dy hun, o'n i'n meddwl dy fod titha, ar ôl ei gweld hi eto, yn difaru na 'nest ti ddim ei phriodi hi.'

'Be? No we! Dwi'n difaru dim, dallta. Dim gronyn. Hei, tyrd yma.' Cymerodd Gethin Molly i'w freichiau. 'Gwranda, dwi'n fwy na bodlon lle ydw i ac efo pwy.' Cusanodd Gethin hi'n dyner ar ei gwefus. Ymatebodd hithau gan ei gusanu'n galetach.

Yna camodd yn ôl o'i goflaid. Roedd golwg ddifrifol ar ei hwyneb. ''Nei di addo un peth i mi?' gofynnodd gan edrych i fyw ei lygaid.

'Be 'lly?'

'Gaddo i mi na wnawn ni byth gadw unrhyw beth oddi wrth ei gilydd eto. Dim cyfrinachau.'

'Gaddo.'

Gwenodd y ddau ar ei gilydd a dechrau cusanu'n wyllt.

Cyrhaeddodd y lifft y pedwerydd llawr ac agorodd y drws. Dal mewn clinsh estynnodd Gethin ei fraich allan gan bwyso unrhyw fotwm. Caewyd y drysau drachefn ac aeth y lifft yn ei flaen i fyny. Cododd Gethin Molly i fyny a lapiodd hithau ei choesau'n dynn o gwmpas ei wast. Mewn eiliadau roedd y cusanu gwyllt yn garu nwydus.

I lawr yn y cyntedd disgwyliai Rebeca a Sumara am y lifft. Roedd y ddwy wedi bod yn sefyll yno ers hydoedd. Pwysodd Sumara'r botwm eto fyth.

'Beth sy'n bod ar hwn?' ochneidiodd yn ddifynadd.

'Falle bod e ddim yn gwitho,' awgrymodd Rebeca. 'Ar ôl y cyt lectric yn gynharach?'

'O'dd e'n gwitho gynne.'

'Dere, awn ni lan y stâr,' cynigiodd Rebeca wedyn. 'Wneith e les i ni'n dwy ac fe gawn ni ychwanegu at ein camau yr un pryd. Rhyw chwe mil wy 'di neud heddi.'

Nodiodd Sumara ei phen yn gytûn. Camodd y ddwy i fyny'r grisiau. Y ddwy'n hollol ddi-glem mai antics nwydus Gethin a Molly oedd yn gyfrifol am y ddalfa.

ANTUR AR Y DIAWL!

UGAIN MUNUD I hanner nos.
 Deffrowyd Carys a John Gareth o'u trwmgwsg gan sŵn larwm aflafar. Sŵn oedd yn ddigon i ddeffro'r meirw.

'Beth yffach…?' Cododd John Gareth ar ei eistedd gan roi'r golau ymlaen wrth ochr y gwely.

'Larwm tân y gwesty ydi o?' gofynnodd Carys yn ddryslyd.

Roeddynt yn methu'n glir â gwneud allan o ble deuai'r sŵn. Yna sylweddolodd y ddau fod y larwm yn deillio o'u ffonau symudol. Roedd neges tecst ar y ffonau. Darllenodd Carys a John Gareth y neges ar eu sgriniau. Neges roedd perchen pob ffôn symudol wedi'i dderbyn yn yr ardal. Wrth ddarllen y neges deffrodd y ddau drwyddynt gan neidio allan o'r gwely.

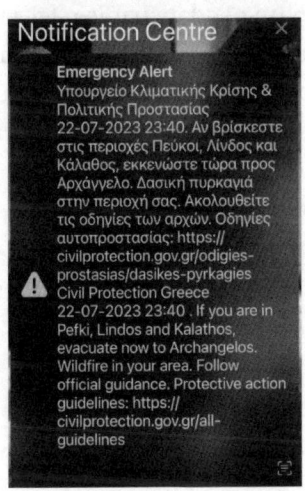

'O mam bach!' ebychodd Carys gan deimlo'n sâl. Yna clywyd sŵn larwm tân y gwesty. Edrychodd y ddau ar ei gilydd yn syfrdan.

Ar ôl gwisgo pâr o *boxer shorts* rhuthrodd John Gareth i agor drws eu stafell. Gwelodd gwpwl yn rhuthro i lawr y coridor yn tynnu eu cesys y tu ôl iddynt. Agorodd drws y stafell dros ffordd a safai gwraig wedi gwisgo amdani a'i chês yn ei llaw.

'We've had a message from our rep saying when the fire alarm goes off it's the signal to evacuate the hotel. You must pack your stuff and get down to reception immediately,' datganodd wrtho'n ddifrifol.

Pan aeth yn ôl i mewn i'r stafell roedd Carys, oedd wedi clywed geiriau'r wraig, wrthi'n lluchio eu dillad ac ati blith draphlith i mewn i'r ddau gês.

Canodd ffôn y ddau bron yr un pryd. Roedd Rebeca wedi ffonio ei thad a Gethin wedi ffonio ei fam. Ar ôl sgwrs frysiog trefnwyd y byddai pawb yn cyfarfod yn y dderbynfa cyn gynted â phosib. Yn syth wedyn ffoniodd Siôn.

'Be ffwc sy'n mynd ymlaen?' gofynnodd mewn panig gwyllt. Doedd Siôn ddim yn un oedd yn panicio fel arfer ond mi oedd derbyn tecst o'r fath wedi ei ddychryn go iawn. Roedd ganddo gyfrifoldeb i gadw ei ferch fach a'i wraig feichiog yn ddiogel.

'Paciwch bob dim ac mi welwn ni chi yn y dderbynfa,' meddai Carys wrtho.

Paciwyd popeth ar ras wyllt unrhyw sut, a gwisgo'n frysiog amdanynt. Gan dynnu eu cesys tu ôl iddynt gadawodd y ddau eu stafell ac anelu'n syth am stafell Thelma oedd dri drws i lawr o'u stafell.

Cnociodd Carys yn ffrantig ar y drws.

'Mam!'

Dim ateb.

'Mam! Deffrwch!' Cnociodd eto, yn galetach y tro hwn.

'Smo hi'n clywed, sbo,' ochneidiodd John Gareth. 'Gad i mi drial.' Dechreuodd ddyrnu'r drws yn galed.

Ymhen hir a hwyr, agorodd y drws.

'Be sy? Ydi hi'n amser codi?' gofynnodd Thelma'n ffrwcslyd. Yn ei doethineb i sicrhau noson dda o gwsg, roedd hi wedi stwffio *cotton wool* i'w dwy glust er mwyn cau allan sŵn yr *air con*. Roedd ei brênwef wedi gweithio'n hynod lwyddiannus, yn rhy llwyddiannus os rhywbeth, ac roedd hi'n cysgu fel mochyn bach. Dim ond sŵn dyrnu caled John Gareth ddeffrodd hi.

'Gwisgwch amdanoch a phaciwch. Mi ydan ni'n gorfod gadael y gwesty,' meddai Carys wrthi'n wyllt.

'Be sy haru ti? Pam?' gofynnodd Thelma'n syn. Yna sylwodd fod y ddau yn eu dillad a'u bod nhw efo'u cesys.

'Wnaethoch chi ddim clywed y larwm ar eich ffôn?' gofynnodd Carys wedyn.

'Ma fy ffôn i off, dydi.'

'Blydi hel, Mam, sawl gwaith dwi wedi deud...?' ebychodd Carys yn flin.

'Sdim ots ambytu 'nny,' torrodd John Gareth ar draws. 'Ma'n nhw'n efaciwêtio'r gwesty achos y tanau. Gwisgwch a phacio. Glou, Thelma!' meddai wedyn yn siort.

O glywed John Gareth yn troi tu min sylweddolodd Thelma ddifrifoldeb y sefyllfa. Rhuthrodd i bacio ar frys gwyllt gan luchio ei dillad a'i thrugareddau, yn llythrennol, i mewn i'w chês. Dilynodd Carys hi i mewn i'r stafell. Estynnodd ei ffrog briodas, oedd yn hongian yn ddisgwylgar tu allan i'r wardrob, a'i phacio'n ôl yn ei gorchudd. Estynnodd hefyd ei hesgidiau, y freichled, y clustdlysau a'r gadwyn roedd hi wedi bwriadu eu gwisgo i briodi. Stwffiodd bopeth i mewn i'w bag. Arhosodd John Gareth y tu allan i ddisgwyl am y ddwy.

Wrth iddynt fustachu i lawr y grisiau efo'r cesys, diolchodd Carys mai ar y llawr cyntaf roedd eu stafelloedd. Cariai John Gareth ei gês ei hun a chês Thelma, a Carys ei chês ei hun a'i ffrog. Pan gyrhaeddont y llawr gwaelod roedd y dderbynfa dan ei sang efo gwesteion a'u cesys. Roedd rheolwr y gwesty wrth waelod y grisiau yn gofyn i bawb fynd at y ddesg er mwyn jecio allan a thalu eu bil.

Llygadodd John Gareth, Gethin, Molly, Rebeca a Sumara ymhlith y dorf ac anelodd y tri amdanynt. Gadawodd John Gareth nhw wedyn efo'r cesys er mwyn iddo ymuno â'r ciw maith oedd wrth y ddesg. Pan ddeallodd Thelma adeg trefnu'r briodas mai John Gareth a Carys oedd yn talu am ffleit a gwesty pawb, mi roedd hi wedi teimlo rhyw fymryn yn llai cyndyn o orfod fflio dros y dŵr ar gyfer priodas arall.

'Welwch chi Siôn, Greta a Sisial yn rhwla?' holodd Carys ar binnau. Ysai i'r tri ymddangos o rywle fel bod ei theulu bach i gyd efo'i gilydd ynghanol yr holl helynt.

'Mi ddown nhw,' meddai Gethin yn gysurlon.

'Co nhw'n dod nawr!' Pwyntiodd Sumara i gyfeiriad y grisiau.

Wrth weld y tri ochneidiodd Carys mewn rhyddhad. Roedd golwg hanner cysgu ar Sisial fach, ei gwallt modrwyog euraidd ar ben ei dannedd. Gafaelai'n dynn yn ei bwni fach binc oedd wedi hen weld dyddiau gwell, anrheg brynodd Carys iddi hi pan oedd hi'n ddim o beth.

'Siôn!' gwaeddodd Gethin ac yna chwibanu ar ei frawd er mwyn dal ei sylw.

Clociodd Siôn ei deulu ac anelu yn syth amdanynt.

'Dwi'm yn coelio hyn!' medda fo'n wyllt, yn amlwg wedi'i darfu. 'Be sy'n mynd i ddigwydd i ni rŵan?'

Edrychodd pawb ar ei gilydd yn fud heb unrhyw ateb.

"Udish i, 'do. 'Udish i 'sa'n well y basach chi'n priodi adra,' edliwiodd Thelma.

'Tewch, Mam!' brathodd Carys. Dyna'r peth olaf roedd hi angen ei glywed.

'Excuse me! May I have your attention please?' cyhoeddodd llais awdurdodol.

Ddalltodd yr un ohonynt ei enw na phwy oedd o yn iawn. Fe allai fod yn swyddog o'r llywodraeth neu'n rheolwr un o'r cwmnïau gwyliau, ond un peth glywodd pawb yn glir oedd nad oedd angen i neb boeni. Doeddynt ddim mewn unrhyw berygl ar hyn o bryd, ond roedd y penderfyniad wedi ei wneud i symud pawb o'r gwestai yn yr ardal rhag ofn i'r risg oddi wrth y tanau ledaenu. Y pryder oedd y byddai'r ffyrdd yn cael eu cau ac y byddai'r holl ardal wedyn yn cael ei hynysu. Roeddynt yn trefnu bysiau i hebrwng pawb i lochesi mewn canolfannau chwaraeon neu ysgolion. Roedd pawb i fynd â'u heiddo i gyd efo nhw ac i beidio â gadael dim byd ar ôl yn y gwesty.

'Be ddeudodd o, dwch?' gofynnodd Thelma ar ôl i'r swyddog orffen siarad. 'Ddalltish i ddim gair ddeudodd y dyn.'

Ailadroddodd Gethin genadwri'r swyddog wrth ei nain.

'Dwi ddim isio mynd. Dwi isio aros yma. Dwi isio mynd i briodas Nain a Tad-cu!' meddai Sisial yn wylofus gan afael yn dynnach yn ei bwni binc.

'Ma hi 'di canu am unrhyw briodas rŵan, 'mechan fach i,' datganodd Thelma heb unrhyw fath o dact yn y byd.

O glywed hyn dechreuodd Sisial igian crio.

'Ylwch, be dach chi 'di neud rŵan! Ypsetio'r hogan fach 'ma!' Dwrdiodd Carys ei mam yn flin.

''Dan ni am gael mynd am antur fach cyn hynny, yli,' cysurodd Greta'r fechan.

'Antur! Antur ar y diawl!' wfftiodd Thelma wedyn gan edrych o'i chwmpas yn ofer am gadair ncu soffa. Roedd ei chlun yn brifo ar ôl sefyll cyhyd. Roedd hi hefyd yn llethol o boeth yn y dderbynfa.

Ymhen hir a hwyrach dychwelodd John Gareth yn ei ôl at y criw. 'Bod yn orofalus ma'n nhw,' datganodd. 'Dyna pam ni'n gorfod gadael y gwesty, 'na beth wedodd y rheolwr.'

'Oes 'na obaith y cawn ni ddod yn ein holau felly?' gofynnodd Carys yn obeithiol.

'Sai'n gwbod,' cyfaddefodd John Gareth.

'Dydi o ddim yn edrych felly nac ydi, a phawb wedi gorfod pacio pob dim a jecio allan,' meddai Gethin yn amau'n gryf bod yna bosibilrwydd o hynny.

'Ydi'r pasborts gen ti, Greta?' gofynnodd Siôn yn wyllt.

'Na. O'n i'n meddwl dy fod ti wedi eu hestyn nhw,' atebodd honno.

'Shit!' griddfanodd Siôn gan daro i law yn erbyn ei dalcen.

'Be sy?' gofynnodd Carys yn syn.

'Ma'n nhw dal yn y sêff yn y stafell.'

'Y llo!' ceryddodd ei nain gan wgu arno dros ei sbectol. 'Sut fuest ti mor flêr? Be ydi o efo chdi a phasborts?'

'Dau gachiad fydda i.'

Diflannodd Siôn drwy'r dorf a chamu i fyny'r grisiau fesul dwy. Fuodd o ddim yn hir iawn cyn iddo ddod yn ei ôl. Doedd dim golwg hapus iawn ar ei wyneb.

'Dydi cerdyn y stafell ddim yn gweithio. Driais i o bob ffordd!'

'Am ein bod ni wedi jecio mas, beryg,' meddai John Gareth. 'Paid â becso. Dere, awn ni i drial eto.'

Yn erbyn llif y dorf oedd yn ciwio y tu allan a thu mewn ar gyfer y bysiau, dilynodd Siôn ei dad i fyny'r grisiau i'r ail lawr lle'r oedd stafell Siôn a Greta. Triodd Siôn y cerdyn yn y drws unwaith eto. Dim lwc.

'Ffyc! Be 'dan ni'n mynd i neud?'

Am un oedd fel arfer mor cŵl, roedd Siôn mewn panig go iawn. Rhywbeth oedd yn groes i'w natur arferol, ond mi roedd hyn yn greisis go iawn.

Roedd Carys a'r criw wedi mynd i sefyll i un ochr o'r ciw oedd yn disgwyl am y bysiau, er mwyn aros am John Gareth a Siôn. Fel roedd y bysiau'n cyrraedd roedd y ciw yn mynd yn llai ac yn llai ond doedd dal ddim golwg o'r ddau.

'Lle ma'n nhw? Fydd 'na neb ar ôl ond ni!' ebychodd Thelma.

Estynnodd Carys ei ffôn a deialu rhif John Gareth.

Ymhen hir a hwyrach atebodd.

'Lle ydach chi? Ydach chi wedi cael y pasborts?' gofynnodd yn ffrantig.

'Ddim 'to. Ni'n ca'l trafferth agor y drws.'

'Ma'r bws ola newydd gyrraedd rŵan. Ma'n rhaid i ni gyd adael ar hwnnw.'

Ar ôl i John Gareth a Siôn rasio yn eu holau i fyny'r grisiau am stafell Siôn roedd Gethin wedi mynd i chwilio am reolwr y gwesty i esbonio sefyllfa'r pasborts wrtho. Roedd gan hwnnw fwy na digon ar ei blât heb fynd i boeni am basborts a chafodd Gethin fawr o gydymdeimlad na chyngor ganddo. Ei flaenoriaeth o oedd cael pawb i adael y gwesty cyn gynted â phosib.

'Cerwch chi ar y bws mi wnaiff Siôn a finne ddala lan 'da chi.'

'Ond fedrwn ni ddim mynd hebddoch chi!'

'Allwn ni ddim gadael heb y pasborts, Carys,' pwysleisiodd John Gareth.

'Ond 'dan ni ddim yn gwybod i le 'dan ni'n mynd! Sut ydach chi'n mynd i'n ffeindio ni?'

'Ma 'da fi *app* ar fy ffôn. Paid â becso, fyddwn ni'n siŵr o ga'l hyd i chi.'

Doedd clywed hynny yn fawr o gysur i Carys. Allai hi ddim meddwl am adael y gwesty heb y ddau, ond pa ddewis arall oedd yna? Yn gyndyn ailymunodd â'r criw yn y ciw am y bws gan gamu allan i'r gwyll.

Cadwodd John Gareth ei ffôn ym mhoced ôl ei siorts. Doedd ond un peth amdani.

'Cer o'r ffordd,' gorchmynnodd i Siôn. Symudodd hwnnw i'r ochr reit handi ac yna, heb droi blewyn, rhoddodd John Gareth gic hegar i'r drws reit o dan y nobyn. Roedd Siôn yn gegrwth pan agorodd y drws led y pen. Rhuthrodd i mewn i'r stafell i achub y tri phasbort oedd yn dal i lechu'n saff yn y sêff.

'Lle 'nest ti ddysgu hynna?' gofynnodd yn syn.

'Cyn i fi fynd mewn i'r busnes adeiladu a gwerthu tai fues i'n ddyn tân rhan amser.'

Ysgydwodd Siôn ei ben mewn anghrediniaeth, mi roedd o'n dysgu rhywbeth newydd am ei dad bob dydd.

Llwythwyd eu cesys i gyd ar y bws. Bws oedd yn cael ei ddefnyddio fel arfer i gludo twristiaid o gwmpas yr ynys ond oedd yn eu cludo i fan diogelach y noson honno. Roedd pawb wedi ffeindio sedd, pawb ond John Gareth a Siôn. Doedd dal dim golwg o'r ddau.

'Lle ma Dad a Tad-cu? Dwi isio Dad!' crochlefodd Sisial oedd yn hogan ei thad ar y gorau.

Triodd Greta a Carys eu gorau glas i gysuro'r fechan yn aflwyddiannus. Taniwyd yr injan i sŵn igian crio Sisial. Cychwynnodd y bws a suddodd calon Carys yr un pryd. Roedd dagrau'n mynnu cronni yn ei llygaid.

Yna rhoddodd Greta waedd. 'Dyma nhw!'

Edrychodd pawb drwy'r ffenest a phwy welsan nhw'n rasio allan o'r gwesty, gan wneud eu ffordd i lawr y grisiau i'r maes parcio, ond John Gareth a Siôn.

Cododd Carys ar ei thraed yn wyllt a gweiddi'n groch, 'Stop! Stop the bus!'

Fuodd hi erioed mor falch o weld y ddau.

Edrychodd Carys ar ei wats, roedd hi bellach yn tynnu am bedwar o'r gloch y bore ac roeddynt wedi bod yn teithio am ryw dri chwarter awr erbyn hynny. Roedd y bedair awr ddiwethaf wedi bod yn hunllef a dweud y lleiaf. A hwythau heb gael noson iawn o gwsg roedd pawb wedi llwyr ymlâdd a chysgai Sisial fach ar lin ei thad yn hapus ei byd unwaith eto ar ôl ei gael yn ei ôl.

Allan o unlle rhoddodd Thelma floedd dros y bws.

'Fy mhanti gyrdl i! Dwi 'di anghofio fy mhanti gyrdl!'

Dim ond unwaith o'r blaen roedd hi wedi cael y cyfle i'w wisgo, diwrnod y briodas na fu yn Sorrento. Talodd bunnoedd amdano a dyma hi rŵan yn ei brys wedi ei adael ar ôl yn y gwesty.

'Wel, sut fuoch chi mor flêr, dwch?' meddai Siôn. Roedd dogn go lew o goegni yn ei lais, wrth ei fodd yn cael y cyfle i edliw i'w nain ar ôl ei sylw brathog yn gynharach ynglŷn â'r pasborts.

'Y ddau yna ydi'r bai, yn fy mrysio fi i bacio!' meddai hi'n gyhuddgar ac amneidio i gyfeiriad Carys a John Gareth oedd yn eistedd dros ffordd iddi. 'Er, wn i ddim be oedd y brys a'r panig mawr chwaith, fuon ni'n disgwyl am hydoedd yn y riseption 'na, 'do. O'n i wedi ei estyn o allan yn barod i'w wisgo i'r briodas. Ma o dal ar y gadair!'

'Diolchwch mai dim ond eich panti gyrdl dach chi wedi ei adael ar ôl, wir,' atebodd Carys ei mam yn siort.

Be haru ei mam yn hefru am ryw ddilledyn isaf ar ôl be oedd newydd ddigwydd iddyn nhw? Anghofio rhyw blincin panti gyrdl oedd y lleiaf o'u problemau! Roedden nhw wedi cael eu deffro'n ddisymwth, gorfod gwisgo a phacio eu cesys ar frys gwyllt ac yna gadael y gwesty. Roedd hi'n berfeddion nos ac mi roedden nhw mewn gwlad ddieithr, boeth a doedd ganddyn nhw ddim y syniad lleiaf i le roedden nhw'n mynd. Ond mi oedd Carys yn gwybod un peth. Mi oedd hi'n gwybod na fyddai yna briodas rŵan. Doedd hi a John Gareth ddim yn mynd i briodi'r prynhawn hwnnw fel y bwriadwyd. Edrychodd allan drwy ffenest y bws i'r tywyllwch dudew a rhoddodd ochenaid ddofn. Efo cefn ei llaw sychodd y deigryn unig oedd yn disgyn i lawr ei boch.

MEGIS FFOADURIAID

Teithiodd y bws yn ei flaen ac o'r diwedd trodd oddi ar y brif ffordd a dechrau dringo lôn droellog. Stopiodd ymhen sbel tu allan i adeilad a edrychai fel neuadd chwaraeon fawr.

'I fyma 'dan ni'n mynd?' gofynnodd Thelma yn sbecian drwy'r ffenest i'r tywyllwch.

'Edrych fel'nny,' cadarnhaodd John Gareth.

Agorodd drws y bws a bu cryn siarad rhwng y gyrrwr a dyn swyddogol yr olwg tu allan. Yna camodd y dyn ar y bws a datgan mewn Saesneg carbwl. 'This centre in Archangelos is full so you must go to another centre in Rhodes town.'

'Be ddeudodd o?' gofynnodd Thelma

'Lle ma'ch *hearing aid* chi, Mam?' gofynnodd Carys.

'Yn fy mag i'n rwla.'

Rowliodd Carys a John Gareth eu llygaid.

'Ma'r ganolfan yma'n llawn, ma'n nhw'n mynd â ni i rwla arall.'

Taniwyd injan y bws ac ar ôl sawl *three point turn* oherwydd y ffordd gyfyng, llwyddodd y gyrrwr i droi'r bws yn ei ôl a gwneud ei ffordd yn ôl i'r brif lôn. Ymlaen â nhw wedyn am tua hanner awr dda. Doedd hi byth wedi gwawrio. Ymhen hir a hwyrach gwelsant oleuadau stryd – o'r diwedd roeddynt wedi cyrraedd cyrion tref Rhodes ei hun. Daeth y bws i stop tu allan i adeilad oedd yn edrych fel ysgol.

Camodd pawb i lawr ac yna disgwyl i'w cesys gael eu

dadlwytho cyn ciwio i fynd i mewn. Ar ôl holl ddigwyddiadau'r noson roedd pawb wedi llwyr ymlâdd erbyn hyn.

'Fel hyn ma *refugees* yn teimlo, dwi'n siŵr,' datganodd Thelma gan edrych o'i chwmpas.

'Dwi ddim yn meddwl bod ein sefyllfa ni cweit 'run peth, Nain. Ma rheini'n gorfod ffoi o'u cartrefi a'u gwlad, ddim o'u hotel,' meddai Gethin yn rowlio ei lygaid.

Yn araf deg gwnaethant eu ffordd i mewn i'r cyntedd. Roedd cynrychiolwyr o'r Groes Goch yno i'w croesawu ac roedd bwrdd hir wedi'i osod yn llawn poteli dŵr, ffrwythau a bisgedi. Roedd nwyddau hefyd fel clytiau babi, stwff ymolchi fel brwsys dannedd, past dannedd ac ati. Roedd y rhain i gyd yn rhoddion gan drigolion yr ardal. Roedd hi'n amlwg mai eu bws nhw oedd un o'r bysiau cyntaf i gyrraedd y lloches gan fod yr ysgol yn weddol wag pan gyrhaeddon nhw. Gwnaeth y criw eu ffordd i'r neuadd. Roedd cadeiriau ac ychydig o fatiau a ddefnyddir mewn campfa wedi eu gosod ar y llawr ac anelodd y deg i'r gornel bellaf ger y llwyfan i wneud eu nyth. Sylwodd John Gareth fod yna blwg cyfleus yn ymyl y llwyfan i wefru eu ffonau. Plygiodd ei ffôn i mewn yn syth. Byddai bod mewn meddiant mobeil â batri fflat yn goron ar eu helynt.

'Pawb i drial ca'l rhywfaint o gwsg,' meddai John Gareth yn lluddedig. 'Gawn ni well synnwyr am beth sy'n digwydd fory gobeithio...'

Hawliodd Gethin, Molly, Greta a Seren y matiau gerllaw ac estynnodd John Gareth, Siôn a Carys bedair cadair iddyn nhw ill tri a Thelma.

'Sbïwch be ma'n nhw'n ei gario i mewn 'ma,' meddai Siôn gan lygadu'r matresi newydd sbon danlli oedd dal yn eu gorchudd plastig yn cael eu cario i mewn i'r neuadd. 'Fysa'n syniad i ni ga'l gafael ar rai ar gyfer Greta, Sisial a Nain, dwch?'

'Syniad da,' cytunodd John Gareth. Fel bwled anelodd am y matresi a Siôn a Gethin i'w ganlyn.

Wrth blygu ei chardigan yn fychan er mwyn ei defnyddio fel gobennydd, datganodd Thelma, 'Ew, wyddoch chi be? Ma'r fatras yma yn well peth o lawer na be sy gen i adra.' Trodd ar ei hochr ac ymhen dim roedd hi'n rhochian cysgu'n braf.

Ceisiodd Carys ei gorau glas i fynd i gysgu. Gallai glywed anadlu ysgafn John Gareth tu ôl iddi ond roedd ei meddwl yn rasio'n wyllt. Roedd holl ddigwyddiadau'r oriau diwethaf yn mynnu mynd rownd a rownd yn ei phen. Roedd hi'n methu credu beth oedd wedi digwydd. Ddim fel hyn roedd pethau i fod. Ddim fel hyn roedd pethau i fod o gwbl. Ymhen ychydig oriau mi roedd hi a John Gareth i fod i briodi, doedden nhw ddim i fod yn gorwedd ar fatres mewn rhyw ysgol yn nhref Rhodes. Rhoddodd ochenaid ddofn. Ella y dylai hi fod wedi gwrando ar ei mam, ella fod honno yn llygaid ei lle wedi'r cwbl. Ella y dylen nhw fod wedi cynnal y briodas adra.

BE ARALL NEITH RHYWUN...

DEFFRODD CARYS.
Syllodd ar y teils polysteirin gwyn uwch ei phen. Am un foment wyllt doedd ganddi ddim mo'r syniad cyntaf lle'r oedd hi. Yna cofiodd. Cofiodd holl ddigwyddiadau'r noson cynt ac yn y bore bach. Roeddynt wedi gorfod gadael eu gwesty a rŵan roeddynt mewn neuadd ysgol ar gyrion tref Rhodes yn cael lloches. Edrychodd ar ei ffôn, ugain munud wedi wyth yn y bore. Rhyw dair awr, os hynny, o gwsg roedd hi wedi ei gael.

Wrth ei hochr, roedd John Gareth yn dal i gysgu'n braf. Trodd Carys ei phen i gyfeiriad matras ei mam. Roedd y fatras yn wag. Cododd Carys ar ei heistedd gan edrych o'i chwmpas. Sylwodd fod Siôn, Greta a Sisial yn dal i gysgu gerllaw, fel roedd y pedwar arall ar y matiau hefyd. Ond lle'r oedd ei mam? Cododd yn wyllt a mynd i chwilio amdani.

Aeth drwodd i'r cyntedd lle'r oedd mwy o fwyd a nwyddau wedi cyrraedd. Roedd y byrddau dan eu sang erbyn hyn yn goferu o frechdanau, bisgedi a ffrwythau. Daeth lwmp i'w gwddf wrth feddwl mor ffeind oedd pobol. Cynigiodd un o'r gwirfoddolwyr rywbeth i'w fwyta neu botelaid o ddŵr iddi. Er bod oriau wedi mynd heibio ers iddi fwyta ddiwethaf, doedd dim awydd bwyd o gwbl arni, roedd ei stumog yn dal i droi a theimlai'n sâl, ond derbyniodd y dŵr yn ddiolchgar.

Roedd rhagor o bobol wedi cyrraedd yr ysgol o wahanol westai erbyn hyn, ac o gerdded o gwmpas a gwrando ar yr ieithoedd dieithr, o sawl gwlad hefyd. Yr un olwg oedd ar wyneb pawb, golwg wedi ymlâdd ac o syfrdan. Pawb yn methu â chredu beth oedd wedi digwydd iddynt. Y peth olaf mae rhywun yn ei ddisgwyl ar ei wyliau ydi gorfod gadael eich gwesty ar fyrder oherwydd tanau yn yr ardal.

Aeth Carys draw i'r toiledau, rhag ofn fod ei mam yn y fan honno. Wrth ochr y sinc sylwodd ar y pacedi o frwsys dannedd newydd sbon, past dannedd, sebonau, yn ogystal â darpariaeth mislif oedd wedi cael eu rhoi mor hael.

'Mam?' galwodd rhag ofn fod Thelma yn un o'r ciwbicls.

Dim ateb.

Edrychodd o dan y drysau. Roedd pob un yn wag.

Cerddodd yn ei hôl drwy'r cyntedd ac allan i heulwen iard yr ysgol. Roedd criwiau o bobol wedi ymgasglu hyd yn oed allan yn y fan honno, a'r rhai oedd heb lwyddo i fachu cadair yn eistedd ar eu cesys. O gornel ei llygaid sylwodd Carys ar griw ffilmio yn cyfweld â rhyw hanner dwsin o bobol. Sylwodd mai criw newyddion Sky oedden nhw.

Na, doedd bosib? Craffodd yn fanylach, ac yn fanylach eto gan gamu'n nes. Ia, y hi oedd hi'n bendant. Pwy oedd ar ganol cael ei chyfweld oedd neb llai na Thelma.

'Oh, yes,' clywodd Carys hi'n dweud yn ei Saesneg gorau, a'i hacen Sir Fôn yn dew. 'I was sleeping very heavily, and then I was woken up by a very loud banging on my door. It was my daughter and her husband to be, ordering me to get dressed and pack my things because we were being evacuated from our hotel. And do you know what? In my rush and panic I forgot to pack my panty... My foundation garment, you know, like. And do you know what? My grandson afterwards realised that he had forgotten his passport and his wife and his daughter's as well. He'd left them in their room, you see. Mind you, that's not the first time he's done that, he nearly forgot his passport the last time we went abroad… He's a bit of a *pen rwd*, to tell you the truth.

'Anyway, I was going to wear my panty… The garment, like, to my daughter's wedding which was suppose to happen this afternoon. Well, there's no chance in hell of that happening now is there? Just think of it, all these months of planning and organizing, without mentioning the cost. I did tell her and her husband to be that they should have got married at home, on Anglesey, but would they listen? Oh no, they thought that they knew best. We've got lovely places to get married on Anglesey, you know. There's no need to go thousand of miles to do it. Have you ever been to Anglesey?'

Ysgydwodd y gohebydd ei ben.

'You should come, it's a lovely place, you know. Anyway, I think our family is jinxed with getting married abroad, you know. This is not the first time we've tried it. Oh no. All of us, the whole family, went to Santorini, or was it Sorrento? Well, anyway, one or the other. We all went abroad for my other grandson's wedding last year, he's living in New Zealand now, *asu*, that's faraway isn't it? Well, that wedding didn't happen as well. He got cold feet and the bride to be, well it turns out that she's a lesbian.'

Cyn i Thelma gael cyfle i ddadlennu mwy, er mawr ryddhad i Carys, symudodd y gohebydd ei feicroffon i ffwrdd reit handi oddi dan drwyn Thelma. Symudodd y meic tuag at ŵr a gwraig oedd wedi cael eu leinio i fyny i sôn am eu profiadau hwythau. Soniodd y gŵr mai dim ond newydd lanio ar yr ynys y diwrnod cynt yr oedden nhw a phrin wedi cael amser i ddadbacio'n iawn.

'O'n i'n methu dallt lle oeddech chi wedi mynd,' meddai

Carys wrth ei mam pan adawodd honno'r criw newyddion ar ôl sylweddoli nad oedd hi am gael mwy o sylw ar yr aer.

'Ddes i allan i stwytho fy nghoesau, mi oedd hi'n chwilboeth yn yr hen neuadd 'na. Mi weles i'r bobol telefision 'na ac mi wnaethon nhw ofyn i mi os fyswn i'n fodlon gneud interfiw iddyn nhw.'

'Dach chi wedi cael rhywbeth i fwyta?'

'Dwi wedi cael brechdan ham a chaws, a neis iawn oedd hi hefyd chwarae teg.'

'Ond dach chi ddim yn licio caws!' meddai Carys yn syn.

'Wel, dan yr amgylchiadau, be arall neith rywun, 'de. Reit, dwi'n mynd am gawod.'

'Cawod? Cawod i le?' gofynnodd Carys yn ymwybodol nad oedd yna gawodydd yn nhai bach yr ysgol.

'Mi ddaeth 'na ddynes glên sy'n byw dros lôn i'r ysgol heibio'r iard 'ma gynna, yn deud bod 'na groeso mawr i unrhyw un iwsio ei bathrwm hi i gael cawod a ballu. Ac mi ddeudais i y byswn i'n mynd draw yn syth ar ôl i mi orffen fy interfiw.'

Roedd Carys yn syfrdan. Pwy oedd y ddynes ddiarth yma oedd yn sefyll o'i blaen hi? Roedd hi wedi disgwyl i'w mam wneud dim byd ond cwyno ynglŷn â'r sefyllfa yr oedden nhw ynddi, ond mi roedd yr hen Thelma fel petai hi'n ymdopi'n rhyfeddol o dda. Yn well na'r disgwyl. Yn lot gwell na'r disgwyl. A dweud y gwir, roedd hi'n ymdopi tipyn gwell na Carys ei hun.

'Reit 'ta, well imi fynd. Wela i di wedyn.'

Ar hynny camodd Thelma'n dalog ar draws yr iard i gyfeiriad y tŷ nobl dros lôn gan adael Carys yn syllu'n gegrwth arni hi'n mynd.

ANLWCUS!

R HYW DDIWRNOD DIFLAS yn eistedd o gwmpas yn disgwyl clywed unrhyw fath o newyddion oedd hi'r diwrnod hwnnw a phob munud fel awr. Roeddynt wedi bod yn chwarae cardiau a'r gêm 'dwi'n gweld efo fy llygaid bach i' efo Sisial hyd syrffed. Yr ansicrwydd a'r diffyg gwybodaeth oedd waethaf. Bob hyn a hyn byddai un o'r teithwyr yn dod i mewn i'r neuadd a datgan bod pawb yn cael dychwelyd yn ôl i'r gwestai ar ôl clywed sïon bod y gwestai yn croesawu pawb yn eu holau gan fod y perygl drosodd erbyn hyn. Ond fel roedd gobeithion pawb yn cael ei godi o glywed hynny, byddai yna gyhoeddiad bod pawb i aros lle'r oedden nhw tan iddyn nhw gael cyfarwyddiadau pellach.

Roedd y rhan fwyaf ar y cyfryngau cymdeithasol yn ceisio eu gorau glas i gael unrhyw wybodaeth am y sefyllfa. Yn ôl yr adroddiadau oedd yn dod i law, roedd y diffoddwyr tân yn ymladd brwydr galed i ddiffodd y tanau. Roeddynt wedi cychwyn yn yr ardal fynyddig ynghanol yr ynys, ond oherwydd y gwers a'r gwynt nerthol roedd y tanau bellach wedi lledu lawr i'r arfordir dwyreiniol. Roedd cannoedd o drigolion wedi gorfod gadael eu cartrefi, eraill wedi colli popeth. Roedd hi'n sefyllfa ddyrys a phoenus iawn.

Er mawr ryddhad i bawb oedd yn aros yn yr ysgol, erbyn y bore canlynol roedd cynrychiolwyr y gwahanol gwmnïau gwyliau wedi cyrraedd yr ysgol. Roedd hi wedi bod yn dipyn o gur pen i'r rheini ffeindio lle'r oedd pawb yn aros gan fod y twristiaid ar chwâl. Erbyn hyn roedd hi'n berffaith amlwg i John Gareth, Carys a'r gweddill nad oedd yna obaith caneri iddyn nhw gael mynd yn eu holau i'w gwesty.

Bellach roedd y cynrychiolwyr yn prysur greu rhestr o'r teithwyr ac yn ceisio trefnu ffleit adref i'r sawl oedd yn dymuno hynny. I'r rhai oedd ond newydd gyrraedd yr ynys oedd yn dymuno parhau â'u gwyliau, roeddynt yn ceisio eu gorau glas i drefnu gwesty arall iddynt yng ngogledd yr ynys, gan nad oedd y tanau wedi effeithio ar yr ardal honno o gwbl.

'Unrhyw niws am be sy'n digwydd? Be ddeudodd y rep? Ydyn nhw wedi deud pryd gawn ni ffleit adra?' gofynnodd Siôn i John Gareth. 'Ches i fawr o sens ganddyn nhw pan 'nes i drio siarad efo nhw gynna, ond dwi wedi deud wrthyn nhw no we fedrith Greta yn ei chyflwr hi gysgu ar fatras ar lawr eto heno.'

Roedd Carys ac yntau wedi dod allan i gael ychydig o awyr iach ac yn eistedd ar risiau mynedfa'r ysgol. Doedd yr *air con* yn y neuadd ddim yn ddibynadwy iawn a thueddai i fynd i ffwrdd bob hyn a hyn. Roedd Siôn hefyd wedi hen ddiflasu ac wedi bod yn cerdded o gwmpas yr iard fel anifail mewn caets ers meitin. Roedd Greta a Sisial tu mewn yn y neuadd, roedd Sisial wedi gwneud ffrind bach newydd o wlad Belg ac er gwaethaf y diffyg iaith roedd y ddwy'n hapus braf yn gorweddian ar eu boliau yn llenwi'r llyfr lliwio.

'Sai wedi siarad 'da unrhyw rep,' atebodd John Gareth yn dawel.

'Eh? Pam ddim? 'Dan ni isio mynd adra, 'dan ni isio mynd o'ma asap. Ddylan ni fod yn un o'r rhai cynta o'ma.'

'Wel, y peth yw...' Crafodd John Gareth ei wddf. 'Y peth yw, sai wedi trefnu'r gwylie drwy gwmni. Mi fwcies i bopeth, y ffleit a'r gwesty, i gyd ar wahân. Dim gwylie *package* sy 'da ni'n anffodus.'

'Be?' ebychodd Siôn.

'Smo ni'n gallu hedfan gitre tan nos Fawrth... 'Na pryd ni wedi bwcio ffleit yn ôl. Ma arna i ofan bydd rhaid i ni ddisgwyl tan hynny.

'Nos Fawrth? Fedrwn ni ddim newid y ffleits am rai cynt?'

'Wy wedi bod ar y ffôn 'da'r cwmni ni'n hedfan 'da fe ac esbonio'r sefyllfa i drial newid neu fwcio ffleit arall cynt i ni. Ond sdim byd ar gael yn anffodus, na gyda chwmnïau eraill whaith.'

'Yn anffodus! Yn anffodus!' Roedd Siôn wedi colli ei limpyn go iawn erbyn hyn a doedd Siôn byth bythoedd yn colli ei limpyn, ond roedd yna eithriad i bob rheol. 'Ond fedrwn ni ddim aros yn fyma tan hynny siŵr! Glywes i rywun yn deud gynna y byddan ni'n ca'l cic owt o'r ysgol yma fory.'

'Wnawn nhw ddim mo hynny siŵr!' meddai Carys. 'Na wnawn?' gofynnodd wedyn yn llai siŵr o'i phethau

'Gryndwch, wy 'di bod ar y we yn trial ffindio rhwle i ni gyd aros tan hynny. Airbnb neu rwle fel'nny. Y broblem yw ei bod hi'n ganol haf 'ma a phob man yn llawn.'

Problem arall wnaeth o ddim ei datgelu oedd ei bod hi'n uffernol o anodd i ddod o hyd i le oedd yn ddigon o faint i gysgu deg o bobol. Roedd o bellach yn chwilio am ddau lety ar eu cyfer, ond doedd o'n cael fawr o lwc efo hynny chwaith. Ddim y nhw oedd yr unig rai oedd yn yr un cwch ar ôl teithio'n annibynnol a heb gefnogaeth cymdeithas cwmnïau teithio ABTA, y corff oedd yn cynrychioli cwmnïau ac asiantaethau gwyliau. Roedden nhw a sawl un arall heb gefnogaeth ATOL chwaith, ac felly heb gefnogaeth y cynllun ariannol oedd yn gwarchod teithwyr pan oedden nhw'n bwcio ffleit a gwesty efo cwmni gwyliau.

'Ond be wnawn ni os na ffeindiwn ni le?' gofynnodd Carys yn teimlo'n salach fyth nag oedd hi'n barod. Ceisiodd ei gorau glas i wthio'r llun yn ei phen o'r deg ohonynt heb do uwch eu pennau mewn gwlad boeth, ddieithr.

'Paid â becso, fyddwn ni'n siŵr o ffeindio lle,' cysurodd John Gareth.

'Ond fel ti newydd ddeud, ma hi'n ganol haf yma a ma'r gwestai a'r apartments i gyd yn llawn. Be 'dan ni'n mynd i neud?' meddai Carys yn ddagreuol. Dyma beth oedd hunllef. Hunllef go iawn. 'Ma'n rhaid i ni gael rwla i aros. Ma Greta'n disgwyl, ma ganddon ni hogan fach chwech a hanner oed efo ni a dynes yn ei saithdegau.'

'Ti ddim yn meddwl bo fi'n gwbod hynny?' brathodd John Gareth yn ôl.

'Pam uffar na fasat ti wedi bwcio gwyliau pacej fel pobol gall?' Roedd Siôn wedi myllio go iawn ar ôl ffeindio allan beth oedd *set-up* y gwyliau. 'Ma'r cwpwl oedd yn cysgu drws nesa i ni'n cael fflio adra heno, ond diolch i chdi, 'dan ni'n styc ar yr ynys uffar 'ma heb unlle i aros tan nos Fawrth. Briliant. Blydi briliant.'

Trodd Siôn ar ei sawdl a brasgamu'n wyllt i'r iard cyn iddo golli ei limpyn yn llwyr a dweud rhywbeth y bysa fo'n ei ddifaru go iawn.

Trodd John Gareth at Carys. Roedd golwg ymddiheurgar ar ei wep. 'O'n i ddim yn dishgwl i hyn ddigwydd, nag o'n i? O'n i ddim yn dishgwl i ni ga'l ein efaciwêtio o'r gwesty.'

'Dyna pam ma pobol yn bwcio efo cwmni gwyliau, rhag i rywbeth fel hyn ddigwydd, 'te,' edliwiodd hithau'n flin.

Roedd John Gareth wedi ei synnu a'i siomi braidd gan ei

hymateb. Disgwyliai iddi ei gefnogi, ond roedd hi'n amlwg ei bod hi'n ochri efo Siôn.

'Hawdd beio fi nawr on'd yw hi,' atebodd John Gareth yn bigog.

'Ma'r gwyliau yma wedi bod yn llanast llwyr o'r cychwyn cynta un,' datganodd Carys yn ddagreuol.

'Beth? Nag yw e ddim.'

'Ydi ma o! Y blincin bws na'n torri i lawr ar y ffordd i'r maes awyr i ddechrau. Wedyn Mam a fi bron iawn â cholli'r ffleit, ac i goroni'r cwbl cael ein efaciwêtio o'r gwesty y noson cyn y briodas.'

'Wedi bod yn anlwcus y'n ni, 'na i gyd.'

'Anlwcus! Anlwcus! Mae o'n fwy nag anlwc. Dwi'n meddwl bod rhywun yn rwla yn trio deud rwbath wrthon ni. Syniad gwallgo oedd dod yma i briodi.'

'Oeddet ti moyn priodi fan hyn cymaint â finne.'

'Wyddost ti be?' Roedd Carys wedi ypsetio go iawn erbyn hyn. 'Dwi'n dechrau amau os ydan ni i fod i briodi. Ar ôl bob dim sydd wedi digwydd wsnos yma, ella y bysa'n well tasan ni ddim yn priodi o gwbl.'

Cododd John Gareth oddi ar y grisiau. 'Falle dy fod ti'n iawn,' meddai a cherdded i ffwrdd yn wyllt.

Ar yr union adeg honno, mewn bydysawd arall, roedd Carys ac yntau newydd ddatgan eu llwon priodas, newydd gyfnewid modrwyau a selio eu cyfamod efo cusan gariadus ar risiau eglwys fechan wyngalchog. Ond yn y byd go iawn roedd y ddau newydd gael hymdingar o ffrae ar risiau ysgol gynradd Roegaidd.

MA HI WEDI CACHU ARNAN NI

'GIN I BECHOD dros dy fam a John Gareth, y briodas ddim wedi cael ei chynnal ar ôl yr holl edrych ymlaen a'r holl gynllunio,' meddai Molly. Edrychodd i gyfeiriad Carys oedd yn dal i eistedd yn benisel ar risiau'r fynedfa i'r ysgol yn sgrolio drwy ei ffôn. Doedd dim golwg o John Gareth. 'Mae'n anodd credu be sydd wedi digwydd, dydi.'

Eisteddai Gethin, Molly, Rebeca a Sumara ar batsyn bychan o wair yn yr iard yn rhannu pitsa. Cynigiwyd sleisen i Carys hefyd ond roedd hi wedi gwrthod. Roedd cwmni lleol yn garedig iawn wedi dod â phitsas draw i'r ysgol ac roedd y pedwar yn gwbl gytûn mai honno oedd y pitsa orau flason nhw erioed. Doedd y ffaith eu bod nhw ar eu cythlwng ddim wedi llywio dim ar y farn honno.

Er gwaetha'r sefyllfa chwithig y noson cyn y briodas na fu, roedd digwyddiadau diweddar wedi dod â'r pedwar at ei gilydd. Doedd Rebeca ddim yn dal dig tuag at Gethin am ei benderfyniad. Yn wir, ar ôl cnoi cil mwy ynglŷn â'r peth roedd rhaid iddi gytuno'n gyndyn efo barn Sumara. Efallai na fyddai wedi bod yn syniad da i Gethin fod yn *donor* iddynt beth bynnag. Roedd beth roedd Sumara wedi ei ddweud yn gwneud lot fawr o synnwyr. Roedd Rebeca, yn gynharach, wedi clirio'r aer drwy gyfaddef wrth Gethin a Molly mai syniad byrbwyll yn ei meddwdod oedd o. Doedd yna fawr o feddwl, os o gwbl, wedi mynd iddo na'r holl oblygiadau chwaith. Roedd hi'n gobeithio nad oedd hi wedi rhoi Gethin mewn lle cas.

Gwadodd hwnnw'n bendant ei bod hi wedi gwneud hynny o gwbl. Chyfaddefodd o ddim ei fod o wedi colli mwy na noson o gwsg ynglŷn â'r peth, a'i fod o hefyd wedi rhoi dampar go iawn ar ei amser yn Rhodes.

'Ma fe'n drueni mawr. Dadi a Carys druan,' cytunodd Rebeca gan estyn am sleisen arall o bitsa. 'O'dd Carys i weld yn eitha ypsét pan es i draw ati hi gynne fach. Ofynnes i os o'dd hi'n olréit ac fe wedodd hi nad oedd hi moyn siarad am y peth. O'dd ôl llefen mawr arni hi hefyd.'

'Dwi'n amau ei bod hi a John Gareth wedi cael rhyw ffrae fach,' dadlennodd Gethin. 'Wn i ddim ynglŷn â be chwaith. Straen bob dim, beryg. Mi ydan ni i gyd yn teimlo'n siomedig ynglŷn â'r briodas, ydan, jyst meddyliwch sut ma'n nhw'u dau yn teimlo, 'ta.'

'Lle gawsoch chi'r pitsa 'na?'

Roedd Siôn newydd ymddangos o rywle. Ar ôl ei ffrwydriad yn gynharach, roedd o wedi taranu allan o'r ysgol yn ei dymer a bu'n cerdded y strydoedd diarth yn ddiamcan.

'Ddoth rhywun â nhw draw yma. Tomen o focys, chwarae teg. Ti isio sleisen?' cynigiodd Gethin.

Derbyniodd Siôn y cynnig yn llawen. Roedd yntau ar ei gythlwng erbyn hyn. Plonciodd ei hun ar y gwair drws nesaf i'r pedwar arall.

'Glywes i rywun yn deud gynna fod 'na dri hotel wedi llosgi i'r llawr a bod 'na bobol wedi bod yn cysgu ar y traethau ac ar y strydoedd.'

'Ofnadw,' meddai Rebeca gan ysgwyd ei phen yn llawn cydymdeimlad. 'O leia ma 'da ni do uwch ein penne.'

'Ma rhywun yn methu coelio'r peth, tydi. Meddyliwch am y bobol druan sy'n byw ar yr ynys yma sydd wedi colli eu cartrefi,' ategodd Molly.

'Yn hollol, o leia dros dro ydi hyn i ni a gewn ni fynd adra,' meddai Gethin.

'Hy! Duw a ŵyr pryd fydd hynny, chwaith,' wfftiodd Siôn.

'Be ti'n feddwl?' holodd Gethin drachefn.

'Fedra i ddim cael dros y twat, John Gareth 'na.'

Edrychodd y pedwar arall ar Siôn yn syn.

'Pam? Beth ma fe wedi neud?' gofynnodd Rebeca yn amddiffynnol o'i thad.

'Ddeuda i wrthot ti be ma o wedi ei neud. Nath y ploncar gwirion ddim bwcio'r trip 'ma drwy gwmni gwyliau. O na, na, oedd boio yn meddwl ei fod o'n glyfrach na hynny. Mi fwciodd o bob dim ei hun, 'do.'

'Be sy o'i le ar hynny?' gofynnodd Rebeca drachefn. 'Ma lot o bobol yn neud hynny. Wy'n neud e fy hunan yn aml.'

'O, does 'na uffar o ddim byd o'i le ar hynny pan ma bob dim yn hynci dori. Ond dydi hynny'n dda i ffyc ôl pan ma pethau'n mynd yn gachu hwch. Fel pan mae 'na danau ar yr ynys a phan ti'n cael dy efaciwêtio o'r hotel, a hefyd pan nad ydi dy ffleit adra di tan nos Fawrth nesa. O na, dydi bwcio trip heb gwmni gwyliau tu ôl i chdi ddim yn blan da o gwbl ar adegau felly. Ma hi wedi cachu arnat ti. Mi wyt ti ar dy ben dy hun go iawn wedyn.'

'Ma Dadi yn siŵr o sorto rhwbeth mas,' meddai Rebeca wedyn yn llawn hyder a ffydd yn ei thad. 'Fydd e wedi siarad 'da'r cwmni insiwrans a threfnu...'

'Fedrith rheini helpu dim arnat ti i gael ffleit adra, siŵr, yn enwedig pan mae pob ffleit yn llawn,' torrodd Siôn ar ei thraws. 'A ma bob hotel, apartments ac Airbnb yn llawn dop hefyd. Dwi wedi clywed mwy nag un yn deud y bydd yr armi yn dod i mewn yma fory ac mi fyddan nhw'n hel pawb sydd dal yma... Y ni mewn geiriau eraill, o 'ma. Ma'n nhw isio'r ysgol yn ôl. Ma'r cwmnïau gwyliau yn trefnu eroplêns yn sbesial i fflio pobol adra. Ond ddim y ni! O na, ddim y ni. Mi ydan ni'n styc yma tan nos Fawrth. Briliant, ffycing briliant!'

Edrychodd Gethin, Molly, Rebeca a Sumara ar ei gilydd. Ddeudodd yr un o'r pedwar arall air o'u pennau ond roedd yr olwg bryderus ar eu hwynebau yn dweud cyfrolau.

Canodd mobeil Rebeca ac edrychodd ar y sgrin. 'Mam. Ma'n rhaid ei bod hi wedi clywed am y tanau. Wnes i ddim gweud wrthi neu bydde hi ond yn becso.' Atebodd yr alwad. 'Haia Mam... Odyn, ni gyd yn olréit, ni gyd yn ddiogel...'

Hwyr glas iddyn nhw adael y bali lle 'ma yma, meddyliodd Thelma gan olchi ei dwylo'n frysiog yn nhoiledau'r ysgol. Roedd y nofelti o orfod gadael y gwesty a chael adrodd ei hanes ar y newyddion wedi hen wisgo i ffwrdd bellach. Roedd ganddi fwy na digon i'w adrodd yn ôl wrth Ceinwen, Heulwen a Meri, criw'r clwb gweu, ynglŷn â'u helynt, heb sôn am Ferched y Wawr. Roedd hithau bellach yn ysu fel y gweddill i fynd adra. A phan ddalltodd y byddai'n bur debygol y byddai rhaid iddynt aros yno am dridiau arall, hyd nes y gallent hedfan adra, roedd enw John Gareth yn fwd. Fethodd hi ddim mo'r cyfle i edliw unwaith yn rhagor y bysa'n well o beth myrdd tasa'r ddau wedi priodi adra. Yr hoelen olaf un oedd pan lygadodd hi cocrotsian dew yn sgrialu'n hy o'i blaen a hithau ar ganol pi-pi. Heb feddwl ddwywaith camodd yn galed ar y cenna efo'i Scholl gan ei wasgu'n seitan.

Yn brasgamu o doiledau'r merched oedd hi pan glywodd hi lais yn galw ei henw.

'Thelma... Thelma.'

Dechreuodd ei chalon gyflymu. Adnabodd y llais yn syth. Ddim y fo? Ddim yn fyma eto? Allai hi ei anwybyddu fo, tybed? Smalio nad oedd hi wedi ei glywed? Tasa hi'n peidio â throi rownd ella, tasa hi'n dal i gario yn ei blaen i gerdded. Smalio nad oedd hi wedi ei glywed o? Ia, dyna wnâi hi. Yna teimlodd gyffyrddiad ysgafn ar ei hysgwydd.

'O'n i'n meddwl mai chdi oedd hi.'

Rhy hwyr.

Trodd Thelma i wynebu'r llais. O'i blaen gyda gwên ar ei wyneb safai ei chariad cyntaf, Ellis.

PETAI A PHETASAI...

'**G**AWSOCH CHITHAU EICH efaciwêtio o'ch hotel hefyd felly,' meddai Ellis gan syllu i fyw llygaid Thelma.

'Naddo. Jyst aros yma am laff ydan ni,' atebodd Thelma'n frathog ac o'i cho ei fod yn gwenu mor annwyl arni. Edrychodd i ffwrdd gan osgoi edrych arno. Gwnaeth hi'n berffaith amlwg nad oedd hi awydd sgwrsio efo fo.

Roedd ei sylw coeglyd wedi ei luchio rhyw fymryn. Triodd eto.

'Tydi'r holl sefyllfa 'ma'n ofnadwy, dwa? Lwcus ein bod ni'n fflio adra heno. Pryd dach chi'n cael mynd adra?' gofynnodd wedyn yn ansicr.

'Well i mi fynd...' Allai Thelma ddim dioddef dim mwy. Anwybyddodd ei gwestiwn a throdd ei chefn ato a chychwyn cerdded i ffwrdd.

'Ydi bob dim yn iawn, Thelma?' galwodd ar ei hôl yn llawn consýrn. 'Dwyt ti ddim i weld yn chdi dy hun o gwbl. Doedd gen ti fawr i ddeud y noson o'r blaen chwaith.'

Stopiodd Thelma yn ei thracs. Trodd ar ei sawdl a dechrau camu yn ei hôl tuag ato gan anwybyddu'r criw bychan o bobol yn y cyntedd.

'A ma hynny yn dy synnu di ar ôl be wnest ti?' datganodd heb flewyn ar ei thafod.

Trodd un neu ddau, oedd yn eu hymyl, eu pennau i gyfeiriad y ddau ar ôl clywed Thelma yn codi ei llais. Ond doedd gan Thelma affliw o ots amdanyn nhw. Argoledig mi oedd gan hwn wyneb, meddyliodd. Bihafio fel tasa dim byd yn bod, bihafio fel tasan nhw'n ffrindiau pennaf ar ôl y ffordd yr oedd o wedi ei thrin hi. Dim gair o ymddiheuriad, dim esboniad. Faddeuodd hi byth iddo am ei brifo hi fel y gwnaeth o.

'Be wnes i? Pam wyt ti fel hyn efo fi? Dwi ddim yn dallt...' meddai Ellis wedyn a golwg ddryslyd ar ei wyneb.

'Be wnest ti *ddim* ei neud fwy fatha hi! Pam 'nest ti ddim deud wrtha fi? Deud dy fod ti'n gadael?' Poerodd Thelma'r geiriau allan o'i genau yn llawn dirmyg.

'Be ti'n feddwl?' gofynnodd Ellis yn ddryslyd eto.

'Pam 'nest ti ddim deud wrtha i eich bod chi'n gadael Twll Clawdd? O'n i'n golygu cyn lleied â hynny i ti? Mi 'nest ti fy mrifo i, Ellis, jyst mynd a gadael fel'na heb ddeud dim.' Trodd ar ei sawdl gan grynu a chychwyn cerdded i ffwrdd go iawn y tro hwn.

'Ond mi 'nes i adael i ti wybod.'

Stopiodd Thelma yn ei thracs.

Trodd yn ei hôl. 'Be ddeudaist ti?'

'Mi wnes i adael i ti wybod. Mi sgwennis i lythyr i ti. Pam 'nest ti ddim sgwennu'n ôl ata i?'

Lluchiwyd Thelma oddi ar ei hechel yn llwyr. Am unwaith roedd hi'n gegrwth.

Aeth Ellis yn ei flaen. 'O'dd rhaid i ni adael ar frys oherwydd y beiliff. Ond mi 'nes i sgwennu nodyn atat ti. Mi rois o yn nwylo dy fam fy hun a mi nath honno addo ei roi o i chdi.'

'Ches i ddim nodyn,' datganodd Thelma'n dawel. Roedd ei hwyneb yn wyn wrth iddo wawrio arni beth yn union oedd wedi digwydd a rhan ei mam yn hynny i gyd.

Wedi iddo sylwi ar liw Thelma, a hefyd ar y gynulleidfa fechan oedd yn trio gwneud pen a chynffon o'u sgwrs yn iaith y nefoedd, ond oedd wedi deall bod y ddynes yma yn flin iawn efo fo am ryw reswm, awgrymodd Ellis yn garedig efallai y byddai'n syniad i'r ddau fynd i eistedd i lawr yn rhywle tawel. Gadawodd i Ellis ei harwain hi i un o'r stafelloedd dosbarth gwag oedd, ychydig oriau yn gynharach, yn llawn teithwyr a'u cesys. Roedd y rheini bellach ar eu ffordd adref.

'Does 'na ddim paned o de i gael yma yn anffodus,' medda fo. Cynigiodd botel fach o ddŵr iddi yr oedd o wedi ei nôl o'r cyntedd. Derbyniodd hithau'r dŵr yn ddiolchgar. Roedd hi'n dal i brosesu dadleniad Ellis wrthi.

Tra oedd Thelma'n sipian y dŵr, adroddodd Ellis beth yn union ddigwyddodd y diwrnod tyngedfennol hwnnw pan adawodd o a'i deulu Twll Clawdd.

'Oedden ni'n dau wedi trefnu i gyfarfod yn dre wrth y cloc y bore hwnnw, ti'n cofio?'

Nodiodd Thelma ei phen. Roedd hi'n cofio'n iawn.

'Ond y pnawn hwnnw mi landiodd y beiliffs a Thomas Jones y ffarmwr oedd piau Twll Clawdd. O'dd arna Dad fisoedd o rent am y lle, ac mi oedden ni'n cael ein hel o'na. Doedd ganddon ni ddim to uwch ein pennau ac mi benderfynodd Dad y bysan ni'n mynd i Lerpwl i aros at Anti Gladys, chwaer fawr fy nhad, am sbel. Ar y ffordd 'nes i ofyn iddo stopio'r car yn dy dŷ di er mwyn i mi gael dweud wrthat ti i le o'n i'n mynd. Ond doeddet ti ddim adra. Oeddet ti wedi picied i'r Post medda dy fam. Felly 'nes i ddeud wrthi lle oedden ni'n mynd, a sgwennu nodyn yn frysiog i ti i ddeud be oedd wedi digwydd a rhoi cyfeiriad Anti Gladys arno. Ddeudodd dy fam y bysa hi'n siŵr o'i roi o i ti.'

'Ches i ddim byd ganddi,' datganodd Thelma'n dawel.

'Fues i'n disgwyl a disgwyl i ti sgwennu 'nôl. O'n i'n methu dallt pam doeddet ti ddim yn ateb. Mi sgwennais i un llythyr arall atat ti hefyd ond pan ges i ddim ateb i hwnnw... Wel, o'dd rhaid i mi jyst derbyn wedyn nad oeddet ti isio dim byd mwy i neud efo fi.'

'Ches i ddim hwnnw chwaith.'

Ysgydwodd Ellis ei ben yn drist. Roedd yntau'n methu credu nad oedd Thelma wedi derbyn yr un o'i lythyrau.

Doedd dim angen Sherlock Holmes i ddatrys y dirgelwch o beth ddigwyddodd i'r ddau lythyr. Doedd hi ddim yn gyfrinach nad oedd hogyn Jac Twll Clawdd yn plesio ei mam a'i thad, Lisi ac Evan Thomas. Roedd o'n bell o fod y candidet delfrydol ar gyfer eu merch ieuengaf.

'O'n i mor siomedig na chlywes i ddim byd gen ti... I feddwl nad oeddet ti'n gwybod...' meddai'n benisel. Roedd yntau ar hyd y blynyddoedd wedi meddwl am gam bod teimladau Thelma wedi oeri tuag ato ac mai dyna pam wnaeth hi ddim cysylltu'n ôl.

'Taswn i ond wedi cael y nodyn yna,' ysgydwodd Thelma ei phen, o'i cho' efo be wnaeth ei mam.

'"Petai" a "phetasai" yw'r geiriau casa, fel roedd yr hen Anti Gladys yn arfer ei ddeud,' meddai Ellis gan roi ryw ochenaid fach.

Rhoddodd ei law ar ben un Thelma gan ei mwytho'n dyner, yn union fel yr oedd yn arfer gwneud yr holl flynyddoedd hynny yn ôl. Roedd cledr ei law yn gynnes a meddal. Am un foment wyllt, toddodd yr holl flynyddoedd ac roedd hi'n un ar bymtheg oed unwaith eto.

Dadebrodd. Be ar wyneb y ddaear oedd yn bod arni? Dynes yn ei hoed a'i hamser yn teimlo fel hyn?

'Be oedd dy hanes di ar ôl i ti fynd i Lerpwl, 'ta?' gofynnodd.

'Wel, doedd Anti Gladys ddim yn hapus a deud y lleia pan

landiodd fy nhad a finnau a fy nau frawd ar ei stepen drws hi. Ddeudodd hi y bysan ni'n ca'l aros dros dro, ond munud y bysa fy nhad a fy mrodyr a finnau'n cael gwaith, y bysa'n rhaid i ni chwilio am lojings arall. Ond ma'n rhaid ei bod hi wedi cymryd ata i am ryw reswm achos mi ges i ddal i fyw efo hi. Fues i'n ddigon lwcus i gael prentisiaeth efo Cammell Laird. Yno fues i wedyn hyd nes i mi adael a setio busnes fy hun i fyny yn cynhyrchu partia peirianyddol i longa môr,' datganodd yn wylaidd.

Roedd Thelma'n lled gyfarwydd ag enw un o brif adeiladwyr llongau ym Mhrydain. Yn eironig, bu Morris, ei brawd yng nghyfraith, gŵr Olwen, ei chwaer, yn gweithio yno am gyfnod byr. Pwy a ŵyr, ella fod y ddau wedi bod yn gweithio efo'i gilydd?

'Be fuodd dy hanes di, 'ta?'

'O, fawr o ddim,' ochneidiodd Thelma. ''Nes i adael yr ysgol yn un ar bymtheg a mynd i glercio mewn offis acowntant yn dre.'

'Est ti ddim yn athrawes felly?' gofynnodd Ellis yn syn 'O'n i'n meddwl dy fod ti â dy fryd ar fynd yn athrawes Mathemateg?'

'Ti'n cofio hynny?'

'Dwi'n cofio bob dim amdanat ti, Thelma,' cyfaddefodd Ellis gan edrych i fyw ei llygaid.

Roedd hyn yn dechrau mynd yn ormod i Thelma. Symudodd ei llaw i ffwrdd yn reit handi. 'Wnest ti briodi a cha'l plant?'

'Do. 'Nes i gyfarfod â Joyce oedd yn nyrsio. Mi gafon ni ddau o blant. Andrew a Bethan. A be amdanat ti? 'Nest ti briodi hefyd yn amlwg. Un ferch sgin ti? Honno nes i gyfarfod y noson o'r blaen, ia?'

'Ia, Carys. Honno oedd i fod i briodi yma.'

'Ydi dy ŵr di yma efo ti?'

'Na, ma Dafydd wedi marw ers blynyddoedd.'

'Dafydd?'

'Ia.'

'Dim Dafydd Owen, Bronnant?' gofynnodd Ellis yn syn. Nodiodd Thelma.

Ysgydwodd Ellis ei ben a gwenu.

'Pam ti'n gwenu fel'na?' gwgodd Thelma.

'O'n i wastad yn amau ei fod o yn dy ffansïo di.'

'Oeddet ti?'

'Be nath o? Dilyn ôl troed ei dad?'

'Na, saer coed oedd o ac mi o'dd ganddon ni dyddyn, Tyddyn Bach. Ti'n cofio'r lle? Dwi'n dal i fyw yna er mod i'n gosod y tir ers blynyddoedd.'

'Dwi'n siŵr ei fod o wedi plesio dy fam a dy dad lot gwell nag o'n i.'

Am newid, ddeudodd Thelma ddim byd. Cymerodd sip o'r dŵr. Roedd ei mam a'i thad wedi estyn y carped coch a'r llestri gorau pan laniodd Dafydd, mab y Parchedig Geraint Owen, draw am de un pnawn Sul. Roeddynt wedi gobeithio y byddai Dafydd yn dilyn ôl troed ei dad ac y byddai Thelma, maes o law, yn wraig i weinidog. Ond hogyn caib a rhaw yn hytrach na phapur a phensil oedd Dafydd a chafodd y ddau eu siomi'n ddybryd pan ddeallon nhw fod Dafydd â'i fryd ar fynd yn saer coed.

Taswn i ond wedi cael y nodyn yna, meddyliodd. Roedd hi'n methu credu'r peth. Ar ei mam oedd y bai. Tasa honno ddim wedi ymyrryd. Oedd hi a'i thad yn casáu Ellis gymaint â hynny? Mae'n amlwg eu bod nhw, a chyfaddefodd yr un o'r ddau weddill eu hoes fod Ellis wedi galw heibio i ddweud ei fod o'n mynd i Lerpwl ac i roi ei gyfeiriad iddi.

'Oh, there you are! I've been looking everywhere for you.' Yn nrws y dosbarth safai fersiwn ieuengach ond mymryn talach o Ellis. 'Our rep has just informed us that our bus to take us to the airport is on its way,' galwodd. 'Mum, Linda and the kids are already queuing outside.'

'I'll be there now,' meddai Ellis wrth ei fab. Cododd yn araf o'r gadair a throi i wynebu Thelma. Rhoddodd ei law yn dyner ar ei hysgwydd. 'Mae hi wedi bod yn braf iawn dy weld ti eto, Thelma. Edrycha ar ôl dy hun.'

Gwenodd hithau yn ôl arno'n wan, 'A chditha Ellis. A chditha.'

Wrth gerdded i gyfeiriad y cyntedd clywodd Thelma y gŵr yn gofyn i Ellis, 'Who was that you were talking to, Dad? Do you know her?'

Atebodd Ellis gan wenu, 'Yes I knew her. She was somebody I used to know many, many years ago. My first love.'

MEIRA'N ACHUB Y DYDD

ROEDD CARYS WEDI mynd yn ei hôl i mewn i'r neuadd er mwyn gwefru ei ffôn. Cnegwarth o fatri oedd ganddi yn weddill ar ôl bod yn chwilota'n aflwyddiannus am hydoedd ar y we am westy neu Airbnb. Roedd John Gareth yn llygaid ei le yn dweud bod pob man wedi bwcio. Sylwodd mai dim ond hanner llawn oedd yr adeilad bellach gan fod y rhan fwyaf o'r teithwyr wedi gadael. Roedd y mwyafrif oedd yn cael lloches yn yr ysgol felly yn amlwg wedi bwcio eu gwyliau efo cwmni teithio, yn wahanol iawn i be oedden nhw wedi'u wneud.

'Ti moyn banana neu fisgeden?'

Roedd John Gareth wedi ymddangos o rywle. Fel offrwm heddwch, roedd ganddo fanana yn un llaw a phaced o fisgedi yn y llall. Roedd golwg ymddiheurgar ar ei wyneb. Gwenodd Carys a derbyn y ffrwyth. Eisteddodd John Gareth i lawr wrth ei hochr.

'Wy mor sori am bopeth.'

'Dim dy fai di ydi o. A dwi'n sori hefyd. O'n i ddim yn meddwl be ddeudais i. Mi ydan ni fod i briodi. Ac mi ydw i isio dy briodi di, mwy na dim byd arall yn y byd,' cyfaddefodd Carys gan afael yn ei law a'i gwasgu'n dynn.

'Wy'n dy garu di shwt gyment, Carys.' Mwythodd ei boch yn dyner. 'Dere 'ma.' Cymerodd hi yn ei freichiau a chusanodd y ddau'n angerddol.

'Rhowch gorau iddi wir... Snogio'n goman fel ryw ddau dinejyr.'

Styrbiwyd ar y clinsh gan Thelma oedd newydd gerdded yn ei hôl i mewn i'r neuadd. Roedd wyneb tin go iawn arni.

'Lle dach chi 'di bod, Mam?'

'Nunlla. Lle fedra i fynd?' atebodd honno'n biwis. Lluchiodd yr *hold all* pinc a gwyn smotiog oddi ar ei matras oedd wedi ei osod yno fel arwydd o berchnogaeth. Aeth i orwedd i lawr gan droi ei chefn.

Ciledrychodd y ddau ar ei gilydd. Roedd hwyliau drwg go iawn ar Thelma.

'Dach chi'n iawn, Mam?'

'Nac ydw!' brathodd hithau. 'Sut fedra i fod yn iawn? Yn styc yn fyma?'

Roedd ei mam wedi newid ei chân yn sydyn iawn, meddyliodd Carys. Dim ond y bore hwnnw roedd Thelma'n ymdopi'n rhyfeddol o dda efo'r holl sefyllfa ac mi fysa Carys yn mynd cyn belled â dweud ei bod hi, mewn rhyw ffordd od, yn mwynhau'r profiad. Ond stori wahanol iawn oedd hi erbyn hyn.

''Chi moyn rhwbeth, Thelma?' triodd John Gareth wedyn.

'Heblaw ca'l mynd adra, llonydd.'

Gwyddai Carys ond yn rhy dda, pan oedd hwyliau fel hyn ar ei mam mai'r peth gorau oedd i'w wneud oedd gadael iddi. Mi oedd hi'n berffaith amlwg fod John Gareth wedi pisio ar ei jips go iawn o achos ei drefniadau gwyliau, meddyliodd.

Edrychodd y ddau ar ei gilydd drachefn.

'Dwi'n bored. Pryd 'dan ni'n mynd yn ôl i'r hotel?' gofynnodd Sisial oedd newydd ddod draw atynt. Wrth ei chynffon roedd Greta. Roedd Sisial newydd ffarwelio â ffrind bach arall oedd yn gadael yr ysgol ac yn hedfan adref. Roedd ei ffrindiau bach newydd i gyd fesul un wedi gadael yr ysgol a doedd ganddi neb i chwarae efo bellach.

''Dan ni ddim yn mynd yn ôl, pwt,' eglurodd Carys gan ei chymryd ar ei glin.

'Pam?' gofynnodd y fechan wedyn.

'Dydi hi ddim yn saff i ni fynd yn ôl yna, cariad, oherwydd bod yna dân mawr yn y goedwig yn ymyl.'

'Pan na 'neith yr injan dân roi'r tân allan?'

'Ma'n nhw yn trial ond ma fe'n dân mawr, ti'n gweld,' esboniodd ei thad-cu.

'Dwi isio mynd adra… Dwi ddim yn licio yma…' meddai'r fechan wedyn â'i gwefus isaf yn crynu.

'Chdi a phawb arall,' mwmiodd y llais o'r fatras nesa.

'Pam ma Nain Llan yn cysgu?'

'Wedi blino ma hi,' atebodd Carys.

'Am ei bod hi'n hen, ia?' sibrydodd Sisial a golwg ddifrifol iawn ar ei hwyneb bach.

Ciledrychodd Carys, John Gareth a Greta ar ei gilydd gan wenu. Diolch i Dduw fod ei hen Nain yn drwm ei chlyw, meddyliodd Carys.

'Ti'n ocê, Greta?' gofynnodd Carys yn llawn consýrn am ei merch yng nghyfraith.

'Dwi'n ocê, diolch,' meddai honno gan rwbio ei bol yn amddiffynnol. 'Ydych chi wedi cael hyd i hotel eto?'

'Naddo'n anffodus. Sdim unlle ar ga'l. Wy'n meddwl mai'r peth gore i ni neud o dan yr amgylchiade yw mynd i'r maes awyr,' datganodd John Gareth.

'Y maes awyr?' gofynnodd Carys yn syn.

'Ie, o leia mae 'na gaffis a siopau yn y fan honno a falle bydde modd ca'l ffleit cynharach, pwy a ŵyr. Bydde'n haws os ydyn ni yna'n barod.' Sylwodd John Gareth ar wyneb diflas ei wraig. 'Sdim dewis arall 'da ni ma arna i ofan. Wy wedi clywed eu bod nhw moyn pawb mas o fan hyn erbyn deg o'r gloch bore fory. Wy mor sori...' ymddiheurodd yn benisel. Roedd Siôn yn llygaid ei i le, tasa fo wedi bwcio'r trip efo asiant gwyliau fydden nhw ddim yn y picl yma, meddyliodd. 'Wna i drefnu tacsis i ni gyd. A' i jyst i ga'l gair 'da'r gweddill i weud beth i ni am ei neud, ond ma arna i ofan taw dishgwl yn y maes awyr yw'r unig opsiwn i ni nawr.'

Er nad oedd Carys ffansi aros yn y maes awyr am dridiau doedd hi chwaith ddim yn meddwl y gallai wynebu noson arall yn y neuadd.

'Dadi!' gwaeddodd Rebeca gan ruthro i mewn i'r neuadd. Tu ôl iddi yn un gymanfa, roedd Siôn, Sumara, Gethin a Molly. 'Ma Mami isie gair 'da ti.'

Gwaredodd John Gareth yn dawel iddo fo ei hun. Dyna'r peth diwethaf roedd o isio, ymgom efo'i gyn wraig. Pam ar wyneb y ddaear roedd Meira eisiau gair efo fo? Edliw pam ei fod o a Carys wedi llusgo pawb i ynys mor beryglus i briodi beryg.

Dyna yn union oedd yn mynd drwy feddwl Carys hefyd. Roedd Meira Lloyd Jenkins yn gorwynt o ddynes ar y gorau ac wedi hen arfer trefnu pawb a phopeth. Chafodd neb ei siomi fwy na hi pan na gynhaliwyd priodas yn Sorrento a honno wedi gwneud yr aberth mwyaf un, sef peidio â mynychu'r Eisteddfod Genedlaethol a chystadlu efo'r côr y flwyddyn honno. Ond buan iawn ddaeth hi dros ei siomedigaeth pan gafodd law rydd gan Rebeca a Sumara i drefnu eu priodas nhw'u dwy. Roedd hi ar ben ei digon pan gafodd gadarnhad fod Plas Tan yr Onnen yn rhydd ddydd Sadwrn y Sulgwyn ar gyfer cynnal y briodas honno.

Pasiodd Rebeca ei ffôn i'w thad a dyna lle'r oedd gwep Meira Lloyd Jenkins gyda'i cholur perffaith yn llenwi'r sgrin. Yn ôl yr arfer roedd ei gwallt golau, oedd wedi ei dorri'n bòb ffasiynol, heb flewyn allan o'i le. Teimlai Carys hyd yn oed yn fwy o ffrymp nag arfer a hithau heb lyfiad o golur ar ei gwep, heb sôn am y ffaith nad oedd wedi cael cawod na golchi ei gwallt ers deuddydd.

'Helô Gareth, helô Carys! Chi'n ocê?' meddai Meira gan wenu fel giât a chodi llaw ar y ddau. Yna trodd ei phen i ffwrdd a gweiddi nerth esgyrn ei phen ar ei hail ŵr, 'Iestyn, Iestyn, dere i weud helô wrth Gareth a Carys. Ble ma'r dyn... Iestyn!... O, co fe'n dod...'

Ymhen sbel, ymddangosodd ben bach moel yng nghornel y sgrin a chododd Iestyn ei law a gwenu. 'Chi'n olréit?' gofynnodd hwnnw wedyn.

'Cystal â'r dishgwl o dan yr amgylchiadau,' atebodd John Gareth gan wenu'n ddyfrllyd.

'Wel, ie... Sefyllfa drychinebus,' meddai Iestyn wedyn.

'Welson ni Thelma ar y teledu, dyna shwt y'n ni'n gwbod am eich helynt chi.' Roedd gwep Meira Lloyd Jenkins yn ôl yn fawr ar y sgrin unwaith eto. 'O'dd hi ar Sky News a'r BBC. Ofnadw! Ofnadw!' (Doedd John Gareth a Carys ddim yn siŵr iawn os mai cyfeirio at eu sefyllfa ynte cyfeirio at gyfweliad Thelma oedd hi. Wnaeth y ddau ddim holi ymhellach.) 'O'dd Rebeca jyst yn gweud nawr nag yw'r briodas wedi gallu digwydd na dim. Ofnadw o beth! Wy'n siŵr bo chi'ch dou mor siomedig.'

'Ie, wel, o leia ni gyd yn ocê. Ni gyd yn ddiogel, ta beth,' atebodd John Gareth. Gobeithio wir nad oedd Meira'n awyddus i gael sgwrs efo nhw jyst er mwyn cael cyfle i rwbio halen yn y briw ac i grechwenu dros eu hanffawd. Fydda fo ddim yn ei roi o heibio hi.

'Ma hynny'n wir ac mae fe'n dda eich bod chi'n meddwl

fel 'nny a chithe wedi trefnu a gwario a dishgwl mlân shwt cymaint i'r briodas. O'n i'n deall hefyd eich bo chi'n ffaelu mynd 'nôl i'r gwesty a'ch bo chi'n gorfod aros tan nos Fawrth i hedfan gitre, ond sdim gwesty na dim i ga'l. Sobor o beth i chi. Sai'n gwbod shwt y'ch chi'n ymdopi. Na wn i wir.'

Roedd hi'n amlwg fod Meira Lloyd Jenkins wedi cael ypdet cynhwysfawr iawn o'u sefyllfa gan ei merch, ond doedd y ddau ddim angen neb i'w hatgoffa nhw o'u trafferthion, diolch yn fawr iawn. Ceisiodd John Gareth ei orau i ddirwyn y sgwrs i ben.

'Reit, braf siarad â chi'ch dou a diolch am eich consýrn ond well i fi fynd... Ma FaceTime yn llyncu batri'r ffôn a sai moyn rhedeg mas o fatri...'

'Na, paid â mynd... 'Na pam wy moyn gair,' meddai Meira wedyn. 'Wy'n meddwl gallwn ni helpu.'

'Helpu? Helpu ym mha ffordd?' gofynnodd John Gareth yn reit ffwr-bwt. 'Yr unig ffordd allwch chi ein helpu ni yw trefnu i ni ga'l ffleit gitre cyn gynted â phosib, a sdim gobaith o 'nny ma arna i ofan.'

'Wel, na, ond ni'n credu bo ni wedi llwyddo i drefnu rhwle i chi gyd aros tan hynny,' datganodd Meira Lloyd Jenkins.

Edrychodd John Gareth a Carys ar ei gilydd. Doedd Meira erioed o ddifri? Stwriodd y corff ar y fatras drws nesa a chodi ar ei heistedd. Er gwaethaf ei chlun ciami symudodd Thelma yn nes at y ffôn.

'O helô, Thelma! Shwt y'ch chi? Chi'n cadw'n weddol?' holodd Meira a dechrau chwifio ei llaw yn wyllt arni pan welodd y pen bach a'r gwallt gwyn yn pipian tu ôl i ysgwydd John Gareth. 'Welson ni chi'n siarad ar y teledu.'

'Welsoch chi fi ar y telefision?' meddai Thelma wedi bywiogi drwyddi, wrth ei bodd yn clywed hyn.

'Do wir, a gawson ni dipyn o sioc, a gweud y lleia, i'ch gweld chi Thelma yn…'

'Wedest ti dy fod ti wedi ca'l rhwle i ni i gyd aros, Meira?' torrodd John Gareth ar ei thraws yn siort.

'Do. Wel, i fod yn fanwl gywir, i Iestyn ma'r diolch, a gweud y gwir, ontefe, Iestyn? Ma 'da crwtyn brawd Iestyn, Jason, wel, ma 'da fe fila yn Faliraki. Ma fe berchen clwb nos yno. Pan wedodd Rebeca bo 'da chi unlle i aros, fe gofiodd Iestyn am ei nai. Fe ffoniodd Iestyn Jason yn syth ar ôl rhoi'r ffôn i lawr ar Rebeca, i holi os oedd e'n gwbod am apartment neu fila y buasech chi'n gallu aros ynddo. Buodd Jason oes yn ateb y ffôn. Wel, erbyn deall roedd y pŵr dab yn cysgu. Ma fe'n Thailand ar y funud, ar ei wylie. Ta beth, i dorri stori hir yn fyr, gan ei fod e bant, ma fe'n fwy na bodlon i chi gyd aros yn ei fila.'

Edrychodd Carys a John Gareth ar ei gilydd yn fud. 'Ond oes 'na le i ni gyd?' holodd Carys yn methu credu eu lwc. 'I ddeg ohonon ni?'

'Ma pum stafell wely yno. A chyn i chi ofyn, ma fe'n cadw'r allwedd sbâr ar gyfer imyrjensis ac ati gyda'r cwpwl sy'n byw drws nesa. Ma fe'n mynd i anfon neges atyn nhw nawr, i weud eich bo chi ar y ffordd i nôl yr allwedd.'

Roedd Carys, John Gareth a'r gweddill yn methu credu eu lwc. Rhyw dair ar ddeg kilomedr o dref Rhodes oedd Faliraki. Yn hytrach na threfnu tacsi i'r maes awyr fel a fwriadwyd yn wreiddiol, diolch i haelioni nai Iestyn roedd y criw ar eu ffordd i Faliraki.

'Wnaiff Iestyn decstio'r cyfeiriad i chi nawr, yn gwnei di, Iestyn?' Symudodd Meira'r ffôn fel bod John Gareth a Carys yn gweld talcen Iestyn yn nodio'n wyllt.

'Sai'n gwbod shwt i ddiolch i chi'ch dau, nac i Jason,' meddai John Gareth yn ddiolchgar.

'Dim problem. Ni'n falch o allu helpu,' gwenodd Meira Lloyd Jenkins. 'Reit, well i fi fynd ma 'da fi ymarfer parti llefaru am bump ac wedyn syth i ymarfer côr. So long!' Yr eiliad nesaf aeth y sgrin yn ddu ac roedd Meira Lloyd Jenkins wedi diflannu.

Diolch i Dduw, ochneidiodd Carys mewn rhyddhad. Ella nad oedden nhw'n cael mynd adref ond o leiaf roedden nhw'n mynd i gael to call uwch eu pennau tan hynny. Feddyliodd hi erioed y byddai hi mor ddiolchgar i Meira Lloyd Jenkins o bawb.

'BE SY MATAR, MAM?'

'HWN YDI O?' gofynnodd Carys yn amheus. Roedd y tacsi newydd stopio wrth glamp o fila fodern foethus.

'Hwn yw'r cyfeiriad ges i gan Iestyn,' atebodd John Gareth, yntau yr un mor amheus mai hwn oedd cartref Jason.

'Dydi o erioed yn byw yn fyma?' meddai Carys wedyn yn gegagored.

'Ydi o'n filionêr neu rwbath?' gofynnodd Thelma a'i thrwyn yn pwyso'n galed yn erbyn y ffenest. Roedd y tri ohonynt wedi rhannu tacsi o'r ysgol draw i Faliraki. Rebeca, Sumara, Gethin a Molly mewn ail dacsi a Siôn, Greta a Sisial fach yn y trydydd.

Daeth y tri allan o'r car yn dal i fethu tynnu eu llygaid oddi ar y fila ddeulawr wen. Gyda help John Gareth, estynnodd gyrrwr y tacsi eu cesys allan o'r bŵt. Fel roedd John Gareth yn talu cyrhaeddodd y gweddill.

'Arhoswch chi fan hyn, tra mod i'n nôl yr allwedd,' meddai gan gamu i gyfeiriad fila gyfagos oedd yr un mor foethus, ond tipyn llai o faint.

'Gobeithio byddan nhw adra, wir. Neu mi fyddwn ni wedi toddi yn y gwers 'ma,' mwmiodd Thelma, gan fynd i bwyso ar y wal fach ger giât gloëdig y fila. Er ei bod hi'n tynnu am saith o'r gloch yr hwyr roedd hi'n dal yn ferwedig o boeth.

'Ddim yn fyma 'dan ni'n aros?' gofynnodd Siôn gan syllu'n gegrwth ar y fila, fel oedd gweddill y criw. 'Ma o fel rwbath allan o'r rhaglen *Grand Designs* 'na.'

'*Oh my gosh*! Ma *infinity pool* a drychwch ar ei faint e!' ebychodd Rebeca, ei llygaid yn fawr fel dwy soser.

'Dwi'n siŵr fod 'na gamgymeriad,' meddai Carys yn amheus, yn methu credu eu bod nhw'n mynd i aros yn y fila anhygoel yma. 'Mae'n rhaid bod Iestyn wedi gneud camgymeriad efo'r cyfeiriad neu wedi rhoi'r cod post anghywir.'

'Dwi ddim yn meddwl, rywsut,' meddai Gethin gan amneidio i gyfeiriad John Gareth oedd ar ei ffordd yn ei ôl. Trodd pawb eu pennau i syllu ar hwnnw efo gwên fawr lydan ar ei wyneb ac yn chwifio set o oriadau.

Diolch i Iestyn a Meira Lloyd Jenkins roeddynt wedi landio ar eu traed go iawn.

Roedd Siôn yn llygaid ei le, fyddai Kevin McCloud ei hun wedi rhoi ei law dde a'i law chwith i gael cynnwys y fila arbennig yma ar ei raglen. Roedd hi wedi ei lleoli yn y bryniau uwchben tref Faliraki ac roedd golygfeydd godidog o'r môr i bob cyfeiriad. Roedd y pwll nofio nobl yn edrych yn hynod o apelgar a chyn iddynt ddadbacio bron roedd Sisial ar dân i fynd i mewn iddo. O'i gwmpas roedd yna goed palmwydd a gwelâu haul efo matresi trwchus a moethus lliw hufen. Yng nghornel y patio anferth roedd yna set farbeciw oedd yn edrych yn fwy fel Aga o ran ei siâp a'i faint. Roedd yna hefyd gadeiriau a bwrdd hirsgwar i ddeg o bobol fwyta, ac roedd y clustogau ar y cadeiriau yn matsio lliw'r matresi ar y gwelâu haul.

'Ylwch be sy'n fyma! *Hot tub!*' gwaeddodd Siôn wedi cynhyrfu'n lân ac yn methu aros i blymio i mewn i'r bybls. Ella nad oedd o'n ddrwg o beth fod John Gareth heb fwcio'r trip efo cwmni gwyliau wedi'r cwbl, meddyliodd.

Doedd tu mewn y fila ddim yn siomi chwaith. Roedd y cyntedd ei hun mor fawr â neuadd bentref Talwrn a'r llawr wedi'i orchuddio efo teils sgleiniog lliw hufen. Roedd y gegin yn fwy fyth ac yn cynnwys pob *mod con* y gellid rhywun feddwl amdano. Roedd yr unedau llwyd tywyll, modern yn gweddu'n berffaith i steil y fila. Roedd y lolfa yn wynebu'r pwll a'r môr ac roedd un wal yn ddrysau gwydr *bifold* anferth o'r to i'r llawr oedd yn arwain yn syth allan i'r patio.

Roeddynt i gyd wedi gwirioni ac yn methu credu y bydden nhw'n aros yno am y ddwy noson nesaf. Rhuthrent o un stafell i'r llall wedi dotio gan ddatgan sylwadau edmygus am y *gym* a'r stafell sinema.

Roedd y grisiau marmor yn y cyntedd yn arwain i bum stafell wely braf ar y llawr cyntaf. Pob un â'i *en suite* a gwely *super king*. I bob un stafell roedd yna falconi llydan a hwnnw'n lapio reit o gwmpas y fila.

Ar ôl sortio'r stafelloedd, aeth pawb am gawod, newid a dadbacio. Pawb ond Thelma.

'Dach chi ddim am fynd am gawod, Mam?' holodd Carys ar ôl mwynhau cawod fendigedig, golchi ei gwallt a rhoi dillad glân amdani. Eisteddai Thelma ar un o'r soffas hufen yn syllu allan i'r môr ers iddi gyrraedd. Daliai i wisgo'r un dillad yr oedd ynddyn nhw ers gadael y gwesty. 'Fyddwch chi ddim yn teimlo'r un un ar ôl cawod fach.'

'A' i'n munud,' mwmiodd honno gan ddal i syllu allan i gyfeiriad y môr.

''Dan ni am ga'l barbeciw. Mae Gethin, Molly, Rebeca a Sumara wedi bwcio tacsi i fynd â nhw i'r archfarchnad wnaethon ni ei phasio ar y ffordd yma i nôl stwff.'

Roedd pawb ar ei gythlwng erbyn hynny a phan awgrymodd Sumara farbeciw i swper, cytunodd pawb yn unfrydol.

'Mm,' atebodd Thelma.

'Dach chi'n iawn, Mam?' gofynnodd Carys yn bryderus. Doedd hi ddim fel Thelma i fod mor dawel.

'Be?'

'Dach chi'n iawn?'

Trodd Thelma i wynebu Carys a rhoddodd ochenaid fach. 'Yndw. Yndw, tad.'

'Dach chi'n siŵr eich bod chi'n teimlo'n iawn? Dwi'n gwybod bod y ddau ddiwrnod diwetha 'ma wedi bod yn straen mawr arnan ni i gyd. Ond diolch i nai Iestyn mi gawn ni aros yn fyma rŵan tan i ni fflio adra. 'Dan ni wedi bod yn ofnadwy o lwcus.'

'Do, lwcus iawn,' cytunodd Thelma wedyn yn fflat a difrwdfrydedd.

Doedd hyn ddim fel ei mam o gwbl, meddyliodd Carys yn boenus. Yn cytuno fel hyn. Tynnu'n groes oedd ei natur hi bob gafael. Roedd ganddi farn bendant ar bawb a phopeth, rownd y ril. Roedd rhywbeth mawr yn bod.

Cyn i Carys gael cyfle i holi mwy, pwy redodd i mewn i'r lolfa wedi cynhyrfu'n lân ond Sisial, 'Nain, tyrd i'r pwll efo Taid a fi!' meddai hi. 'Roedd y beth fach wedi gwirioni ei bod yn cael chwarae mewn pwll nofio ac aros mewn tŷ crand ac wedi llwyddo i berswadio ei thaid i fynd i chwarae sblash efo hi.

'Ddim heno, Sisial, ddo' i fory ella,' atebodd Carys. Roedd Carys wedi llygadu'r peiriant golchi yn yr iwtiliti ac am fanteisio ar olchi ychydig o ddillad.

'Nain Llan, dach chi am ddod i'r pwll i chwarae efo ni?'

Ddeudodd Thelma ddim gair o'i phen. Dim ond eistedd yno'n syllu ar y gorwel. Roedd hi'n methu cael ei chyfarfyddiad ag Ellis yn yr ysgol allan o'i meddwl a'r sgwrs a fu rhyngddynt. Erbyn dallt, mi roedd o wedi dweud wrthi ei fod yn gadael. Doedd o ddim wedi diflannu dros nos heb ddweud bw na be, fel roedd hi wedi bod yn meddwl. Ar hyd y blynyddoedd roedd hi wedi gweld bai arno am adael fel y gwnaeth o. Ond doedd dim bai arno o gwbl. Erbyn dallt, ar ei mam roedd y bai. Pam, o pam nad oedd hi wedi sôn bod Ellis wedi galw yno'r pnawn hwnnw i ddweud ei fod yn gadael? Pam doedd hi heb ddweud wrthi ei fod o'n mynd i Lerpwl i fyw at ei fodryb? A pham, o pam, yr oedd hi wedi celu y ddau lythyr oddi wrthi? Roedd hi'n gwybod yn iawn pam. Mae'n rhaid ei bod hi a'i thad yn casáu Ellis â chas perffaith i wneud peth mor uffernol o dan din. Roedd hi'n methu credu'r peth. Y ddau wedi'i thwyllo hi a chuddio hyn oddi wrthi. Tasa hi ond yn gwybod. Tasa ei mam ond wedi dweud wrthi, tasa hi ond wedi rhoi llythyr Ellis iddi. Roedd honno wedi gwneud mwy o ddrwg nag o ddaioni. Mi fysa pethau wedi gallu bod mor wahanol. Pwy a ŵyr be fyddai ei hanes hi? Mi fyddai hi wedi canolbwyntio ar ei gwaith ysgol yn un peth, pasio ei arholiadau, mynd i'r Chweched i wneud Lefel A, mynd i'r coleg i hyfforddi fel athrawes a mynd i ddysgu yn Lerpwl ella. Olréit, ella na fysa ei pherthynas efo Ellis wedi para, ond o leiaf mi fyddai'r berthynas wedi cael cyfle. Pwy a ŵyr be fyddai wedi digwydd? Un peth yr oedd hi'n ei wybod i sicrwydd, byddai ei bywyd hi wedi bod yn wahanol iawn i'r un a gafodd hi yn briod efo Dafydd Owen.

'Ma Nain Llan wedi blino, dwi'n meddwl,' atebodd Carys drosti.

'Ma pobol hen yn blino lot, dydyn,' atebodd Sisial yn ddifrifol gan droi ar ei sawdl a rhedeg yn ôl allan drwy'r drysau *bifold* am y pwll.

'Be sy'n mater, Mam, dach chi'n ddistaw iawn?' gofynnodd yn llawn consýrn i'r gelyn tawelwch arferol.

'Does dim byd yn mater,' atebodd ei mam yn bigog.

'Pam dach chi mor ddistaw, 'ta? Ma 'na rwbeth yn bod.'

'Does gen i ddim hawl i fod yn ddistaw?'

'Dach chi ddim dal yn flin efo John Gareth, nac ydach?'

'Pam swn i'n flin efo hwnnw?' gofynnodd ei mam yn syn.

'Am nad oedd o wedi bwcio'r gwyliau 'ma drwy *travel agent* a'n bod ni ddim yn cael hedfan adra tan nos Fawrth. Ond ma petha wedi gweithio allan yn iawn yn y diwedd, 'do? Ma ganddon ni le mawr i ddiolch. Olréit, chafodd John Gareth a finnau ddim priodi, ond mi gawn ni neud hynny eto...'

'Pam wyt ti'n meddwl bod rhaid i bob dim wastad fod amdanat ti a John Gareth?' torrodd Thelma ar ei thraws.

'Be?' gofynnodd Carys yn syn.

'Dydi'r byd 'ma ddim yn troi o gwmpas y chi'ch dau, sdi. Ma 'na bobol eraill yn y byd yma hefyd,' atebodd ei mam yn flin. Cododd oddi ar y soffa. Trodd ar ei sawdl a'i nelu hi am y cyntedd gan adael Carys yn gegagored. Be ar wyneb y ddaear oedd yn gyfrifol am y ffrwydriad bach yna, tybed? meddyliodd yn ddryslyd.

DY FYWYD DI YDI O

'Ti wedi gweld yr holl nobiau ar hwn?' Pwyntiodd Siôn at y barbeciw wrth i Greta ddod â photel o gwrw oer iddo. Safai ar y patio'n edmygu'r peiriant. 'Sôn am *all singing, all dancing*, myn uffar i. Diolch, pwt,' medda fo wedyn gan gymryd y botel ganddi.

Fel roedd Meira ac Iestyn wedi sôn, roedd Jason, yn garedig iawn, wedi dweud wrthynt am wneud eu hunain yn gwbl gartrefol yn y fila a helpu eu hunain i beth bynnag oedd yno. Er yr haelioni didwyll, o ran bwyd ac ati, yn anffodus doedd yna fawr o ddim iddyn nhw helpu eu hunain iddo. Ar ôl chwilio a chwilota yn y myrdd o gypyrddau, yr unig bethau oedd yn llechu yno oedd paced bach o de, bîns coffi, oel olewydd, pasta sych, ychydig o sbeisys a photel o sos coch. Ac yn y wardrob o rewgell yr unig bethau a ganfuwyd oedd poteli cwrw, poteli dŵr, dwy botel o siampên, jariaid o tsilis a menyn oedd wedi hen basio ei *sell by date*. Roedd hi'n berffaith amlwg nad oedd gan Jason fawr o ddiléit mewn coginio a'i fod o'n arfer bwyta allan yn rheolaidd.

Aeth y ddau i eistedd wrth y bwrdd patio i fwynhau eu diodydd oer, Siôn ei gwrw a Greta ei dŵr pefriog. Mwythodd Greta ei bol yn dyner.

'Bych yn iawn?' gofynnodd Siôn gan amneidio tuag at fol chwyddedig ei wraig.

'Bach yn ddiog, dwi'n meddwl,' gwenodd Greta yn dal i fwytho ei bol. 'Ddim wedi bod yn cicio cymaint heddiw.'

'Cysgu, ma siŵr, ar ôl yr holl egseitment y ddau ddiwrnod diwetha 'ma. Fel y bydda innau heno, beryg. Argol, dwi'n edrych ymlaen at noson dda o gwsg ar ôl cysgu ar lawr am ddwy noson. Fedra i ddim coelio bod ni'n aros yn y fila amêsing 'ma, fedri di?'

'Na. Mae o fel rhyw fila posh ti'n ei weld mewn ffilm, dydi,' cytunodd Greta.

'Meddylia actiwli byw mewn rwla fel hyn,' meddai Siôn gan gymryd sip arall o'i gwrw. Mi fysa'n braf medru fforddio prynu rwla dramor, bysa, yn Sbaen neu rwla, ddim mor grand â hwn, wrth gwrs, fatha ma Medwyn a Llinos yn mynd i neud.'

'Sôn am Medwyn, wyt ti wedi deud wrth John Gareth eto?' gofynnodd Greta.

'Ddim eto,' mwmiodd Siôn.

'O, Siôn,' dwrdiodd Greta.

'Dwi heb gael fawr o gyfle, naddo. Rhwng bob dim sydd wedi digwydd,' atebodd Siôn yn amddiffynnol.

Er bod hynny'n wir i raddau, mi roedd o hefyd yn esgus cyfleus. Doedd Siôn ddim yn edrych ymlaen at glywed ymateb John Gareth i'r newyddion.

'Pryd mae Medwyn isio gwybod?'

'Ar ôl i mi gyrraedd adra.'

'Pryd ma Medwyn isio gwybod be?'

Trodd y ddau eu pennau i gyfeiriad y llais. Safai Carys yno, yn amlwg wedi clywed eu sgwrs. Roedd hi wedi mynd i chwilota amdanynt rhag ofn fod ganddyn nhw ddillad oedd angen eu golchi. Roedd golwg fel dau gi defaid oedd newydd ladd oen ar y ddau.

'Ym… Dim byd, jyst holi ynglŷn â rwbath o'dd o,' atebodd Siôn yn euog.

'Siôn…?' gofynnodd Carys mewn tôn rybuddgar. Roedd hi'n

adnabod ei mab yn iawn. Ers pan oedd o'n hogyn bach, roedd hi'n gallu dweud yn syth pan oedd o'n dweud celwyddau neu'n celu rhywbeth oddi wrthi. Roedd hi'n adnabod yr arwyddion yn iawn, roedd o'n methu edrych yn ei hwyneb a byddai'n cau ei wefusau'n dynn, dynn. 'Be sy'n mynd ymlaen? Dwi'n gwybod yn iawn fod 'na rwbath. Jyst deudwch.'

'Deuda wrth dy fam, Siôn,' 'wrjiodd Greta.

Ar ôl sawl eiliad magodd Siôn ddigon o blwc.

'Ma Medwyn yn riteirio ac mae o wedi gofyn i mi redeg y garej yn ei le fo.'

'Ond be am dy waith di efo John Gareth?' gofynnodd Carys yn syn. Roedd y dadleniad yma wedi rhoi tipyn o ysgytwad iddi, a dweud y lleiaf. 'O'n i'n meddwl dy fod ti'n hapus yn gweithio i JG James.'

'Mam, dydi'r busnes prynu a gwerthu eiddo ddim i fi, dwi wedi trio, ond sgin i affliw o ddim diddordeb ynddo fo,' medda fo'n dawel.

'Ond mae o'n sôn am dy neud di'n bartner llawn yn y cwmni.'

'Dwi'n gwybod, a dwi'n teimlo'n uffernol. Ond mecanic ydw i, dim ryw *property developer*, dydi o ddim ynddo fi,' cyfaddefodd Siôn yn dawel. 'O sbio'n ôl ella mod i wedi bod braidd yn fyrbwyll yn gadael y garej fel 'nes i.'

Ers pan oedd o'n hogyn bach, ceir ac injans ac ati oedd pethau Siôn. Byddai'n treulio oriau yn chwarae efo'i geir bach Matchbox a Hot Wheels. Ar ôl i Carys briodi Medwyn, byddai Siôn wrth ei fodd yn cael mynd efo fo i'r garej ambell i fora Sadwrn. Byddai'n gwirioni yn treulio amser efo'r mecanics eraill a'u gweld nhw'n rhoi MOT neu serfis i gar. Roedd Carys wastad yn poeni y byddai Siôn dan draed neu ei fod yn niwsans. Ond byddai Medwyn yn ei sicrhau ei fod o'n hogyn da a'i fod yn cymryd diddordeb mawr ym mhob dim oedd yn mynd ymlaen yno. Byddai wrth ei fodd yn helpu drwy eistedd yn sedd y gyrrwr yn jecio'r goleuadau a'r *indicators* ac ati, a nôl ambell dwlsyn o'r bocs twls. Yn wir, tasa rhywun ddim yn gwybod yn well byddai rhywun yn cymryd bod Siôn yn fab geni i Medwyn. Roedd gan Siôn lawer iawn mwy o ddiddordeb yn y garej nag y bu gan Gethin, ei fab ei hun, erioed.

'Dwi'n joio trin ceir, Mam. A hyd yn oed os na fysa Medwyn wedi cynnig hyn i mi, dwi'n meddwl y byswn i'n gadael JG James beth bynnag a chwilio am waith fel mecanic yn rwla.'

Methai Carys â chuddio ei siomedigaeth o glywed hyn. Doedd dim wedi rhoi mwy o bleser iddi na phan gynigiodd John Gareth i Siôn ddod i weithio ato fo yn ei gwmni JG James Property. Roedd yn gyfle gwych i'r ddau ddod i adnabod ei gilydd yn well ac i glosio fel tad a mab.

'Chdi sy'n gwybod ora ma siŵr. Dy fywyd di ydi o,' atebodd yn swta. 'Gora po gynta i ti ddeud dy blaniau wrth John Gareth felly, dydi.'

''Dan ni'n ein holau!' meddai Gethin gan gamu allan drwy ddrws y patio. 'Sut ma tanio'r contrapsion 'ma, dwch?' meddai gan lygadu'r barbeciw.

'Gweithio efo nwy ma o, dim ond troi nobyn ymlaen sydd isio a *fire away*,' atebodd Siôn. 'Mi ro' i help llaw i chi rŵan,' meddai gan godi o'i sedd yn frysiog.

Diolch i Dduw am amseriad perffaith ei frawd. Doedd ei benderfyniad i fynd i weithio i'r garej ddim yn plesio ei fam o gwbl, ac o weld ei hymateb llai na ffafriol, roedd o'n poeni'n fwy fyth rŵan be fyddai ymateb John Gareth i'r newyddion.

HEN FARBECIW DIAWL

HOFRAI JOHN GARETH, Siôn a Gethin o gwmpas y barbeciw. Roedd potelaid o gwrw yn llaw'r tri. Bob hyn a hyn roedd John Gareth, oedd wedi penodi ei hun fel y prif gogydd, yn troi byrgyrs a sosejys drosodd yn ddeheuig efo'i ddau *sous chef*, Siôn a Gethin yn arolygu'r gwaith. Gan nad oedd yr un ohonynt wedi cael pryd of fwyd call ers dyddiau bellach roedd arogl y barbeciw yn dod â dŵr i ddannedd pawb. Pawb ond Greta, wrth gwrs.

'Beth yw e ambytu dynion a barbeciws?' chwarddodd Rebeca wrth wylio'r tri. 'Pam bo nhw'n dwli grilio cig ar y barbeciw tu fas?'

Eisteddai'r merched, Rebeca, Greta, Molly a Carys efo Sisial ar ei glin, wrth y bwrdd patio yn rhannu potel o win. Doedd Thelma byth wedi dod i'r golwg ar ôl iddi ddiflannu'n ddisymwth am y gawod.

'Ma fe'n hollol secsist a *stereotypical*,' datganodd Sumara. 'Ond 'na fe, gad iddyn nhw a gawn ninne iste fan hyn yn eu gwylio nhw ac yfed gwin. Iechyd da, ferched!' meddai hi wedyn gan godi ei gwydr.

'Iechyd da!' meddai'r lleill gan godi eu gwydrau hwythau'n llawen a chwerthin.

'Dwi'n meddwl bod o rwbath i neud efo chwarae efo tân,' meddai Greta'n ddwys. 'Ma dynion wrth eu boddau yn chwarae efo tân a chynnau tân, dydyn.'

'Hei, pwy sy'n cyffredinoli rŵan, 'ta?' meddai Gethin yn ysgafn.

'Ma lot o sefyll o gwmpas hefyd, d'oes, sy'n rhoi'r argraff eu bod nhw'n brysur tra bo ni'r merched yn gneud pob dim arall,' ategodd Molly.

'Beth chi'n feddwl, gneud pob peth arall?' gofynnodd John Gareth yn ysgafn.

'Paratoi'r salads, a gweddill y bwyd, gosod y ford, yna clirio'r ford a chlirio'r platie, llwytho'r peiriant golchi llestri, ac yn y blân ac yn y blân,' rhestrodd Rebeca ar ei llaw. 'Yr unig beth y'ch chi ddynion yn neud yw sefyll o gwmpas a fflipo cwpwl o fyrgyrs.'

'Ydi bwyd yn barod bellach?' Roedd Thelma wedi ymddangos o rywle. Roedd croen ei thin hi yn amlwg ar ei thalcen.

'Ddim yn hir nawr,' atebodd John Gareth yn rhoi mwy o sosejys ar y gril.

'Gofala fod y tu mewn wedi cwcio'n iawn, neu gwenwyn bwyd gawn ni gyd,' rhythodd Thelma'n ddirmygus i gyfeiriad y barbeciw. 'Dyna ydi'r drwg efo rhyw hen farbeciw diawl, y bwyd yn amrwd tu mewn ac wedi cremctio ar y tu allan.'

'Be gymerwch chi i yfed, Mam?' gofynnodd Carys ar ôl rhoi ochenaid fach o ryddhad. Diolch i Dduw, roedd ei mam yn fwy o hi ei hun unwaith eto. Roedd hi wedi hen arfer efo'i thafod rasel, y cwyno a'r gweld bai, ond roedd Thelma oedd ddim yn dweud bw na be yn anathema llwyr iddi. Doedd apathi ddim yn natur ei mam o gwbl ac yn beth diarth iawn. Beth bynnag oedd wedi ei hypsetio hi'n gynharach roedd hi i weld drosto fo erbyn hyn, diolch i'r mawredd. 'Ma 'na lemonêd neu *coke*.'

'Oes 'na win ar ôl yn y botel 'na?' amneidiodd Thelma i gyfeiriad y botel ar y bwrdd.

'Gwin? Ond dach chi ddim yn licio gwin. Mi ydach chi'n cael dŵr poeth ar ei ôl o, meddach chi,' meddai Carys yn syn.

'Wel, dwi ffansi peth heno.'

Edrychodd John Gareth a Carys ar ei gilydd mewn syndod wrth i Thelma dywallt gwydriad mawr o win coch iddi hi ei hun gan adael y botel yn wag. Fel arfer doedd dda gen ei mam unrhyw fath o win, yn enwedig gwin coch.

'Stedi on, Nain!' ebychodd Siôn wrth weld ei nain yn ei yfed ar ei dalcen. 'Dim lemonêd ydi o.'

'Oes 'na fwy?' gofynnodd gan estyn ei gwydr am ragor.

Edrychodd pawb ar ei gilydd yn fud.

'A' i nôl potel arall, 'te,' meddai Sumara gan godi i fynd i'r gegin. 'Lwcus bod ni wedi dod â dwy botel.'

Diolch i'r cogydd a'i ddau *sous chef*, cafwyd barbeciw gwerth chweil. Er gwaethaf amheuon Thelma roedd y sosejys a'r byrgyrs wedi eu coginio'n berffaith. Cafwyd llond bol a phawb yn canmol. Bodlonwyd Greta efo pasta a salad.

'Reit, Sisial, amser gwely, dwi'n meddwl,' meddai ar ôl i bawb gael amser i dreulio eu swper. Gwnaeth ystum i godi.

Am newid, protestiodd y fechan ddim. Roedd y beth fach wedi ymlâdd ac yn hen barod am ei gwely. 'Dwi isio Taid i fynd â fi a darllen stori i fi,' mynnodd gan afael yn llaw John Gareth. Roedd hi'n amlwg fod y ddau wedi dod yn dipyn o lawia yn ystod y gwyliau.

'Un stori, 'te, Sisial,' rhybuddiodd Siôn. 'Neu yna fyddi di,' medda fo wrth ei dad. Mwy nag un noson roedd Siôn wedi ffeindio ei hun yn darllen sawl stori, oherwydd dawn perswâd ei ferch fach, ac efo'r holi di-baid a'r torri ar draws, byddai awran go dda yn hedfan heibio.

Llenwodd calon Carys wrth wylio John Gareth yn cario ei wyres fach ar ei gefn i fynd â hi i'w gwely. Cofiai'n dda y tro cyntaf i'r ddau gwrdd â'i gilydd, noson y briodas na fu yn Sorrento. Roedd John Gareth wedi dod draw i'w gwesty i holi sut oedd Thelma erbyn hynny, ar ôl i honno gael syn strôc a llewygu yn y clwysty. Roedd Sisial wedi gofyn pwy oedd y dyn dieithr yma a pham oedd o'n siarad yn chwithig. Roedd yntau wedi mynd ar ei gwrcwd a chyflwyno ei hun iddi gan ddweud, 'Fi yw dy dad-cu di, neu "taid" fel ti'n weud.' Cofiai'r llaw fach yn derbyn y llaw gadarn, a'r lwmp a ddaeth i'w gwddf wrth weld y ddau efo'i gilydd. Daeth yr un teimlad yn union yn ôl iddi wrth weld John Gareth yn camu i mewn i'r fila a'r pen bach â'r gwallt modrwyog melyn yn pwyso ar ei ysgwydd.

Cliriwyd y bwrdd a rhoddwyd y llestri budur i'w golchi yn y peiriant. Gwagiodd Carys y dillad o'r peiriant golchi a chynigiodd Molly ei helpu i'w hongian nhw ar y lein. Gwerthfawrogai Carys y cynnig. Rhwng popeth oedd wedi digwydd, doedd y ddwy ddim wedi cael llawer o gyfle i ddod i adnabod ei gilydd.

'Ddrwg iawn gen i am y briodas,' meddai Molly wrth i'r ddwy begio'r dillad ar y lein.

'Diolch i ti,' atebodd Carys yn glên. 'Dwi'n teimlo'n ofnadwy dy fod ti a Gethin wedi hedfan hanner ffordd rownd y byd i ddim byd.'

'Di o'm ots am hynny, siŵr. O leiaf 'dan ni wedi cael treulio amser efo'n gilydd a dwi'nna wedi cael cyfle i gyfarfod pawb er gwaetha'r amgylchiadau,' cysurodd Molly wedyn.

'Ma hynny'n wir.'

'Be wnewch chi rŵan? Aildrefnu i briodi yma eto?'

Rhoddodd Carys ochenaid fach. 'Wn i ddim. Dwi ddim yn siŵr os ydw i wedi digio efo'r ynys 'ma ac os ydw i rili isio dŵad yn fy ôl eto ar ôl be sydd wedi digwydd, yn enwedig i briodi.'

'Be wnaeth i chi ddewis priodi 'ma yn y lle cynta?' holodd Molly, yn chwilota am yr hosan oedd yn matsio'r llall yn y fasged. Fel ymhob golch roedd yna un hosan golledig.

'Ar yr ynys yma wnaeth John Gareth a finnau gyfarfod ac oedden ni'n meddwl y bydda fo'n rhamantaidd priodi yma,' esboniodd Carys. 'Dwy ar bymtheg o'n i, newydd orffen fy arholiadau ac ar fy ngwyliau tramor am y tro cynta. Tair ohonon ni. Un diwrnod mi wnaethon ni gyfarfod John Gareth a'i ffrindiau. I dorri stori hir yn fyr, mi gawson ni *holiday romance*. Mi addawodd o fy ffonio i ar ôl i ni gyrraedd adra ond glywes i ddim byd ganddo fo. Buan iawn ar ôl i mi ddod adra mi ffeindies i mod i'n dishgwl.'

'Efo Siôn,' ategodd Molly. 'Mae Gethin wedi deud ychydig o'r hanes wrtha i. Ma siŵr eich bod chi wedi cael sioc ofnadwy ei weld o yn Sorrento ar ôl yr holl flynyddoedd.'

'Sioc, ddeudest ti? O'n i'n methu coelio'r peth. Na methu coelio mai y fo oedd tad Rebeca o bawb.'

'Dwi'n meddwl ei fod o'n lyfli eich bod chi'ch dau wedi cael hyd i'ch gilydd eto ar ôl yr holl flynyddoedd. Tasa Gethin a Rebeca ddim i fod i briodi, fysa fo ddim wedi digwydd, na fysa.'

'Na fysa,' cytunodd Carys.

'Ac er na wnaethon nhw ill dau briodi, mi wnaethoch chi'ch dau gyfarfod eich gilydd eto, 'do. Ma Nain fi wastad yn deud, "allan o bob drwg ma 'na rhyw dda yn dod", neu rwbath felly. Mae'n rhyfedd fel ma pethau'n gweithio allan, dydyn.'

'Mae o'n rhyfedd,' gwenodd Carys. Mwy a mwy o amser roedd hi'n ei dreulio efo Molly, mwy a mwy roedd hi'n licio'r ferch. Roedd hi'n hogan gall a'i thraed ar y ddaear. Roedd hi a Gethin i'w gweld yn siwtio ei gilydd i'r dim. Cododd y fasged olchi wag. Rhwng y ddwy ohonynt roeddynt wedi gorffen hongian y dillad mewn fawr o dro. 'A sut wyt ti a Gethin yn setlo yn Seland Newydd 'na?' gofynnodd wedyn.

'Grêt, diolch i chi. O'dd Gethin yn sôn eich bod chi a John Gareth yn gobeithio dod draw i'n gweld ni, ella dros Dolig?'

'Dyna 'dan ni'n obeithio. Er, dwi ddim yn edrych ymlaen at yr hedfan chwaith. Yr holl oriau 'na yn teithio.'

'Mae o'n bell,' cytunodd Molly. 'Dyna'r unig ddrwg.'

'Dach chi'n gweld chi'ch dau yn setlo yno?' mentrodd Carys ofyn, sef datgan ei hofn mawr.

'Na dwi ddim yn meddwl,' ysgydwodd Molly ei phen. 'Mae o rhy bell. Er bod bywyd allan yna'n grêt, a chewch chi unlle gwell o ran balans gwaith a bywyd personol, mae o jyst rhy bell oddi wrth teulu a ffrindiau. Ma siŵr y gwnawn ni aros yna am ryw flwyddyn arall, ond dod yn ein holau wnawn ni.'

Ddeudodd Carys ddim byd ond gwenu'n dawel. Roedd clywed hyn yn fêl i'w chlustiau, roedd yn rhyddhad o'r mwyaf iddi. Gwyddai mai job unrhyw fam ydi dysgu ei phlentyn i fod yn annibynnol ac i beidio â bod ei hangen hi bellach. Rhan anoddaf o'r job honno ydi derbyn el bod hi wedi bod yn llwyddiannus.

MAB EI DAD

Yn cau'r drws yn dawel ar stafell wely Siôn, Greta a Sisial oedd John Gareth pan welodd Siôn yn dod i'w gyfarfod ar hyd y landing.

'O'dd y peth bach yn cysgu cyn i mi gyrraedd y dudalen olaf,' medda fo gan wenu.

'Ma'n rhaid ei bod hi wedi blino felly,' atebodd Siôn. Roedd o wedi manteisio ar y ffaith fod ei dad wedi mynd â Sisial i'w gwely ac wedi mynd i fyny'r grisiau ar ei ôl er mwyn cael gair efo fo.

'Mae hi'n gariad fach. Mae hi'n atgoffa fi o Rebeca pan o'dd hi'n fach. O'dd honno hefyd yn gallu fy nhroi i rownd ei bys bach, ac yn dal i neud i raddau, fel ma pob merch gyda'i thad.'

Gwenodd Siôn yn ddyfrllyd a synhwyrodd John Gareth yn gywir fod golwg ar binnau arno.

'Ydi popeth yn iawn, Siôn?' gofynnodd o weld yr olwg boenus ar ei fab.

'Sgin ti funud?' Doedd Siôn ddim yn un oedd yn gallu cuddio ei deimladau'n hawdd. Roedd hi'n amlwg fod ganddo rywbeth ar ei feddwl.

'Wrth gwrs, dere.'

Camodd John Gareth i mewn i stafell wely Carys ac yntau a dilynodd Siôn ef i mewn. Caeodd y drws ar ei ôl.

'Beth sy'n bod?' gofynnodd John Gareth yn bryderus. 'Grynda, os ti'n becso ambytu colli dy dymer ddoe a...'

'Eh?' gofynnodd Siôn yn ddryslyd.

'Sdim rhaid i ti ymddiheuro o gwbl. Wy'n deall. Oedden ni gyd dan straen a…'

'Dwi'n gadael y cwmni,' torrodd Siôn ar ei draws. 'Ma Medwyn yn ymddeol ac wedi cynnig i mi redeg y garej yn ei le fo. Dwi heb ddeud wrtho fo eto be dwi am neud, ond dwi wedi penderfynu derbyn ei gynnig o.'

Tawelwch.

Heb ddweud gair o'i ben eisteddodd John Gareth ar y gwely.

O weld y mudandod o gyfeiriad ei dad, byrlymodd Siôn yn ei flaen gan redeg ei fysedd drwy ei wallt, fel y byddai bob amser pan fyddai wedi cynhyrfu.

'Dwi'n sori os dwi'n dy adael di lawr, a dwi rili yn ddiolchgar i chdi am y cyfle a phob dim. A dwi'n gwybod bod Mam wrth ei bodd ein bod ni'n dau'n gweithio efo'n gilydd. Ond… Ond ma'n rhaid i mi neud be sy'n iawn i mi. Dwi ddim yn *property developer* a fyddai byth yn un chwaith. Sgin i ddim diddordeb yn y maes, dwi'm yn cael dim *job satisfaction*, a deud y gwir, dwi ddim yn meddwl mod i'n dda iawn chwaith. Ceir a thrwsio ceir ydi 'mhetha…'

'Siôn… Siôn, ma'n olréit. Cwla lawr,' meddai John Gareth gan geisio ei dawelu. 'Ishte wir, neu ar y rât 'ma fyddi di wedi neud twll yn y carped.'

Ufuddhaodd Siôn ac aeth i eistedd i lawr wrth ochr ei dad.

'Dwi'n gwybod dy fod ti'n siomedig, ond ma hwn yn uffar o gyfle, ella fydd 'na gyfle i mi brynu'r garej rhyw ddiwrnod,' ychwanegodd.

'Wy'n deall, Siôn,' meddai John Gareth yn gysurlon.

'Mi wyt ti?' gofynnodd Siôn yn syn. Dim dyma'r ymateb roedd yn disgwyl ei gael o gwbl. I'r gwrthwyneb os rhywbeth.

'Wy wedi bod 'na fy hunan.'

'Be ti'n feddwl?'

'Fues i yn yr un sefyllfa, neu sefyllfa debyg. Twrne o'dd fy nhad, ac ers pan o'n i'n grwtyn roedd disgwyl y bydde finne'n mynd yn gyfreithiwr a dilyn ôl ei droed a gweithio i'r cwmni. Es i i Brifysgol Bryste a graddio yn y Gyfraith, ond yn gwmws fel ti, buan iawn 'nes i sylweddoli bod fy nghalon i ddim yn y maes. O'dd fy nhad a 'mam yn wallgo, yn meddwl mod i'n twlu bant gyrfa a swydd dda 'da prospects. Wrthododd fy nhad siarad 'da fi am wthnose, os nad misoedd. Ond o'n i'n gwbod bo rhaid i fi fod yn onest 'da fi fy hunan a bod neud jobyn o'n i'n ei fwynhau yn bwysicach.'

'Felly est ti i mewn i'r busnes bildio?' gofynnodd Siôn wedi synnu i'w dad ei hun fod drwy brofiad tebyg iddo yntau.

'Ddim yn syth. O'dd 'da fi ddim clem beth o'n i ishe neud. 'Nes i hyfforddi fel dyn tân am gyfnod. Wedyn ar ôl 'nny nes i ddechre prynu, ail-neud a gwerthu tai, ac ma'r gweddill yn hanes, fel ma'n nhw'n weud.'

'Felly ti'n ocê am hyn? Ti ddim yn *pissed off* mod i'n mynd 'nôl i'r garej?' Teimlai Siôn gymaint o ryddhad.

'Pam na 'nei di anfon neges at Medwyn i weud wrtho fe dy fod ti wedi penderfynu derbyn ei gynnig,' awgrymodd John Gareth.

'Rŵan, 'lly?'

'Pam lai?'

Cododd Siôn oddi ar y gwely a chychwyn cerdded allan o'r stafell. Yna stopiodd, trodd yn ei ôl a datgan gan wenu, 'Diolch... Dad.'

Gwenodd John Gareth yn ôl arno. Roedd clywed Siôn yn datgan y gair bach tair llythyren yna yn golygu'r byd iddo. Gwyddai mor anodd oedd hynny iddo. Meddyliodd mor debyg oedd y ddau ohonynt mewn gwirionedd. Yn bersonol, byddai'n well ganddo tasa Siôn yn gweithio efo fo yn y busnes. Roedd wedi rhagweld y byddai Siôn yn cymryd yr awenau ganddo a rhedeg cwmni JG James Properties rhyw ddiwrnod, yn union fel roedd ei dad yntau wedi gobeithio y byddai o'n bartner maes o law yng nghwmni Protheroe & James Solicitors. Roedd hyd yn oed wedi ystyried newid enw'r cwmni i JG James & Son. Ond gwyddai hefyd o brofiad bod rhaid i bawb ddilyn ei lwybr ei hun.

STAR CROSD LYFYRS

FEL ROEDD HI'N gwawrio'r bore canlynol, deffrodd a chododd Gethin a Molly'n blygeiniol. Ro'n nhw wedi penderfynu mynd i redeg cyn i'r gwres godi. Wrthi'n dod i lawr y grisiau oedd y ddau pan glywsant sŵn yn dod o gyfeiriad y gegin. Rhewon nhw yn y fan. Edrychon nhw ar ei gilydd, y ddau'n meddwl yn union yr un peth. Roedd rhywun wedi torri i mewn i'r fila.

Beth oedd rhywun i fod i'w wneud yn y fath sefyllfa, meddyliodd Gethin? Pan roedd rhywbeth fel hyn yn digwydd mewn ffilm, byddai'r person yn estyn am ornament, neu beth bynnag oedd o fewn cyrraedd, ac yn taro'r lleidr ar ei ben. Edrychodd Gethin o'i gwmpas yn wyllt. Llygadodd fas fawr wen, seramig ar y bwrdd yn y cyntedd. Am eiliad wyllt ystyriodd daro'r lleidr ar ei ben efo honno, ond ailfeddyliodd y cynllun hwnnw. Be tasai o'n ei ladd o? Yn ail, be tasai gan y lleidr arf? Ac yn drydydd, roedd o'n amau'n gry bod y fas yn un drom ac wedi costio ceiniog a dima. Y peth gorau i'w wneud o dan yr amgylchiadau oedd ei gwadnu hi yn ôl i fyny'r grisiau i gael bac-yp a ffonio'r heddlu.

Gwnaeth arwydd ar Molly i fynd yn ei hôl i fyny'r grisiau'n dawel, nodiodd hithau ei phen a chodi ei bawd. Yna, fel roedd y ddau ar gychwyn, clywyd sŵn gwydr yn malu'n deilchion ar y teils marmor yn y gegin. Neidiodd Molly ac yntau a'u calon yn eu gyddfau.

'Shit,' datganodd lais yn ddagreuol.

Edrychodd y ddau ar ei gilydd gan roi ochenaid o ryddhad o glywed y llais cyfarwydd. Rhuthron nhw drwodd i'r gegin a rhoddodd Gethin y switsh golau ymlaen.

'Dach chi'n iawn, Nain?' gofynnodd yn llawn consŷrn wrth weld darnau o wydr ar y llawr. Safai Thelma ynghanol y gegin, yn ffigwr bach pathetig yn ei gŵn nos.

'Nath o jyst llithro o'm llaw i,' meddai'n dawel.

Sylwodd y ddau fod ôl crio arni.

'Hitiwch befo, dach chi wedi brifo?' Aeth Gethin ati gan afael yn ei llaw i gael golwg arni rhag ofn ei bod wedi cael anaf.

'Paid â ffysian wir,' meddai'n bigog gan dynnu ei llaw oddi wrtho'n wyllt. 'Dwi'n iawn. Lle ga i frwsh a *dustpan* i glirio'r llanast 'ma, dwa?'

'Ylwch, cerwch chi yn ôl i'ch gwely, mi wnawn ni hynny,' awgrymodd Gethin a dechrau agor y cypyrddau i chwilota am frwsh a phan.

Ni chafwyd ymateb gan Thelma. Daliai i sefyll yno'n syllu ar y llanast. Edrychodd Gethin a Molly ar ei gilydd, doedd Thelma ddim yn hi ei hun o gwbl. Welod Gethin erioed ei nain yn ypsét fel hyn o'r blaen.

'Newydd droi chwech ma hi,' meddai Molly. 'Pam dach chi ar eich traed mor fuan?'

'Ddeffrais i tua phump efo andros o gur yn fy mhen. 'Nes i drio mynd yn ôl i gysgu am sbel, ond yn y diwedd dyma fi'n penderfynu codi i nôl gwydriad o ddŵr,' ochneidiodd Thelma'n flinedig.

'Sdim rhyfedd fod ganddoch chi gur yn eich pen a chithau wedi yfed dau wydriad o win coch neithiwr. A rheini yn ddau wydriad mawr, ar ben hynny,' atebodd Gethin oedd wedi cael hyd i frwsh a *dustpan* ac yn brwsio'r darnau gwydr oddi ar y llawr.

'Dewch i ista ac yfwch hwn,' meddai Molly'n garedig wrth Thelma gan osod gwydriad o ddŵr ar y bar brecwast. *Dehydrated* ydach chi, beryg.'

'Diolch, 'mechan i.' Am unwaith ufuddhaodd Thelma ac aeth i eistedd a chymryd sip o'r dŵr. 'Pam dach chi'ch dau wedi codi cyn cŵn Caer beth bynnag?'

'Am fynd i redeg ydan ni cyn iddi fynd rhy boeth.'

Ni chafwyd unrhyw sylw o enau Thelma. Fel arfer byddai'n siŵr o wneud rhyw sylw dilornus. Yn hytrach sipiai ei dŵr yn araf.

'Dach chi'n siŵr bo chi'n iawn, Nain,' gofynnodd Gethin yn bryderus.

'Yndw, tad,' atebodd yn amddiffynnol.

Edrychodd Molly a Gethin ar ei gilydd, y ddau'n meddwl yr un peth. Mae'n rhaid bod straen y trip a'r holl helynt wedi effeithio ar Thelma yn fwy nag oedd pawb wedi sylweddoli.

Gwnaeth Gethin siâp ceg ar Molly heb i'w nain weld. 'Dos di, ddo' i ar dy ôl di wedyn.'

Nodiodd Molly'n gytûn.

'Fasach chi'n licio panad?' gofynnodd Gethin.

'Ia, mi gymra i banad, diolch.'

'Mi arhosa i i neud panad i Nain ac mi ddo' i ar dy ôl di wedyn, Molly,' meddai Gethin.

'Ia, iawn, dim problem. Wela i chi wedyn, 'ta,' meddai honno gan roi cusan ar foch Gethin cyn diflannu drwy'r drws.

Gwnaeth Gethin baned i'r ddau.

'Oedden ni'n meddwl yn siŵr mai byrgler oeddech chi pan glywson ni'r sŵn yn dod o'r gegin,' meddai'n ysgafn. 'Ca'l a chael oedd hi na fasach chi wedi cael fas ar eich pen.'

'O'n i'n methu ca'l hyd i wydr na mŵg na dim yma. A phan ffeindish i nhw yn y diwedd oedd y cwpwrdd rhy uchel i mi eu cyrraedd nhw. O'n i'n cael trafferth i estyn am un ac mi ddisgynnodd ar y llawr.'

'Ma'r cypyrddau yn uchel braidd,' cytunodd Gethin gan roi dwy baned ar y bar brecwast a mynd i eistedd wrth ochr ei nain.

Yfodd y ddau eu te mewn tawelwch.

'Dach chi'n siŵr eich bod chi'n iawn, Nain?' mentrodd Gethin ofyn ymhen sbel.

'Yndw siŵr iawn. Pam ti'n gofyn?'

'Gweld chi'n ddistaw iawn a ddim yn eich hwylia.' Doedd o ddim am fentro sôn wrthi ei fod wedi sylwi ar yr hoel crio ar ei hwyneb yn gynharach.

'Be haru ti a dy fam?' brathodd Thelma. 'Sgin i ddim hawl i fod yn ddistaw neu rwbath?'

'Ond dydi o ddim fel chi, nacdi. Dach chi ddim yn sâl, nac dach?'

'Nacdw, dwi ddim yn sâl.'

'Be sy, 'ta? Ydi'r trip 'ma wedi bod yn ormod i chi? Gorfod gadael y gwesty ac wedyn aros yn yr ysgol 'na?'

'Duwcs, nac ydi siŵr. O'dd o'n dipyn o *thrill* a deud y gwir.'

'Ond ma 'na rwbath yn bod. Ma 'na rwbath ar eich meddwl chi, does?' pwysodd Gethin drachefn.

Ochneidiodd Thelma yn ddofn. Ystyriodd yn ddwys oedd hi am ddadlennu'r hyn oedd ar ei meddwl neu beidio wrth ei hŵyr. Weithiau roedd bwrw eich bol yn helpu.

'Ti'n cofio fi'n sôn wrtha chdi am yr hen gariad 'na o'dd gin i, hwnnw nath fy sbwcio fi?'

'Eh? Eich sbwcio chi?' gofynnodd Gethin yn ddryslyd. Yna gwariodd arno beth roedd ei nain yn trio ei ddweud. 'O, eich gôstio chi dach chi'n feddwl.'

'Ia, hynny.'

'Be amdano fo?'

'Mi welais o. Yn yr ysgol 'na.'

'Na! No we! Ma o ar ei wyliau yma hefyd?' ebychodd Gethin yn gegrwth. 'Fuoch chi'n siarad efo fo?'

Nodiodd Thelma.

'Be o'dd ganddo fo i ddeud?'

'O lot fawr, dallta. Mi ges i wybod lot ganddo fo. A lot fawr am fy mam a 'nhad hefyd.'

Distewodd Thelma a chymerodd sip o'i phaned yn feddylgar.

'Dewch laen, 'ta. Deudwch fwy,' anogodd Gethin, ei glustiau ar dân.

Rhoddodd Thelma ei mẁg i lawr ar y bar brecwast ac ochneidio'n ddwfn. 'Dwi wedi bod yn meddwl ar hyd y blynyddoedd fod o jyst wedi ei gluo hi, y fo a'i deulu, heb ddeud wrtha i. Ond erbyn dallt, cyn iddo orfod gadael mi alwodd acw i ddeud i le oedd o'n mynd a pham. O'n i ddim adra ond mi ofynnodd i fy mam basio'r neges ymlaen a rhoi llythyr efo'i gyfeiriad newydd yn Lerpwl i mi hefyd. Ond soniodd Mam ddim gair wrtha i ei fod o wedi bod acw a ches i ddim mo'i gyfeiriad o na'r ddau lythyr sgwennodd o.'

'Ond pam?' gofynnodd Gethin yn syn.

'O'dd fy mam a 'nhad yn ei gasáu o â chas perffaith. Oedden nhw'n meddwl bod o ddim yn ddigon da. Ha! Tasan nhw ond yn gwbod ei fod o 'di landio yn rhedeg busnes llwyddiannus tua Lerpwl 'na.'

'Ella mai deud clwydda o'dd o, 'chi,' meddai Gethin ymhen sbel yn trio cysuro ei nain.

'Eh?' Trodd Thelma ei phen ac edrych arno'n syn.

'Ella mai deud celwyddau o'dd o. Ella doedd o ddim wedi galw na sgwennu nodyn chwaith.'

'Pam fysa fo'n deud celwydda?' gofynnodd Thelma ddim yn credu am eiliad bod Ellis wedi taflu llwch i'w llygaid. 'Doedd o ddim y teip beth bynnag. Taset ti wedi gweld ei wyneb o pan ddeudais i wrtho fo nad o'n i'n gwybod dim, ac na ches i ddim mo'i gyfeiriad, oedd o wedi dychryn. O'dd o wedi cymryd nad o'n i isio dim byd mwy i neud efo fo ar ôl iddo adael.'

'Sôn am star crosd lyfyrs,' ebychodd Gethin gan ysgwyd ei ben. 'Ma hynna mor drist, Nain.'

'Tasa fy mam a 'nhad heb fusnesu. Fedra i ddim maddau, yn enwedig i fy mam, am neud be nath hi. Drysu pethau, dyna be wnaethon nhw.'

'O'dd o braidd yn anfaddeuol,' cytunodd Gethin.

'Braidd ti'n deud!' wfftiodd Thelma. 'Wyddost ti be? O'n i'n methu'n glir â chysgu neithiwr yn meddwl am y peth. Mi fysa petha wedi gallu bod mor wahanol. Mi fysa 'mywyd i wedi gallu bod yn wahanol iawn.'

'Fysach chi'n scowsar, Nain.'

'Mi o'dd 'na fai mawr arnaf fi, ma siŵr, yn gwylltio a phwdu fel gwnes i a pheidio â thrio wedyn yn 'rysgol. Sefyll yn fy ngoleuni fy hun go iawn, dyna be wnes i. A dwi mor flin efo fi fy hun, yli, am wneud hynny.'

'Oeddech chi'n hapus efo Taid, oeddech?'

Oedodd Thelma cyn ateb.

'Oeddwn, am wn i. Ond waeth i mi fod yn onest ddim, fuodd 'na fawr o sbarc rhyngon ni'n dau erioed. Doedd 'na fawr o *get up and go* yn dy daid ma arna i ofn. O'dd o'n berffaith fodlon ei fyd yn gweithio fel saer a chadw mymryn o dyddyn. Dyn ei filltir sgwâr go iawn oedd o. Dwi ddim yn meddwl ei fod o wedi bod ymhellach na Bae Colwyn erioed, a doedd ganddo fo ddim awydd mynd gam ymhellach na hynny chwaith. Dwi'n cofio ni'n cael ein gwadd i fynd i aros at Olwen fy chwaer a'i gŵr ar ôl iddyn nhw symud i fyw i Birkenhead. Ddim dros ei grogi yr âi dy daid yna. Felly fuon ni ddim. A deud y gwir, fuon ni i fawr o unlle ar hyd ein hoes.'

'Pam na fasach chi wedi mynd eich hun, 'ta?' gofynnodd Gethin. 'Doedd 'na ddim byd yn eich stopio chi rhag mynd, nac oedd?'

'A wynebu'r pwdu a'r wyneb hir am ddyddiau wedyn? Doedd o ddim werth y drafferth, dallta. A do'n innau chwaith heb arfer mynd i fawr o unlle ac o'n i lot rhy nerfus yn mynd i lefydd ar fy mhen fy hun. Ma pwy ti'n priodi yn gallu effeithio'n fawr ar sut fywyd gei di, sdi.'

'O, Nain, wyddwn i ddim,' meddai Gethin a rhoi ei law ar ben un rhychiog ei nain yn gysurlon.

'Dwi'n methu peidio â meddwl, yli, y bysa 'mywyd i wedi bod mor wahanol taswn i wedi cael gwybod be ddigwyddodd i Ellis. Doedd o ddim jyst wedi codi ei bac a mynd heb ddeud ta-ta, fel o'n i wedi cael fy arwain i feddwl. Mi oedd o dal isio i ni gadw mewn cysylltiad. Ma siŵr y bysan ni wedi sgwennu yn ôl ac ymlaen at ein gilydd. Fyswn inna wedi cario 'mlaen i weithio'n galed yn yr ysgol, pasio fy ecsams, mynd i'r coleg i drenio fel athrawes ac ella cael joban dysgu wedyn yn Lerpwl neu rwla. Pwy a ŵyr?'

'Ella y basach chi wedi bod yn wraig i berchennog busnes llwyddiannus.'

'Ella, neu ella ddim. Pwy a ŵyr os fysa'r berthynas wedi para. Ella mai dim ond *puppy love* o'dd o, ond o leia fysan ni wedi cael cyfle.'

'Ond meddyliwch,' meddai Gethin yn trio meddwl am yr ochr bositif. 'Tasa hynny wedi digwydd fysen ni i gyd ddim yma wedyn, na fysan. Tasech chi wedi mynd i'r coleg ac i Lerpwl fasach chi ddim wedi priodi Taid, na fasach chi.'

'Wel, na faswn siŵr.'

'Fysa Mam heb gael ei geni, na Siôn na finna.'

'Ma hynny'n wir,' meddai Thelma'n feddylgar.

'A fasan ni gyd ddim yn fyma heddiw. Os ydach chi'n credu mewn ffawd, ella mai fel'na o'dd petha i fod, chi.'

'Chdi a dy ffawd!' wfftiodd ei nain. 'Os mai fel hyn o'dd pethau i fod neu beidio, does 'na ddim byd fedrwn ni ei neud i newid petha nag oes. Fel hyn ma hi a dyna ni.'

'O leia dach chi wedi ca'l *closure* rŵan, do, ar ôl yr holl flynyddoedd.'

'*Closure?* Am be ti'n mwydro, dwa?' ffromodd Thelma.

'Dach chi wedi cael gwybod na wnaeth yr Ellis 'ma eich gôstio chi.'

'Wsti be?' meddai Thelma ar ôl ennyd fach. 'Dwi'n amau y bysa'n well gen i os bysa fo wedi fy ngôstio fi na be ddigwyddodd go iawn. Os rwbath, ma'r gwir yn brifo'n waeth... Paid ti â sôn gair am hyn wrth neb, ti'n dallt? Yn enwedig wrth dy fam, ti'n gaddo?' siarsiodd Thelma.

Nodiodd Gethin ei ben.

'Reit, dwi am fynd yn ôl i 'ngwcly cyn i rywun fy ngweld i'n llyffanta yn fy nghoban yn fyma,' meddai gan godi oddi ar y stôl.

'Trïwch fynd i gysgu am ychydig,' awgrymodd Gethin wedyn.

'Mi wna i... Wyddost ti be?' trodd ei nain ato. 'Dwi'n teimlo rywfaint gwell ar ôl cael bwrw fy mol. Mae o wedi bod yn stwmp ar fy stumog i. Dos dithau i redeg ar ôl yr hogan fach 'na rŵan, hen 'ogan fach iawn ydi Molly. Mi fasa chdi'n gallu gneud lot gwaeth.'

'Os dach chi'n deud, Nain,' gwenodd Gethin. Cofleidiodd Thelma'n dynn.

Yn sydyn clywyd sŵn lleisiau yn dod o fyny grisiau, wedyn sŵn drysau'n agor a chau'n wyllt a sŵn traed yn dod i lawr y grisiau. Edrychodd Thelma a Gethin ar ei gilydd.

'Argol! Be sy'n mynd ymlaen, dwa?' gofynnodd Thelma wrth iddi hi a Gethin gamu i gyfeiriad y cyntedd i weld beth oedd achos yr holl gynnwrf.

Buan iawn cafodd y ddau wybod. Yn cyrraedd gwaelod y grisiau roedd Siôn a Greta, ac yn dynn ar eu sodlau roedd John Gareth a Carys. Roedd golwg boenus ar wynebau'r pedwar, yn enwedig Siôn a Greta.

'Be sy? Be sydd wedi digwydd?' gofynnodd Gethin yn syn.

'Dydi Greta ddim wedi teimlo'r babi'n symud bora 'ma,' meddai Siôn wedi panicio'n lân.

''Dan ni wedi ordro tacsi i fynd â hi i'r ysbyty i jecio os ydi bob dim yn iawn,' ategodd Carys, hithau hefyd yn poeni ei henaid.

Diolch i'r drefn doedd yna ddim llawer o alw am dacsis yr adeg yna o'r bore ac ni fu rhaid iddynt aros yn hir o gwbl. Gwyliodd y pedwar Siôn a Greta'n camu i mewn i'r cerbyd, y pryder yn glir ar wynebau'r ddau. Roedd pawb yn gobeithio'r gore ond yn ofni'r gwaethaf.

Plis, plis bod bob dim yn iawn, gweddïodd Carys wrth wylio'r tacsi'n diflannu i lawr yr allt a heibio'r gornel. Roeddynt wedi bod drwy fwy na digon heb hyn, meddyliodd. Plis, plis fod y babi bach yn olréit.

Yn syth ar ôl i'r tacsi adael aeth Carys i fyny'r grisiau at Sisial oedd yn dal i gysgu'n drwm. Eisteddodd yno efo hi'n gwmni hyd nes iddi ddeffro. Doedd hi ddim am i'r fechan ddeffro a gweld dim golwg o'i mam a'i thad.

Yn naturiol hollol, y peth cyntaf ofynnodd hi oedd lle'r oedd y ddau ac esboniodd Carys, yn reit ddidaro, eu bod nhw wedi mynd i'r ysbyty i weld os oedd bob dim yn iawn efo'r babi. Doedd hi ddim eisiau rhoi achos i Sisial boeni fod yna rywbeth o'i le. Bodlonodd Sisial efo'i hateb.

'Wedi mynd am sgan ma hi, ia?' gofynnodd fel hen wraig.

'Ia, dyna chdi,' gwenodd Carys wrth ei helpu i wisgo.

'Ges i fynd efo Mam un waith. Mi ges i glywed calon y babi a bob dim. Oedd o'n mynd yn ofnadwy o ffast.'

Daeth lwmp i wddf Carys. Gobeithio i'r nefoedd bod y babi'n ocê, meddyliodd. Sut yn y byd mawr yr oedden nhw'n mynd i ddweud wrth Sisial os nad oedd o?

DIM DA MEWN PRIODI DRAMOR

'BLE MA PAWB?' gofynnodd Rebeca'n syn wrth iddi hi a Sumara gamu allan i'r patio ganol bore i fwyta eu brecwast hwyr. Eisteddai Carys, Thelma a John Gareth wrth y bwrdd yn yfed coffi. Roedd y tri ar binnau, yn disgwyl clywed newyddion o'r ysbyty.

Roedd Gethin wedi ffonio Molly'n syth ar ôl i Greta a Siôn adael a rhedodd hithau yn ei hôl ar frys. Ar ôl brecwast roedd y ddau wedi mynd â Sisial fach am dro i fyny'r ffordd i weld y mulod oedd yn pori yn y cae gerllaw.

'Ma Siôn a Greta wedi mynd i'r ysbyty,' meddai John Gareth yn dawel.

'Pam? Beth sy'n bod?' gofynnodd Rebeca wedi dychryn.

'So Greta wedi teimlo'r babi'n symud bore 'ma felly ma'r ddau wedi mynd i jeco a yw popeth yn iawn.'

'O'r mawredd,' meddai Rebeca gan eistedd i lawr.

'Gobeithio bod pob dim yn ocê,' ategodd Sumara wedyn.

'Tasa'r peth bach yn byta'n gall fatha pawb arall fysa hynny'n help,' datganodd Thelma yn ddiflewyn-ar-dafod. 'Dim iws i mi ddeud, ond ma angen iddi fyta bwyd call, cig a ballu, iddi gael maeth, dim rhyw gnau a rhyw geriach felly. Llond bol o lobsgows ma'r hogan isio a fysa hi ddim yr un un.'

'Ma Greta'n gwybod be mae hi'n neud, Mam,' meddai Carys yn biwis. 'Ma hi'n hogan gall ac wedi gneud hyn i gyd o'r blaen efo Sisial. Fuodd 'na ddim problem adeg hynny, naddo. Ma hi'n cymryd llwyth o sypliments a ballu.'

Doedd Carys ddim yn siŵr ai trio argyhoeddi ei mam, 'ta hi ei hun oedd hi drwy ailadrodd geiriau Siôn wrthi pan leisiodd hi ei phryderon am Greta'n feichiog ac yn figan sbel yn ôl.

'A ma siŵr nad ydi'r dyddiau diwetha 'ma wedi bod yn help, naddo. Heb sôn am y gwres.' O, na, doedd Thelma ddim wedi gorffen dweud ei dweud. ''Udish i y bysa'n well tasa hi wedi aros adra, 'do. A deud y gwir, 'sa well tasan ni i gyd wedi aros adra, fysa hyn ddim wedi digwydd wedyn...'

'Be? Dach chi'n deud mai bai John Gareth a fi ydi hyn i gyd?' trodd Carys at ei mam yn flin.

'Wel, tasach chi ddim wedi mynnu gneud lol o briodi dramor...'

Roedd Carys wedi cyrraedd pen ei thennyn. Cododd o'r bwrdd yn wyllt a rhuthro i mewn i'r fila yn ei dagrau. Roedd geiriau ei mam wedi ei brifo i'r byw.

''Na ddigon, Thelma,' meddai John Gareth yn gadarn gan godi ar ei draed a mynd ar ôl ei ddarpar wraig.

Bu distawrwydd chwithig wedyn rhwng Thelma, Rebeca a Sumara hyd nes i Rebeca dorri ar y mudandod a chyhoeddi, 'Wy'n mynd i'r pwll. Ti'n dod, Sumara?'

Cododd y ddwy a gwneud eu ffordd i gyfeiriad y pwll gan adael Thelma'n berwi. Tasa Carys a John Gareth wedi priodi adra fatha pawb call fysa hyn ddim wedi digwydd. Fysa'r briodas heb gael ei chanslo, fysa hi heb gyfarfod Ellis a fysa Greta fach adra. Na, doedd 'na ddim da mewn priodi dramor, roedd hynny'n bendant!

'Ti'n ocê, bach?' gofynnodd John Gareth gan roi ei ben rownd y drws. Roedd wedi cael hyd i Carys yn eu stafell wely yn torri ei chalon.

'Os ddigwyddith rwbath i'r babi bach na, fedra i ddim byw

efo fi fy hun,' meddai drwy ei dagrau. 'Ma Mam yn iawn. Tasan ni ddim wedi dod i'r ynys felltith 'ma i briodi, mi fysa bob dim yn iawn. Mi fysa chdi a fi wedi priodi bellach a mi fysa bob dim yn iawn efo'r babi.'

'Grynda, falle y bydden ni'n dau wedi priodi ond so ni'n gwbod am y babi,' rhesymodd John Gareth. 'Fydde'r un peth yn gwmws wedi gallu digwydd gitre, yn anffodus.'

'Sut ti'n gwybod? Dydi'r straen o gael ein efaciwêtio o'n gwesty a gorfod cysgu ar lawr mewn ysgol ddim wedi helpu pethau, nac ydi?' meddai Carys wedyn. Rhoddodd ochenaid ddofn. 'Dwi'n teimlo mor euog am lusgo pawb yr holl ffordd yma, ac i be? I beryglu'n bywydau ni gyd a rŵan hyn... Wna i byth faddau i mi fy hun os neith Greta golli'r babi,' meddai Carys gan feichio crio yn ei freichiau.

''Na ti, bach, 'na ti....'

Gwyddai na allai ddweud na gwneud fawr ddim i'w chysuro. A dweud y gwir, teimlai yntau rywfaint o euogrwydd hefyd ond ddim i'r un graddau â Carys. Ei syniad o yn wreiddiol oedd i'r ddau briodi yn Rhodes. Roedd o wedi meddwl y byddai'n sbort mynd yn ôl yno, ond sbort oedd y peth olaf roedden nhw wedi ei gael. Yr eironi mawr hefyd oedd tasan nhw wedi glynu at eu cynllun gwreiddiol o briodi yn Faliraki, yn hytrach na gwironi ar ryw eglwys fechan yn Lindos, byddai popeth wedi bod yn iawn. Doedd gogledd yr ynys heb gael ei effeithio o gwbl gan y tanau.

Canodd mobeil Carys.

Gwahanodd y ddau, ac edrych i fyw llygaid ei gilydd. Gwyddent pwy oedd yn ffonio heb orfod edrych ar y sgrin. Gan lyncu ei phoer cythrodd Carys i ateb galwad Siôn.

MAE HI'N LYFLI I MEWN 'MA!

'Siôn?'

Rhoddodd Carys y ffôn ar *speaker* fel bod John Gareth yn gallu clywed hefyd. Gwasgai Carys ei law yn dynn wrth ddal y ffôn yn y llaw arall. Ofnai beth roedd Siôn yn mynd i'w ddweud wrthynt.

'Ma bob dim yn iawn. Ma'r babi'n iawn,' gwaeddodd hwnnw'n falch.

'O, diolch i Dduw,' ochneidiodd Carys gyda rhyddhad.

'Mi oedd y sgan yn dangos bod y babi'n ocê. Mi glywson ni'r galon yn curo'n gry a bob dim,' byrlymodd Siôn. ''Dan ni'n disgwyl am dacsi i ddod â ni yn ein holau. 'Dan ni am stopio yn yr archfarchnad ar y ffordd i nôl ychydig o betha figan i Greta. Ydi Sisial yn ocê?' gofynnodd wedyn.

'Yndi, tad, ma hi'n tsiampion,' sicrhaodd Carys. 'Ma Gethin a Molly wedi mynd â hi am dro bach.'

'Grêt. Reit, well i mi fynd, ma'r tacsi newydd gyrraedd. Welwn ni chi wedyn, ocê? Ta-ra.'

'Ta-ra. Cofia ni at Greta.'

Trodd Carys at John Gareth. 'O, diolch i Dduw, diolch, diolch,' meddai â dagrau'n cronni yn ei llygaid. Dagrau o lawenydd y tro hwn. Cofleidiodd y ddau'n dynn.

Rhyddhad o'r mwyaf oedd clywed curiad calon cryf ar y sgrin yn yr ysbyty. Roedd Siôn a Greta wedi ofni'r gwaethaf. Esboniodd y meddyg wrthynt fod symudiadau babi yn y groth yn gallu lleihau ambell waith, pan nad oes gan y babi fawr o egni os nad ydi'r fam wedi bwyta ers sbel. Roedd hynny'n wir yn achos Greta wrth gwrs. Tra oedden nhw'n yr ysgol bu'n byw ar ffrwythau a bisgedi, a wnaeth hi ddim cyffwrdd â'r byrgyrs a'r sosejys yn y barbeciw'r noson cynt. Roedd rhaid iddi fodloni ar salad, pasta ac ychydig o fara. Yn anffodus, doedd Rebeca a Sumara ddim wedi meddwl am chwilota yn y siop am rywbeth figan ar ei chyfer. Gofynnodd y meddyg hefyd os oedd hi wedi bod o dan unrhyw straen yn ddiweddar ac esboniodd Siôn eu bod nhw wedi gorfod gadael eu gwesty oherwydd y tanau ac wedi bod yn cysgu ar lawr neuadd ysgol am ddeuddydd. Ar ôl clywed hynny, datganodd y meddyg bod dim rhyfedd felly fod y babi wedi bod yn dawel. Cynghorodd Greta i gael llond bol o fwyd maethlon ac i yfed digon o ddŵr. Fyddai o ddim yn ddrwg o beth iddi gymryd darn bach o rywbeth melys chwaith, fel darn o siocled i godi lefel y siwgr. Ar yr union eiliad honno, fel petai'r babi'n cytuno, fe deimlodd Greta gic fechan gref.

Cafodd y ddau groeso arbennig ar ôl iddynt gyrraedd yn eu holau, pawb mor falch fod y babi'n iawn. Ar ôl llond bol o ginio cafwyd pnawn diog o ymlacio a mwynhau yn y pwll. Penderfynodd Carys fynd i wneud mymryn mwy o olchi. Roedd hi wedi dotio ar gael peiriant golchi. Golygai hynny na fyddai'n rhaid iddi wynebu llond cês o ddillad budur ar ôl cyrraedd adref. Yr unig beth fyddai angen iddi ei wneud fyddai dadbacio llond cês o ddillad glân a'u cadw yn syth yn y drôr. Aeth i fyny'r grisiau i'w stafell i nôl y dillad oedd angen eu golchi. Waeth iddi hefyd ddechrau pacio, meddyliodd.

Agorodd Carys ddrysau'r wardrob led y pen lle hongiai crysau John Gareth a'i ffrogiau hithau. Yn hongian yno hefyd, dal yn ei bag, roedd ei ffrog briodas. Agorodd y sip yn araf ofalus a bodio'r defnydd siffon. Byddai wedi bod mor berffaith ar gyfer priodas Roegaidd yn yr heulwen. Roedd Carys wedi edrych ymlaen cymaint i briodi John Gareth yn yr eglwys fechan wyngalchog honno ym mae Sant Paul. Doedd y ffrog ddim yn addas o gwbl ar gyfer priodas yng Nghymru, byddai wedi fferru ynddi! Doedd dim amdani ond ei gwerthu hi ar ôl iddi gyrraedd adref. Roedd digon o dudalennau prynu a gwerthu dillad ar Facebook ac ati, meddyliodd yn drist. Ella y byddai rhywun yn fwy ffodus na hi yn cael cyfle i'w gwisgo.

'Carys, wyt ti wedi gweld fy *charger* ffôn i?'

Clywodd sŵn camau traed John Gareth ar y landing yn agosáu. Caeodd sip y bag a chau drws y wardrob ar frys.

'Wyt ti 'di gweld fy *charger* ffôn i'n rhywle? Wy'n ffaelu'n lân â ffeindio fe,' medda fo gan gerdded i mewn.

'Ar y bwrdd bach gwydr yn y lolfa welais i o ddiwetha,' atebodd hithau gan wneud sioe fawr o agor y wardrob ac estyn y bag londri o'i waelod.

'Be ti'n neud lan fan hyn?' gofynnodd.

'Meddwl 'swn i'n gneud ychydig mwy o olch cyn i ni fynd adra.'

'Ti a dy olchi! Gad y blincin golch. Dere mas i joio'r heulwen. Ma hi'n pistyllo'r glaw gitre, yn ôl yr *app* tywydd. Ma Siôn, Gethin a Molly yn yr *hot tub* a 'nei di byth ddyfalu pwy sydd newydd ymuno 'da nhw,' chwarddodd John Gareth.

'Pwy?'

'Dy fam.'

'Paid â'u malu nhw!'

'Wir i ti. Dere i weld…'

Roedd hyn werth ei weld, meddyliodd Carys mewn anghrediniaeth lwyr. Thelma o bawb mewn twba poeth!

Pan welodd Thelma Gethin, Molly a Siôn yn camu i mewn

i'r twba roedd hi wedi edrych ar y tri a'r twb yn amheus iawn.

'Ydi'r twb 'na'n lân, 'dwch?' Roedd hi wedi ei ddweud gan droi ei thrwyn yr un pryd. 'Ma rhyw bethau fel'na'n llawn jyrms. Gwyliwch chi rhag ofn i chi ddal rhyw aflwydd, wir.'

'Dewch i mewn aton ni, Nain,' roedd Siôn wedi trio ei pherswadio ac yntau'n ymlacio'n braf yn y dŵr cynnes.

'Dim ffiars o beryg, washi.'

'Ma'r twb poeth i fod yn llesol iawn i'r corff, meddan nhw,' ategodd Gethin wedyn.

'A phwy 'di'r nhw 'ma, 'lly?' gwgodd Thelma dros ei sbectol haul. Roedd hi wedi bod yn trio cael hyd i ryw air yn ei llyfr pos *Wordsearch* ers meitin. Er iddi sbio ar draws, ar letraws, i fyny, i lawr ac yn ôl, roedd hi'n methu'n glir â chael hyd i'r gair coll.

'Ma fe fod yn dda i'r cyhyrau,' eiliodd Molly. 'Ella y bysa fo'n help i'ch clun chi, Thelma.'

'Ti'n deud?' cododd hithau ei threm o'i llyfr. Mi roedd ei chlun wedi bod yn ei phoeni hi'n fwy nag arfer y dyddiau diwethaf yma. Doedd cysgu ar fatras ar lawr am ddwy noson ddim wedi helpu, beryg, er gwaetha'i bod hi'n un newydd.

'Dach chi ddim gwaeth na thrio, Nain. Dewch 'laen,' perswadiodd Gethin wedyn.

Mi roedd Molly'n nyrs wedi'r cwbl, meddyliodd Thelma. Ella ei bod hi'n gwybod am y pethau 'ma. Caeodd ei llyfr *Wordsearch* a'i gadw yn ei bag. Roedd hi wedi diflasu chwilio am y gair *chat* beth bynnag. 'Well i mi fynd i dyrchu am fy *bathing costume* felly, tydi,' meddai gan godi oddi ar ei gwely haul.

'Mam!' ebychodd Carys yn syn pan welodd ei mam yn ymlacio'n braf yn y bybls a Molly'n tynnu *selfie* o'r pedwar.

'Tyrd i mewn, Carys, ma'n lyfli mewn 'ma,' 'wrjiodd Thelma.

'Dwi'n iawn, diolch yn fawr.'

'Paid â bod yn boring, wir.'

'Deudwch chi wrthi, Nain,' meddai Gethin gan chwerthin.

'Ma gen i ddillad isio eu golchi a gwaith pacio.'

'Stwffia'r pacio a'r golchi. Fedri di olchi dillad adra. Fedri di ddim ista mewn *hot tub* adra.'

Am unwaith mi roedd ei mam yn iawn.

'Rhowch ddau funud i mi fynd i newid, 'ta,' meddai gan wenu.

Tra oedd Carys yn newid i'w siwt nofio, manteisiodd John Gareth ar ei habsenoldeb i gael gair efo pawb. Heb yn wybod iddi, mi roedd o wedi ei gweld hi'n syllu'n hiraethus ar ei ffrog briodas ac mi roedd o wedi cael syniad.

Y NOSON OLAF

TREULIODD Y CRIW eu diwrnod olaf llawn ar yr ynys yn ymlacio yn y fila, ar wahân i Rebeca, Sumara, Gethin a Molly a aeth am sgowt o gwmpas Faliraki am ryw awran ar ôl cinio. Er gwaetha moethusrwydd y fila roedd pawb yn edrych ymlaen yn fawr i fynd adref ar ôl yr holl helyntion. Gan ei bod hi'n noson olaf awgrymodd Rebeca eu bod nhw i gyd yn ymweld â hen dref Rhodes. Yn gyfleus iawn roedd hi wedi ffeindio ar y we bod yna fws yn mynd yn syth yno o waelod yr allt. Mi roedd Sumara a hithau wedi bod i'r dref yn gynharach yn yr wythnos ac roedd y lle wedi creu tipyn o argraff ar y ddwy. Awgrymodd Rebeca eu bod yn cael swper yno.

'Fyddech chi'n meindio tase Carys a finne ddim yn dod 'da chi?' gofynnodd John Gareth yn ymddiheurgar. 'Wy 'di trefnu ein bod ni'n dou'n mynd mas am bryd o fwyd heno. Syrpréis i fod... Ond cerwch chi ar bob cyfri.'

Cytunodd pawb arall yn unfrydig ei fod yn syniad ardderchog, ac am newid braf – ac er mawr syndod i Carys – wnaeth hyd yn oed Thelma ddim tynnu'n groes.

'Syniad da rŵan, Rebeca,' dywedodd gan swnio'n cîn iawn. 'Cyfle i ni weld ychydig o'r hen ynys yma. 'Dan ni ddim wedi gweld fawr o ddim byd naddo, heblaw am ein hotel ac wedyn yr hen ysgol 'na.'

Penderfynodd y criw fynd yn reit gynnar er mwyn gwneud yn fawr o'u hamser yno. Profiad od felly oedd i Carys a John Gareth fod ar eu pennau eu hunain yn y fila.

'O't ti ddim moyn mynd 'da'r lleill i'r hen dre heno, nag o't ti?' gofynnodd iddi pan oedd o'n gwisgo amdano ar ôl cael cawod.

'Ddim o gwbl. 'Dan ni ddim wedi cael cyfle i dreulio amser efo'n gilydd, dim ond ni'n dau ers dyddiau,' atebodd hithau.

''Na beth o'n i'n feddwl. 'Na pam wnes i archebu bwrdd i ni heno, jyst ni'n dau.'

'Faint o'r gloch ma'r bwrdd?' gofynnodd pan welodd John Gareth yn edrych ar ei wats.

'Wyth, bydd y tacsi yn nôl ni erbyn hanner awr wedi saith. O'n i'n meddwl y bysen ni'n gallu mynd am wâc fach ar hyd yr harbwr gynta.'

'Rhamantaidd iawn, Mr James,' meddai Carys gan ei gusanu'n ysgafn.

'Wy'n llawn syniadau rhamantus,' atebodd yntau'n awgrymog gan ei chusanu'n ôl.

'Hei, llai o hynna, neu gyrhaeddwn ni byth mo'r tŷ bwyta,' gwenodd Carys gan wthio John Gareth i ffwrdd yn chwareus, er ei bod hi'n cael ei themtio'n fawr i gario mlaen i'w gusanu a mwy. 'Reit 'ta, pa un wna i ei gwisgo heno?' Roedd hi wedi cadw dwy ffrog ar yr hangyr yn y wardrob ar ôl pacio bron popeth arall yn ei chês. 'Y ffrog leilac, 'ta'r un las?' Daliodd y ddwy i fyny o'i blaen.

'Pam na wnei di roi dy ffrog briodas mlân gynta, er mwyn i mi ga'l dy weld ti ynddi,' awgrymodd John Gareth.

'Be?' gofynnodd Carys yn syn.

'Dere mlân. 'Sen i'n lico gweld ti ynddi.'

Pam lai? meddyliodd Carys. Doedd o ddim yn mynd i wneud unrhyw wahaniaeth yn y byd petai John Gareth yn ei gweld hi yn y ffrog neu beidio erbyn hyn. Dim honno fyddai'r gown y byddai hi'n ei gwisgo pan fydden nhw'n priodi bellach.

Gwisgodd Carys y ffrog amdani a gyda help John Gareth caewyd y sip ar y cefn.

'Tro rownd i mi ga'l dy weld ti, 'te.'

Trodd Carys i'w wynebu.

'O, waw, Car... Ti'n edrych yn anhygoel,' meddai'n llawn edmygedd ohoni yn y ffrog wen siffon at ei phen-glin, gyda'i gwddw siâp V a'r strapiau wedi'i haddurno â *beads* bychain.

'Dydi hi ddim yn rhy *low cut*?' gofynnodd Carys, gan gofio sylw beirniadol ei mam pan brynodd hi'r ffrog.

'Ddim o gwbl. O ddifri nawr, Car, ti'n edrych yn amêsing.'

'Wel, mi fyswn i wedi ca'l gneud fy ngwallt a fy ngholur wrth gwrs.'

'Ti'n edrych yn ffantastig fel wyt ti... Hei, wy 'di ca'l syniad, pam na wnei di wisgo hi heno?'

'Be? Y ffrog yma?' gofynnodd Carys gan chwerthin. 'Dydi hi ddim braidd yn ormod, dwa? Mi fydd pobol yn edrych yn od arna i!'

'Ddim o gwbl. Dere mlân, ti ddim yn mynd i ga'l cyfle i'w gwisgo hi eto, wyt ti? Gwisga hi heno... i fi, plis?'

'Duwcs, pam lai,' cytunodd. Waeth iddi ei gwisgo hi ddim, a chan nad oedd hi'n ffrog wen laes, draddodiadol, reit at ei thraed, doedd hi ddim yn hollol amlwg mai ffrog briodas oedd hi.

Cyrhaeddodd y tacsi am hanner awr wedi saith ar ei ben a'u danfon nhw i lawr o'r bryniau uwchben Faliraki i lawr i gyfeiriad y bae.

'O'n i'n meddwl ein bod ni am fynd am dro at yr harbwr?' meddai Carys yn syn pan ollyngodd y tacsi'r ddau ger y traeth.

'Dere,' meddai John Gareth gan anwybyddu ei chwestiwn a chymryd ei llaw. 'Ti'n cofio fan hyn?'

Edrychodd Carys o'i chwmpas. Stopiodd gerdded a sefyll yn stond. Na, doedd bosib? Oedd, mi roedd y lle wedi newid ac wedi datblygu rhywfaint ar ôl yr holl flynyddoedd ond hwn oedd o yn bendant.

'Dim hwn o'dd y traeth?' gofynnodd gan wenu.

'Y feri un. Ar y union draeth yma wnaethon ni'n dau gyfarfod gynta yr holl flynyddoedd 'na'n ôl. Ti'n cofio'r parti fan hyn?'

Cofiai Carys ond yn rhy dda. Roedd hi a'i ffrindiau, Helen a Nia, wedi cael gwahoddiad gan John Gareth a'i ffrindiau yntau i barti ar y traeth. Roedd hi'n amlwg o'r cychwyn cyntaf eu bod nhw'n ffansïo ei gilydd, a thynnodd yr un o'r ddau eu llygaid oddi ar ei gilydd drwy'r nos. Pan newidiodd y gerddoriaeth i smŵj, roedd John Gareth wedi gofyn iddi ddawnsio efo fo. Roedd hi'n dal i gofio'r gân hyd yn oed, sef 'Save a Prayer' gan y band Duran Duran. A phan fyddai'n cael ei chwarae ar y radio hyd heddiw, byddai Carys yn cael ei sgubo'n ôl i'r haf tangnefeddus hwnnw a hithau ond yn ddwy ar bymtheg oed, ar y traeth euraidd yn Rhodes. Roedd y ddau ohonynt law yn llaw wedi encilio oddi wrth weddill y criw a hwrlibwrli'r parti. Roedden nhw wedi cael llonydd tu ôl i graig warcheidiol nobl a thu ôl i'r graig honno, heb unrhyw eiriau, roeddynt wedi dod i adnabod ei gilydd.

A dyna lle'r oedd hi o'u blaenau. Yr union graig honno. Edrychodd John Gareth a Carys ar ei gilydd.

'Dere,' meddai gan gymryd ei llaw. 'Mae'n dawelach ochr arall i'r graig.'

Roedd hi ar fin machlud erbyn hyn ac er bod y traeth wedi gwagio ers sbel roedd yna bobol o gwmpas yn ymdrochi yn y môr o hyd. Pan gyrhaeddodd y ddau ochr arall i'r graig, cafodd Carys sioc ei bywyd.

'Be sy'n mynd ymlaen?' gofynnodd yn gegrwth.

'Falle bo ni heb ga'l priodi'n swyddogol ond sdim byd yn ein rhwystro ni rhag datgan ein cariad at ein gilydd,' atebodd John Gareth wrthi. 'Ac alla i feddwl am unlle gwell i neud hynny nag ar yr union draeth lle wnaethon ni'n dau gwrdd. Sdim rhaid ca'l cofrestrydd, allwn ni sorto'r gwaith papur cyfreithiol ar ôl mynd gitre. Yr unig beth ni angen yw tystion – a dyma nhw...'

Edrychodd Carys ar wynebau llawen Thelma, Siôn, Gethin, Rebeca, Greta, Sisial, Sumara a Molly. Roeddynt i gyd yn disgwyl amdanynt, pawb wedi'u gwisgo'n smart fel tasan nhw mewn priodas. Roedd Thelma yn ei chostiwm *duck egg blue* a Sisial fach yn ei ffrog forwyn briodas.

'Ond dwi'm yn dallt... O'n i'n meddwl eich bod chi gyd wedi mynd i'r hen dref!' ebychodd Carys mewn sioc. 'A'n bod ni'n dau yn mynd am bryd o fwyd.'

'Deud celwydda oedden ni,' meddai Sisial gan neidio i fyny ac i lawr wedi cynhyrfu'n lân. Roedd hi wrth ei bodd bod eu cynllun wedi gweithio a'u bod nhw wedi llwyddo i roi syrpréis go iawn i Nain.

Cyfaddefodd John Gareth ei fod wedi ei gweld hi'n syllu ar ei ffrog briodas y diwrnod cynt a'i fod o wedi cael syniad. Pan soniodd am ei gynllun wrth y gweddill, roedd pawb yn meddwl ei fod yn syniad grêt ac yn hapus iawn i helpu. Felly roeddynt wedi cymryd arnynt eu bod am fynd i hen dref Rhodes y noson honno. Ond mewn gwirionedd roedden nhw wedi mynd yn syth i'r traeth, i baratoi'r safle ac i ddisgwyl amdanynt.

Ar ôl iddi ddod dros y sioc o weld pawb, sylwodd Carys ar y blancedi a'r clustogau oedd wedi eu gosod ar y tywod. Ar y llawr hefyd roedd yna ganhwyllau bychan a lanteri a'u golau'n disgleirio'n rhamantaidd wrth iddi nosi. Sylwodd hefyd fod rhywun, neu rywrai wedi bod yn brysur iawn yn paratoi bwyd a diod ar gyfer yr achlysur. Yn oeri mewn bwcedi rhew roedd poteli o siampên, gwin a diodydd meddal. Roedd yna hefyd fara, cawsiau, salad a danteithion Groegaidd, fel *spanakopita*, sef pei caws a sbigoglys, *dolmades* a dips fel *tzatziki* a hwmws ac olifau.

'Ble dach chi wedi cael yr holl fwyd yma?' gofynnodd Carys mewn rhyfeddod.

'Es i ar y we i chwilio am gwmni arlwyo lleol,' cyfaddefodd Rebeca gan wenu. 'Pan ddeudes i be oedd wedi digwydd, eich bod chi'ch dou wedi gorfod gohirio'ch priodas, a'n bod ni'n awyddus i drefnu parti bach ar eich noson olaf ar yr ynys, mi o'dd y rheolwr yn fwy na hapus i helpu ac i baratoi *buffet* bach, er gwaetha'r ffaith ei fod e'n ofnadw o fyr rybudd.'

'Wyddwn i ddim byd ambytu'r bwyd chwaith!' chwarddodd John Gareth wedi dotio efo'r wledd. 'Diolch o galon i chi.'

Cofleidiodd Carys ac yntau y criw mewn gwerthfawrogiad.

'Oedden ni'n meddwl y bysa hi'n hwyl cael parti ar y traeth hefyd,' meddai Siôn. 'Ond cyn y parti, be am i chi'ch dau briodi?' meddai Siôn gan wneud arwydd dyfynodau efo'i fysedd.

'Ond dydi be sgwennais i lawr ar gyfer y briodas ddim gen i,' meddai Carys yn siomedig.

'O, odi mae e.' Estynnodd John Gareth ddau gerdyn gwyn o boced ei *chinos* golau. Daliodd ei afael ar un a phasio'r llall i Carys. Roedd John Gareth wedi meddwl am bopeth. 'Ti moyn i fi fynd gynta?' gwenodd arni.

Nodiodd Carys ei phen. Doedd hi dal ddim yn siŵr oedd hi'n breuddwydio neu beidio.

Felly, fel roedd yr haul yn machlud, ac i gyfeiliant tonnau'r môr yn llepian yn dawel gerllaw, safodd y ddau o flaen eu teuluoedd i ddatgan eu cariad tuag at ei gilydd ar y traeth. Roedd llygaid Sisial fach wedi eu hoelio ar ei nain a'i thad-cu ac roedd gwên fawr lydan ar ei hwyneb. Roedd hi mor hapus ei bod yn cael gwisgo ei ffrog forwyn briodas o'r diwedd ac yn hapusach fyth eu bod nhw'n priodi.

Cliriodd John Gareth ei wddf cyn cychwyn, 'Carys,' medda fo â rhyw gryndod yn ei lais. Am ryw reswm roedd wedi mynd i deimlo'n reit nerfus mwyaf sydyn. 'Bob tro wy'n drychid arnat ti, wy'n cwympo mewn cariad 'da ti unweth 'to. Dim gormodieth yw gweud taw ti yw fy mywyd. Ti yw'r person mwya caredig, annwyl, goddefgar a chariadus wy erioed wedi cyfarfod. Wy mor ffodus i ga'l treulio gweddill fy mywyd yn dy garu di. Ma hi wedi bod yn dipyn o daith, yn llythrennol ac yn ddamhegol i ni'n dou. Ond ma hi wedi bod werth pob cam. Carys, wy'n dy garu di 'da fy holl galon, corff ac enaid.'

'Tro chdi rŵan, Mam,' meddai Siôn oedd wedi cymryd rôl gweinyddwr y 'seremoni'.

Ceisiodd Carys ymwroli, roedd hi'n llawn emosiwn. Llyncodd ei phoer yn galed a cheisio darllen yr hyn roedd hi wedi'i sgwennu ar y cerdyn.

'John Gareth, fy ffrind, fy nghraig, fy nghariad. Y chdi ydi'r person mwya caredig a rhamantaidd dwi erioed wedi ei gyfarfod. Bob tro dwi'n edrych arnat ti fedra i ddim stopio gwenu, a galla i ddim cofio bellach sut o'dd fy mywyd i hebddot ti. Dwi dal methu credu ein bod ni'n dau wedi ffeindio'n gilydd unwaith eto, ar ôl yr holl flynyddoedd. Dwi'n edrych ymlaen at dreulio gweddill fy mywyd efo chdi, drwy'r amseroedd da a drwg. Dwi'n gwybod y byddwn ni'n gefn i'n gilydd be bynnag ddaw. Chdi ydi fy adra. Caru chdi am byth.'

Doedd 'na ddim deigryn sych ymysg y criw ar ôl yr areithiau. Roedd gan hyd yn oed Thelma ddeigryn bach yn llechu yng nghornel ei llygaid. Er mi fynnodd wedyn mai llwchyn o dywod oedd yn gyfrifol am y lleithder.

'A rŵan mi gewch chi snogio,' datganodd Siôn gan ddarfu ar ramant y foment.

Cyn iddo orffen dweud y geiriau roedd y ddau wedi achub y blaen ac ym mreichiau ei gilydd.

Yna, yng ngolau'r canhwyllau a'r lloer uwchben, eisteddodd y criw bach ar y blancedi a'r clustogau yn mwynha'r wledd ar y traeth.

'Drystia i ddim yr un ohonoch chi eto, y tacla drwg!' meddai Carys yn ysgafn gan sipian ei siampên o gwpan plastig.

'O'dd dy wyneb di'n bictiwr!' meddai Gethin gan wenu ar ei fam.

'Wel, o'n i'n meddwl eich bod chi i gyd yn mwynhau yn yr hen dref, doeddwn.'

'I be 'swn i isio mynd i drampio o gwmpas fanno yn y gwres 'ma, efo 'nghlun i fel mae o?' wfftiodd Thelma gan amneidio ar Gethin i ail-lenwi ei chwpan efo siampên. Roedd blas mwy arno fo.

'Wel, ia, wnes i ddim meddwl am hynny!' chwarddodd Carys.

'Reit, hisht am funud bach, pawb!' cyhoeddodd Siôn. 'Gawn ni godi'n gwydra i Mam a Dad, plis. I Carys a John Gareth!'

'I Carys a John Gareth!' datganodd pawb gan godi eu gwydrau fel un.

'Pob hapusrwydd a hir oes i'r ddau ohonoch chi,' ategodd Thelma. 'Dach chi'n lwcus iawn eich bod chi wedi ffeindio'ch gilydd eto ar ôl yr holl flynyddoedd.'

Ciledrychodd y ddau ar ei gilydd mewn syndod. Doedd

o ddim fel Thelma, o bawb, i ddatgan rhywbeth mor sentimental.

'Argol! Be sydd wedi dod dros, Mam?' sibrydodd Carys wrth John Gareth. 'Faint o siampên ma hi wedi ei gael, dwa?'

'Rho top-yp iddi,' atebodd hwnnw. 'Falle wneith hi weud mwy o bethe caredig ambytu ni'n dou! Gobeithio bo ti ddim yn rhy siomedig bo ni bo ni heb gael noson dim ond i ni'n dau heno,' medda fo wedyn.

'Siomedig? Dim o gwbl,' sicrhaodd Carys gan wenu. 'Ma hyn lot, lot gwell, yn gwbl anhygoel. Wna i ddim anghofio heno tra bydda i byw.' Rhoddodd gusan dyner ar ei foch.

Edrychodd Carys yn werthfawrogol ar ei theulu, pawb yn eu hwyliau yn siarad a thynnu coes.

Olréit, doedd pethau ddim wedi gweithio allan fel y bwriadwyd. Doedd gorfod gadael y gwesty ddim yn brofiad braf o bell ffordd, roedd yn reit ddychrynllyd a dweud y gwir. Ond rhywsut, mi roedd rhannu'r profiad hwnnw wedi dod â nhw fel criw yn agosach at ei gilydd.

Anadlodd Carys yn ddwfn. Roedd hi'n noson gynnes braf, yr awyr yn serennog glir, yn union fel yr oedd hi'r noson honno, yr holl flynyddoedd hynny yn ôl. Er, mi roedd yna sawl llanw a thrai wedi bod ar y traeth ers hynny. Pwy fysa'n meddwl y bysen nhw yn eu holau? Roedd heno wedi bod yn fwy arbennig o lawer na phe bai'r ddau ohonyn nhw wedi priodi yn Lindos fel y trefnwyd yn wreiddiol. Gwasgodd law John Gareth yn dynn a gwenodd. Fel hyn roedd pethau i fod.

HAPI EFYR AFFTYR

'DYMA CHI, O'R diwedd,' ochneidiodd Carys pan welodd ei mam yn dod drwy'r drws a'i gwynt yn ei dwrn. 'Lle dach chi wedi bod?'

'O'dd rhaid i mi bicied allan,' atebodd Thelma yn ddigon di-hid gan bloncio ei handbag ar yr ynys yn y gegin.

'Felly o'n i'n gweld. Dwi wedi bod yn trio a thrio ffonio chi. Y ffôn tŷ a'r mobeil. Lle dach chi 'di bod felly?' holodd Carys.

Cyn i Thelma gael cyfle i ateb daeth John Gareth i mewn drwy ddrws y patio o'r ardd ac yn dynn ar ei sodlau roedd Sisial. 'Pryd 'dan ni'n canu pen-blwydd hapus i Dad-cu a chwythu'r canhwyllau?' gofynnodd honno wedi hen ddiflasu disgwyl.

'Rŵan, gan fod Nain Llan wedi cyrraedd, *o'r diwedd,*' pwysleisiodd Carys gan rowlio ei llygaid.

'O'n ni'n dechre becso amdanoch chi, Thelma,' meddai John Gareth. 'Chi'n olréit?' gofynnodd yn llawn consýrn.

'O, sdim isio chdi boeni dim amdana i, 'ngwas i. Pen-blwydd hapus i ti.' Estynnodd gerdyn o'i bag a'i roi yn ei law. 'O'dd gen i ddim cliw be i ga'l i ti. Be ma rhywun yn ei ga'l yn bresant i ddyn sy'n chwedeg, 'te?'

'Sdim eisie anrheg, wir,' atebodd hwnnw gan agor ei gerdyn pen-blwydd.

'Dyna wnes innau feddwl hefyd,' atebodd ei fam yng nghyfraith gan gamu'n sionc i heulwen yr ardd. Wyth mis yn ôl roedd hi wedi cael triniaeth hirddisgwyliedig ar ei chlun ciami ac mi roedd hi bellach yn mynd o gwmpas fel ebol blwydd.

Edrychodd John Gareth a Carys yn gegrwth. Ysgydwodd y ddau eu pennau. Rêl Thelma!

'Fedri di fynd â'r gwydrau a'r botel siampên allan, plis?' gofynnodd Carys i'w gŵr. Roedd John Gareth a hithau'n briod ers bron i ddwy flynedd bellach. Yn fuan iawn ar ôl i'r ddau ddychwelyd o Rhodes, trefnodd y ddau i briodi yn y swyddfa gofrestru leol un bore heb ddim ffws na ffwdan. Yr unig rai'n bresennol oedd Siôn a Greta fel dau dyst cyfleus. Yn dilyn y seremoni fer aeth y ddau wedyn am dro ar hyd y traeth yn Benllech a chael llond bol o ffish a jips i ginio.

'Gwell o lawer,' oedd ymateb Thelma pan glywodd eu bod nhw newydd briodi. 'Biti ar y diawl na fasach chi wedi meddwl am hynny reit o'r cychwyn cynta un.'

'Duwcs, 'ma hi! Ma'r cwîn 'di cyrraedd,' datganodd Siôn wrth weld ei nain yn dod rownd y gornel, yn fân ac yn fuan. Eisteddai wrth y bwrdd ar y patio yng nghwmni Rebeca a Sumara, y tri wedi eu digoni ar ôl barbeciw gwerth chweil. 'Dewch i ista i fyma. Fydd Greta ddim yn ei hôl am sbel, ma hi wedi mynd â Nico i fyny am ei nap.'

Ganwyd Nico Myfyr yn hogyn bach nobl naw pwys un owns, ac er bod Sisial wedi bod yn daer mai chwaer oedd hi isio, mi roedd hi wedi mopio'n lân efo'i brawd bach a oedd yn cerdded ac ym mhob dim erbyn hyn.

'Ti'n gweld, Nain,' roedd hi wedi cyfaddef wrth Carys, â golwg ddifrifol iawn ar ei hwyneb, ar ôl i'r bychan gael ei eni. 'Fysa fo ddim wedi gweithio cael chwaer fach, sdi... Dwy hogan. Fysa honna wedyn isio petha fatha fi a dwyn petha fi gyd, bysa.' O na, dim ond un cwîn bî fach oedd yng nghartref Siôn a Greta!

Plonciodd Thelma ei phen ôl i lawr ar y gadair wag wrth ochr ei hŵyr. Edrychodd yn ddirmygus ar yr olion barbeciw.

'Chi moyn rhywbeth i'w fwyta, Thelma?' gofynnodd John Gareth a oedd wedi ei ddilyn i'r ardd yn cario llond tre o wydrau siampên a photel o bybli. 'Wy'n siŵr bod 'na rywfaint o fyrgyrs a salad ar ôl.'

'Dim thenciw. Ges i ginio mawr cyn dŵad. Ti'n cadw'n iawn?' gofynnodd wedyn gan amneidio tuag at fol Rebeca. Roedd ei beichiogrwydd yn dechrau dangos erbyn hyn.

Priodwyd Rebeca a Sumara y mis Gorffennaf blaenorol, y briodas fwyaf a welodd Sir Gâr ers tro byd, diolch i drefniadau trylwyr Meira Lloyd Jenkins oedd yn ei helfen fel mam y briodferch. Cafodd dros gant a hanner o westeion wahoddiad yn y dydd, heb sôn am y cant ychwanegol yn y parti nos. Gwahoddwyd llawer iawn o deulu Iestyn, llystad Rebeca, wrth gwrs, ac yn eu mysg, ei nai Jason a fu mor garedig yn benthyg ei fila yn Faliraki i'r criw. Daeth Jason a'i bartner Rob yn dipyn o ffrindiau efo Rebeca a Sumara, cymaint felly iddyn nhw fod draw yn aros yn y fila yng nghwmni ei gilydd sawl tro. Pan ddeallodd Jason, maes o law, am eu dyhead i gael plentyn roedd o'n awyddus iawn i helpu a chynigiodd fod yn *sberm donor* iddynt. Roedd y pedwar yn siomedig iawn na weithiodd y tro cyntaf na'r ail dro, ond â hwythau ar fin rhoi'r ffidl yn y to, ar y trydydd ymgais hitiwyd y jacpot. Doedd gan Jason na Rob ddim awydd cael plant eu hunain, roedd ganddyn nhw eu babi'n barod. Roedd yna fwy na digon o waith i edrych ar ôl Danny Boy fel yr oedd hi, sef y *dashshund* bach delaf a welwyd erioed, yn ôl Jason a Rob.

'Odw, diolch,' gwenodd Rebeca ar Thelma. Roedd bod yn feichiog yn amlwg yn ei siwtio, roedd hi'n edrych yn wych, ei chroen a'i gwallt hir tywyll yn sgleinio. 'Heblaw bo fi'n diodde'n ofnadw 'da llosg cylla... *heartburn*,' ychwanegodd wedyn pan welodd Thelma'n edrych arni'n ddryslyd.

'Llond pen o wallt, dyna be ma'n nhw'n ei ddeud os ti'n ca'l dŵr poeth. Digon o Gaviscon, 'mechan i,' cynghorodd Thelma.

Daeth Carys allan i'r ardd gan gario'r gacen ben-blwydd yn ofalus. Yn dynn ar ei sodlau roedd Sisial.

'Lle dach chi 'di bod, 'ta? Oedden ni'n poeni amdanoch chi,' meddai gan osod y gacen ar y bwrdd. Roedd hi'n flin braidd efo'i mam am gyrraedd mor hwyr i'r parti. Cael a chael oedd iddi golli'r holl ddigwyddiad.

'Mm?' gofynnodd honno, er ei bod hi, yn wahanol i'r arfer, wedi clywed y cwestiwn yn iawn ond ei bod hi am ryw reswm yn gyndyn o ateb.

'Lle dach chi 'di bod?'

'O, dim ond am banad efo hen ffrind.'

'Ewadd, pwy felly?'

'O, neb fasat ti'n ei nabod. O'dd hi'n ysgol efo fi a digwydd bod 'nôl yn yr ardal,' atebodd reit swta. 'Wyt ti am oleuo'r canhwyllau 'na cyn i'r eising ddechrau toddi?' meddai wedyn gan droi'r stori'n reit handi cyn i Carys gael cyfle i brocio mwy.

Y bore hwnnw bu bron iawn i Thelma gael hartan pan gafodd alwad ffôn allan o unlle gan neb llai nag Ellis. Drwy gymorth 1.9.2.com ar y we mi roedd o wedi llwyddo i ddod o hyd i'w rhif ffôn hi. Y rheswm yr oedd o'n cysylltu oedd achos ei fod o a'i deulu'n aros am ychydig ddyddiau ar y fam ynys. Holi oedd o tybed oedd gan Thelma awydd ei gyfarfod am baned y pnawn hwnnw.

'Efo chdi a Joyce, 'lly?' gofynnodd Thelma, dal mewn sioc o glywed ei lais.

Datgelodd Ellis wedyn fod Joyce wedi cael strôc fawr ychydig fisoedd ar ôl eu trip i Rhodes, un angheuol a fu'n sioc enfawr i bawb. Ar ôl cydymdeimlo'n llaes ag o am ei golled, cytunodd i'w gyfarfod. Wel, doedd ganddi ddim byd i'w golli, meddyliodd, ac mi oedd mynd am baned efo hen ffrind yn well na ista'n tŷ yn gwylio *Prynhawn Da* ac *Escape to the Country.*

Trefnodd y ddau i gyfarfod mewn caffi ym Mhorthaethwy. Roedd Thelma'n un o nerfau wrth yrru yno. Ceisiodd ddarbwyllo ei hun sawl gwaith mai dim ond cyfarfod hen ffrind am baned oedd hi. Dyna i gyd. Dim byd mwy na hynny.

Ar ôl bod yn chwilio am hydoedd am le i barcio, roedd hi'n hwyr yn cyrraedd ac roedd Ellis yn y caffi yn disgwyl amdani. Edrychai'n hynod o drwsiadus yn ei grys pinc golau a'i *chinos* nefi. Safodd ar ei draed yn syth pan gamodd Thelma tuag at y bwrdd a'i chroesawu hi'n gynnes drwy roi cusan ysgafn ar ei boch. Roedd oglau da arno fo hefyd, oglau rhyw afftyrshef drud roedd Thelma'n amau. Sylwodd hefyd fod sawl pen benywaidd o oed pensiwn wedi troi i edrych yn edmygus arno pan gododd ar ei draed i'w chyfarch.

Er mawr syndod, digon chwithig fu'r sgwrs rhyngddynt, ac ar ôl yfed ei phaned gwnaeth Thelma sioe fawr o edrych ar ei wats a dweud bod yn rhaid iddi fynd. Heb air o gelwydd datganodd fod ei mab yng nghyfraith yn dathlu ei ben-blwydd y diwrnod hwnnw ac roedd hi'n hwyr i'r barbeciw. Pan gynigiodd Ellis y gallai'r ddau gyfarfod am baned arall, neu hyd yn oed am bryd o fwyd y tro nesa y byddai'n ymweld â Sir Fôn, gwrthod yn glên wnaeth Thelma.

Roedd gormod o ddŵr wedi mynd o dan y bont, sylweddolodd yn drist. Roedd bywyd wedi mynd yn ei flaen ormod i drio ailafael mewn hen gyfeillgarwch, meddyliodd. Doedd Ellis a hithau ddim yr un bobol â'r rhai yr oedden nhw yr holl flynyddoedd hynny'n ôl pan oedd y ddau'n ifanc a gwirion. Doedd ganddi hi mor amynedd na'r awydd i gael perthynas efo unrhyw ddyn yn ei hoed a'i hamser chwaith. Ella ei bod hi'n haws cynnau tân ar rai hen aelwydydd ond yn yr achos yma, roedd y fflam wedi hen ddiffodd. Roedd hi lot rhy hwyr i'r ddau ohonyn nhw. Tasan nhw wedi cyfarfod ugain mlynedd yn ôl, neu hyd yn oed deg mlynedd yn ôl, pwy a ŵyr? Ond ddim bellach. Doedd pethau ddim yr un peth rhwng y ddau. Dim pawb oedd mor ffodus â Carys a John Gareth i gael cyfle arall a chael byw'n hapus efo'i gilydd, meddyliodd Thelma wrth gerdded i gyfeiriad ei char yn y maes parcio. Dim pawb oedd yn cael byw'n hapi efyr afftyr.

Penderfynodd beidio â sôn dim am y cyfarfyddiad wrth Carys na neb arall, achos doedd 'na ddim byd i'w ddweud mewn gwirionedd, nag oedd.

'Argol! Ydi'r *fire brigade* ar *standby*?' pryfociodd Siôn wrth i'w fam oleuo canhwyllau'r gacen.

'Reit 'ta, pawb yn barod? Pen-blwydd hapus…' arweiniodd Carys a Sisial.

Ymunodd pawb yn y canu ac wedyn efo help ei wyres chwythodd John Gareth y canhwyllau.

Newydd dorri darn o'r gacen i bawb oedd Carys pan ganodd ei mobeil. Gethin oedd yno ar FaceTime. Roedd Molly ac yntau wedi gorffen eu cyfnod yn gweithio yn Seland Newydd ac wedi mynd i deithio am chwe mis cyn dychwelyd yn eu holau i Gymru i chwilio am waith. Roedden nhw yn Sri Lanka ar y funud.

'Haia Gethin, haia Molly!' cyfarchodd Carys yn gynnes.

'Hwyr glas i'r ddau yna ddod adra yn lle galifantio rownd y byd,' mwmiodd Thelma o dan ei gwynt, ond yn ôl ei harfer, yn ddigon uchel i bawb glywed hefyd.

'Dach chi'n iawn yna?' gofynnodd Carys, wrth ei bodd yn gweld eu hwynebau.

'Yndan, tad,' atebodd Gethin. 'Pen-blwydd hapus, John Gareth! Wyt ti wedi ordro dy bỳs pas eto?'

'Ddim 'to!' chwarddodd yntau. 'Ond wy'n dishgwl mlân yn fawr i sawl trip am ddim. Er, bydd rhaid i mi dalu am dy fam am sbel fach 'to.'

'Ma gynnon ni'n dau niws i chi hefyd,' datganodd Gethin a gwên fawr lydan ar ei wyneb.

'Be felly?' gofynnodd Carys yn gobeithio'n fawr eu bod nhw wedi penderfynu dod adra ynghynt.

Cododd Molly ei llaw chwith a'i dangos yn agos ar y sgrin ffôn. Sylwodd Carys yn syth bìn ar y fodrwy ddiemwnt yn disgleirio ar ei phedwerydd bys.

'O mam bach! Dach chi ddim!' ebychodd Carys wedi cynhyrfu'n lân. 'Dach chi wedi dyweddïo! O, llongyfarchiadau mawr iawn i chi'ch dau. Dwi mor falch drosoch chi.'

'Ie, wir, llongyfarchiade,' meddai John Gareth gan dollti gwydriad o siampên i bawb. 'Ma hi'n ddathliad dwbl felly.'

Roedd pawb wedi gwirioni clywed y newyddion da a phasiwyd y ffôn o un i un i'w llongyfarch.

Daeth tro Thelma i gael sgwrs efo Gethin a Molly. 'Pryd dach chi'n meddwl priodi?' gofynnodd yn blwmp ac yn blaen, yn ôl ei harfer.

'Flwyddyn nesa gobeithio,' atebodd Molly gan wenu.

'Adra 'ma dwi'n cymryd, ia? No we ydan ni gyd yn trampio dramor eto. 'Dan ni wedi cael hen ddigon o ddrama a helbul efo priodasau dros dŵr, thenciw.'

'Wel, mi oedden ni yn rhyw feddwl Iwerddon, Nain,' atebodd Gethin. 'Fydd na'm rhaid i chi fflio i fanno, na fydd. Gewch chi gwch cyfleus o Gaergybi, ylwch.'

'Iwerddon!' ebychodd honno. Waeth ei fod o wedi dweud Affganistan ddim.

'Ia, dyna chi,' ategodd Molly. 'Meddwl y bysa fo'n neis gan fod teulu Mam yn dod o Donegal yn wreiddiol.'

''Dan ni'n chwarae efo'r syniad o briodi mewn tipi,' ategodd Gethin.

'Mewn be?' gwaredodd Thelma yn gweld ei hun yn rhynnu ac yn wlyb at ei chroen mewn ryw dent ddrafftiog oer, a'i hesgidiau'n drybola o fwd.

Chwarddodd Gethin a Molly'n uchel.

'Tynnu eich coes chi ydan ni, Nain. O'dd eich wyneb chi'n werth ei weld rŵan. Adra yng Nghymru fyddwn ni'n priodi, peidiwch â phoeni,' sicrhaodd Gethin.

'Wel, diolch i Dduw am hynny!' ochneidiodd Thelma wedi cael y ffasiwn ryddhad o glywed hynny. 'Dewch adra reit handi i chi ga'l dechrau trefnu, wir.'

Pasiodd y ffôn yn ôl i Carys.

Byddai rhaid iddi gael owtffit newydd ar gyfer y briodas honno, meddyliodd Thelma. Mi oedd y ffrog a'r siaced *duck egg blue* wedi cael hen ddigon o owting erbyn hyn. Ond yn fwy na hynny roedd hi'n dechrau amau eu bod nhw wedi eu witsio ar ôl be ddigwyddodd yn Sorrento a Rhodes. Amser am ddillad newydd felly'n bendant. Fyddai ddim rhaid iddi brynu *panty girdle* newydd chwaith, diolch byth. Rhai wythnosau ar ôl iddynt gyrraedd adref o Rhodes, fe laniodd yna becyn bychan drwy'r post oedd yn cynnwys y gyrdl colledig. Yn garedig iawn, mi roedd y gwesty wedi anfon y *foundation garment* yn ôl iddi hi, wel, i John Gareth a bod yn fanwl gywir.

Gwenodd Thelma un o'i gwenau prin a chymryd sip o'i siampên. Roedd hi'n edrych ymlaen at y briodas hon yn barod.

£9.99

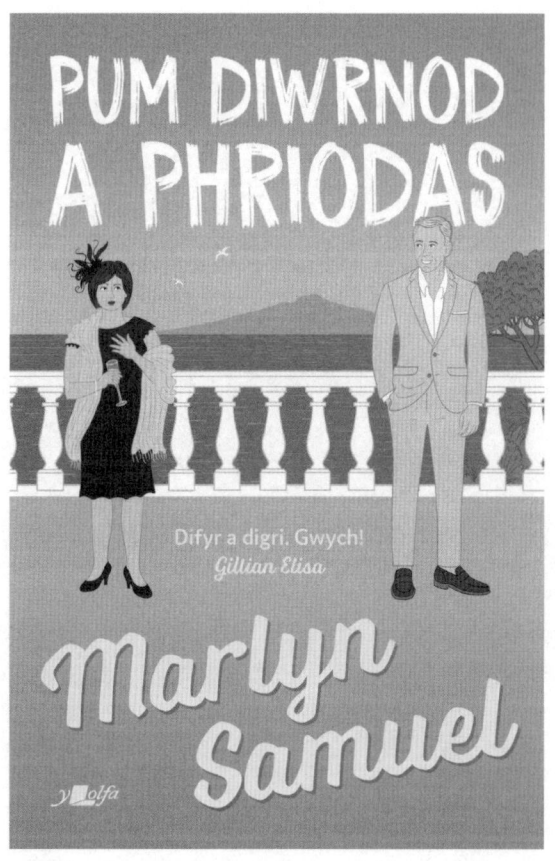

£8.99

CICIO'R
BWCED

Marlyn Samuel

'Ro'n i'n crio un
munud a chwerthin
y munud nesa!'
Linda Brown

y olfa

£8.99

£10.99

£9.99

'Gafaelgar ar y naw.' JON GOWER

BLE AETH ELEN PUW?

LINDA WYN

£9.99

Dal dy Dir

y Lolfa

Siân Bod

Potread byrlymus a go agos ati o fywyd trigolion y Gymru Gymraeg wledig. *Bethan Jones Parry*

£9.99

DIM OND UN

Does dim
dianc.

'Gafaelgar a llawn
dirgelwch.'
Alun Davies

MELERI WYN JAMES

£9.99

Holwch am bris argraffu!
www.ylolfa.com